考工記

王安憶

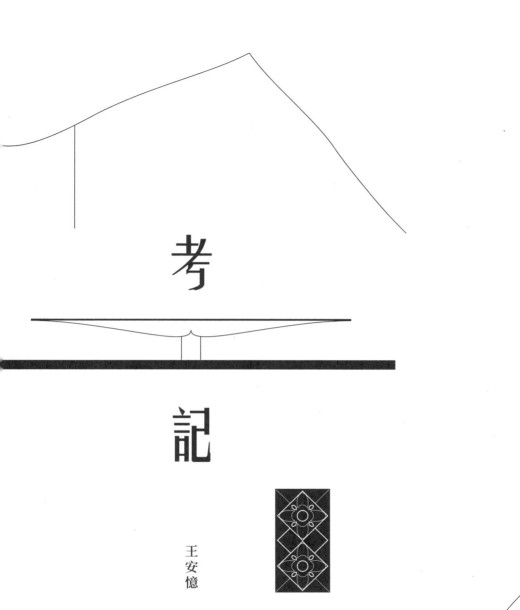

目次

第一章

一

一九四四年秋末，陳書玉歷盡周折，回到南市的老宅。這一路，足有二月之久。自重慶起程，轉道貴陽，抵柳州，搭一架軍用機越湘江，乘船漂流而下，彎入浙贛地方，換無數貨客便車，最後落腳松江，口袋裡一個子不剩，只得步行，鞋底都要磨穿。但看見路面盤桓電車軌道，力氣就又上來。抬頭望，分明是上海的天空，鱗次櫛比的天際線，一層層圍攏。暮色裡，路燈竟然亮起來，一盞、兩盞、三盞……依然是夜的眼，他就要垂淚了。

二年前，隨朋友的弟弟、弟弟的女朋友、女朋友的哥哥、哥哥的同學——據說是韓復渠司令的侄系親屬，絡絡繹繹十二人，離開上海。去時不覺得路途艱難，每一程必有接應和護送。陳書玉沒出過遠門，中國地理也學得不精，並不知道哪裡是哪裡，只覺得很開眼。天地江河都是壯闊，漫野的青紗帳——他沒見過莊稼地，原來也是壯闊的。尤其入山西地界，車走在黃土溝裡，山崖上一道城牆，箭垛如同鋸齒，插入蒼穹，大有前不見古人後不見來者的氣勢。吃苦是難免的，食宿簡陋倒不計較，他最懼的是臭蟲。夜裡一吹燈，就聽壁紙與篾席沙沙的山響。蝨子也是一懼，這兩項甚至超過日本人封鎖區的可怖。也因為日本人的事不歸他管，自有負責的人。這一路也有月餘，說是避亂，更像遊山水，從仲夏到秋初，正值西南宜人的季候。許多年過去，方才知道一行匿身特殊人物，或者說，是為這一位特殊人物，方才集起這一行同道，所以如此順遂。以致回程中，時不時想起那一句舊詞：別時容易見時難。而他萬萬想不到，就因為此一行，日後新政府納他入自己人，得以規避重重風險。

邁過電車路軌，路軌沉寂地躺在路面，眼前彷彿電車的影，那影裡明晃晃的窗格子，閃爍一下，又滅了。腳下的柏油地，漸漸換成卵石，硌著磨薄的膠鞋底，他穿一雙元寶口的膠鞋，在多雨的西南可是個寶，到上海卻變得奇怪了。就在這一刻，天陡地沉下來，路燈轉到背後很遠的地方，街邊的房屋十之七八坍塌，間或一二座立著，緊閉門窗，沒有動靜。有人在瓦礫堆裡翻扒，咻咻驅趕野貓。一隻肥碩的老鼠從腳下躥過去，他原地跳一跳，放了生。廢墟上亮起一星點火，湮染開一圈，火上的瓦罐吐吐地小沸，有食物的香甜瀰漫在空氣裡，他吸吸鼻子，辨出南瓜的氣味。映著幽微的光，面前呈現一片白，這一片白彷彿無限地擴大和升高，仰極頸項，方搆著頂上一線夜天，恍然悟到，原來是宅院的一壁防火牆，竟然還在——從前並不曾留意，此時看見，忽發覺它的肅穆的靜美。他不過走開二年半，卻像有一劫之長遠，萬事萬物都在轉移變化，偏偏它不移不變。

從防火牆下走，順時針方向到西門，抬手一推，推不動。門上掛了鎖，托在掌上，沉重得很，是原先的舊鎖，又是一個竟然，竟然完好如故。停一停，退後兩步，張開雙臂，一臂扶牆，一臂扶牆邊柳樹，再原地一躍，兩腳就分別撐在牆面與樹幹，離地三尺，蹭蹭數步，又上去三尺，就到地方了。稍歇一歇，站穩，扶樹的手，慢慢移動摸索。某年某月，雷電正中劈開，都當它要死，卻發出許多新枝，養了許多洋辣子，大人孩子都繞道走，樹身且又長合，留下一個木洞，容得下一巢鳥雀，日後作了他家兄弟的祕處。

一番摸索，脊背就迸出熱汗，腦穴處則通電般一涼，摸到什麼？鑰匙！鳥雀都換了族類，可鑰匙原封不動。拳起手，握緊了，腿腳卻軟下來，溜到地上，站不起身，就抱膝坐著。這把鑰匙是叔伯兄弟幾個為各自晚歸設的約定。家中規矩，晚十點即閉戶，關前後門，此西門平素不進出，常年掛一把鑄鐵大鎖，於是，偷出鐵鎖鑰匙，私配一件，藏在樹洞內。都會的大家，子弟們難免沾染浮華風氣，夜間的去處特別多，不是說，海上升明月嗎？一九三七年淞滬會戰硝煙未散盡，「薔薇薔薇」就處處開了。離開上海的前一晚，陳書玉還在西區舞場流連，準確說，出行的計畫，就是在舞場裡做成的。

坐一時，喘息稍定，奮發精神，試圖站起，這才發現周身癱軟。發力幾回，立住腳，手索索地抖，鑰匙嗟嗟地碰擊鎖眼，就是對不準。天又墨黑，乞兒的篝火被阻在另一面，借也借不到。他懷疑是不是換過鎖或者鑰匙，正決不定，月亮跳出來，咔嗟一聲，手底下一彈跳，就是它！推進門，抬頭望一眼，只見防火牆剪開夜幕，將天空分成梯形兩半，一黑一白，月亮懸掛在最高的梯階上，像一盞燈。

門裡面，月光好像一池清水，石板縫裡的雜草幾乎埋了地坪，蟋蟀瞿瞿地鳴叫，過廳兩側的太師椅間隔著几案，案上的瓶插枯瘦成金屬絲一般，腳底的青磚格外乾淨。他看見自己的影，橫斜上去，綴著落葉，很像鏤花的圖畫。走上迴廊，美人靠的闌干間隔裡伸出雜草，還有一株小樹，風吹來還是鳥銜來的種子，落地生根。迴廊仿宮制的歇山頂，三角形板壁上的紅綠粉彩隱約浮動。跨進月洞門，沿牆的花木倒伏了，卻有一株芭蕉火紅火紅地開花，映著一片白——防火牆的內壁。他佇立片刻，忽生一念，當初造宅子時候，周圍定是空曠無人跡，直面黃浦江，所以會有防禦的設置，就像歐洲貴族的城堡，那是什麼年代？他的歷史課和地理課一樣馬虎，也受實用觀的影響，目力之外，在他就是不存在。天井的地磚，覆了青苔，厚而且勻，起著絨頭，亮晶晶的。兩口大缸被浮萍封面，面上又蓋了落葉，青黃錯雜，倒像織錦。

他立在天井中央，看自己的影。這宅子走空有多時了，有在他之前走的，又有在他之後；有往南，有往西，還有往東——兩年中，他收到過父親一封信，途中不計經歷多少時間，多少不知名的地點，信中所寫都是遲到的消息。問他身在何處，境遇如何，妹妹們是否可去投奔。他沒有回覆，一來時過境遷，妹妹們早就去了該去的地方；二也是，他們本來就是疏離的家人，彼此間並不怎麼親密。自祖父與伯祖一輩向下，各有二房和三房男丁，就像大樹發杈，再發成七八家，將個宅子擠得滿騰騰。從他落地，放眼望去，都是人，耳朵裡則是齟齬。他們家的人元氣旺，秉性強，就沒聽說有早夭的，生一口，活一口。放養著，從中挑一個寵慣，滿足為人父母的天性，其餘也不為不平，因為是大多數。他雖是這房獨子，卻不是那個被選中的，選擇多是隨機，沒有什麼理由，這才能說走就走。

現在，一宅子的人都走淨了，留下無限的空廓。昆蟲啁啾，樹葉撲嗍嗍划拉，窗扉和門軸時而的支扭，野貓倏地躍下，腳爪柔軟著地，還有一種崩裂的銳叫，來自木頭的縮漲，由氣候的乾濕度引起……這是靜夜的聲音，老房子的低語。這幢木結構的宅院，追究起來，哪裡是個源頭！榫頭和榫眼，梁和椽，斗和拱，板壁和板壁，縫對縫，咬合了幾百年，還在繼續咬合。小孩子的夢魘裡，就像一具龐大的活物。諸暨籍的奶娘拍哄夜哭郎：再哭，山魈來吃你！這活物大約就叫山魈，誰見過它？奶娘夜裡說，早起忘，沒有人去向她詢問。天光大亮，院子裡四處起煙，各房的老媽子爭洗臉水；小孩子搶奪淘籮裡的茨飯團，咬著上學堂；車夫敲著門，先是無人應，然後一窩蜂上，都說自己要的洋行上班的車；電話鈴響著，不知道打給誰，所以都不接，打的人也耐心，一直等著，終於接起來，對面又掛上了；無線電裡，小熱昏唱新聞，操一口浦東本地話；自來水開足了，嘩嘩淌；好天氣，都要晒被褥棉花胎，女人們的戰爭就開始了。也不知道怎麼一來，戛然間，塵埃落定。

木的迸裂，從記憶的隧道清脆傳出來，即是熟悉，又陌生。他回家了，卻彷彿回到另一個家。挪步上台階，推門，門不動，曉得是從裡面插上。透過門窗雕飾的鏤空望進去，依然舊擺設。堂案上列了祖宗牌位，兩樽青花瓷瓶，案兩翼的太師椅，一對之間隔一具茶几。鏤刻的門窗投在石台階，花影幢幢。花影裡移過去，移過去，忽然不見了，原來進去夾牆裡。夾牆底處，一扇窄門，推開來，一團漆黑撲面。手在壁上摸索，觸到開關，扳下來，不亮，供電局早已斷電。眼睛倒有些習慣，於是漆黑裡浮起一層薄亮，顯出一道木樓梯，手腳並用爬上去，陡然豁朗。他到了樓上陽台，沿陽台走一圈。樓上的房間全下了百葉窗，依次推過去，有一扇活動，下力搖幾搖，插銷脫落下來。慢慢打開，手撐住窗台，一條腿先上去，另一條再上去，進去了。是祖父的屋子，一個統間，前面臥房，後面書房。他不記得什麼時候曾經來過，其實，連祖父的面容都是模糊的。

拉開百葉窗，透進光，已是中天的月亮，將窗櫺照得通明。撩起夏布蚊帳，坐進去，摸出口袋裡半張麵餅，乾嚥著。蚊帳裡有一股艾草的氣味，居然滲漏過戰時的歲月，存留下來。吃完餅，褪去膠鞋，合衣躺下。綠豆殼的枕頭芯子，沙啦啦地輕響。翻身側睡，手在枕後頭摸到一柄摺扇，展開，看不清字跡，但有墨的餘香，不由想，祖父在什麼地方，還有父親母親，又在哪裡？思緒變得輕而且薄，升上去，漂浮在帳頂底下，罩著他。更聲敲響，不知夢裡還是醒裡，過去還是將來，他鄉還是故鄉，再有，那打更的人，是原先的一個，或者另一個？

二

人們稱陳書玉「小開」。上海地方，「小開」的本意是老闆的兒子，泛指豪門富戶的子弟，陳書玉大約屬後者。事實上，在他可視範圍內，家中無一人有經營，相反，多是無業，也不知坐吃多少代了，至此尚可繼續。雖談不上錦衣玉食，但也不缺，所以就沒有勞動的概念。到他這一輩，有出去做事的，並非出於生計，而是現代教育的緣故。祖父和伯祖穿長衫，父親伯父則一律西服革履，讀新學堂。晚清民初的人，都嚮往西洋，他們的家，看起來彷彿舊式，實際一點不保守，甚至是開放的。祖父臥房裡，有一具自鳴鐘，上足發條，每日午時，小木屋的柵欄門打開，跳出一隻金絲雀，連著叫十二聲。據家裡人說，是宮裡的玩物，義國人朝貢來的，後經一個太監的手，送給高祖。以此來看，高祖交遊廣泛，朝野有人，所以，遺澤蔭庇百年不衰，才會有今天的日子。

陳書玉讀的是交通大學鐵道系，不知如何形成，又根據什麼緣由，這家女子不定讀書，男孫都學工科。工科是西學的概念，中國道統中屬淫技奇巧，這又見出不是上等的門閥世家，更像新起，多少帶暴發的嫌疑。可是，誰會去追究呢？尤其身在事中，反而漠視來龍去脈，只當天生成。總之，他們家人都受新鮮的物事吸引，積極向學，至於學成之後當什麼用途，暫不考慮。他是個喜歡交友的人，進大學讀書，有一半是為結識不同的人，不免讓他失望了。同學中，多是埋頭苦讀，那些勤工儉學的青年，還要任職助教、宿管、抑或圖書管理員，少有閒暇。工科生天性又呆板，缺乏生活的興味，談話不出三句半就到了機械的動力世界。他們這一班，全是男生，沒有新女性的倩影。倘若時間充裕，憑他的單純誠摯，或許能交到一二個知己，可惜八．一三淞滬會戰爆發，學校就計畫南遷。去與留的混亂裡，方才建立起的一點同窗之誼也渙散掉了。他是留的那部分，讀書和學位的熱情本不強烈，遷走的又只電機和機械兩個專業，再則，也捨不下上海，購買的冬季音樂會套票還沒用完呢！

學校散了，他回到原先的朋友淘裡。

他們要好的幾人，稱「至友」不太像，因沒經過什麼考驗，只是玩樂的交道。要叫「死黨」，且未見其有道和謀，還是玩樂居上。倒是世人起的諢號「西廂四小開」，比較名副其實。「西廂」指的經常出入的地方，公共租界的西區，至於「小開」，即如前面說的，富貴門戶的晚輩。上海這地方，富貴要分兩頭說，「富」沒有問題，「貴」就可疑得很了。黃浦江開埠不出百年，都是一吊錢兩腳泥上江灘，本地民謠唱的「赤腳穿皮鞋，赤膊戴領帶」，大約可視作上海的發家史。從跑街先生做成大亨的，比比皆是。「小開」這稱謂也很有意趣，「小」字當頭，「開」呢，可能來自撲克牌裡的老「K」，通常用於幫會裡的頭目，所以，「小開」就有了點黑道的氣息。

「西廂四小開」裡，那三位一姓朱，一姓奚，一姓虞，互相暱稱為：朱朱，奚子，大虞，陳書玉叫「阿陳」。也有點像幫會。朱朱與阿陳是世交，坊間傳說，兩家有夙怨，陳家的中落與朱家有關聯，可事情過去那麼久，聽起來就像古代，孩子們都玩在一起了。奚子其實是讀書人家，祖父起就留洋學法律，父親也開律所，他自己卻學油畫。即非邏輯思維一派，也無辯術之技藝，還談不上衣食保障，唯同出西洋這一項，其餘都離家道甚遠。但子女多了，總有一二個走邊路，大人並不十分干預。大虞的人生與上幾位略有二致，從某種程度上說，他可謂延續祖業，就是木器。最早時候，先人依附海格路停柩所，開棺材鋪。海格路停柩所主要面對西人，老闆就是義國人。西洋棺材重雕飾，幾近藝術品。大虞耳濡目染，或者天性裡就有，對手藝和美觀都喜好，時常去美術專科學校旁聽，畫幾課寫生，於是，和奚子結誼。這一對和那一對且是在工部局夏季音樂會邂逅，都是買套票的朋友，有固定座位。年輕人都是自來熟，不很久便同進同出，各騎一架自行車，吹著口哨，一陣風去，一陣風來，成為一道街景。

四個人中間，家境數大虞殷實。一技在身，任憑改朝換代，都有飯吃。尤其殯葬業，愈是亂世愈是興隆。從棺材鋪起頭，開出幾爿細木工作坊，承接多是上等西人的訂製。油畫框；插屏鐘殼架；首飾盒，仿法國路易王朝宮廷用物；還有鳥籠子，好比一座古希臘城池，吃食、休憩、洗浴、如廁，細木棍柵欄區隔，開閉機樞，全用套榫，不打一顆釘。都說是中國傳統工藝，事實上，西洋也有。虞家和義國人打交道，曉得文藝復興和翡冷翠，那裡也出木匠。見過幾幅木器貼面的打樣，如同絲織般繁複堆砌，堂皇瑰麗，就知道，月亮不止是中國的圓。於是，再激再勵，求深求進，事業就一逕向上。中國的鄉下人，義大利其實也是鄉下人多，對於財富還是古典的觀念，置地置產，南市的幾條弄堂，周邊四鄉八里，都有虞家的田畝房屋，東邊有雨西邊晴，交上來的租子就吃不完。

奚家在滬上有些聲譽，打響過幾樁出名的官司，身價直線上升。但在世人眼中，律師總是開口飯，多一間寫字間而已。雖然上海新世界，新人類，舊俗尚有餘韻，所以當作末技。家道呢，大約僅夠列入小康。然而，事實上，滬上小康人家才是真正的聚寶盆。西區的新里，一幢幢西式樓房，半地下的汽車間停著汽車，花園裡栽著玫瑰花，小孩子穿吊帶短褲，白線長筒襪，牛皮鞋，僕傭送去上洋學堂，鋼琴彈著奏鳴曲，不是從這窗戶就從那窗戶傳出來，還有聖誕歌，平安夜的派對上，燭光融融映著長窗簾，「金哥貝，金哥貝」的一遍遍唱。業主們就是小康，他們是新起的階級，代表著社會的中堅力量。

相對來說，阿陳和朱朱代表的是過去，有淵源不錯，可已經在末梢上了。要一逕追溯，大約追溯得到清乾隆，可不是古代了！阿陳的老祖宗從台灣來到上海，開一爿船號，經營海運，順便建一個碼頭，停泊與裝卸。朱朱的老祖宗就在船號擔任通事，就是今天的翻譯員，專司洽談洋人的生意。小刀會攻占上海城——小刀會都出來了，像不像歷史書？小刀會砍了朱通事的首級，陳家這才發現船號早被掏空，勉強撐到同治年，每一樁事都有年號，也像是真的，同治年，清廷在上海設輪船招商局，這時候，陳家的祖宗也換代了，將船號與碼頭盤給招商局，得手的銀子，一直開銷到如今，數目之鉅，可想而知。朱家後來還有經營，豆行米市之類，終也發不起來，只維持溫飽。上海的正史，隔著十萬八千里，是別人家的故事，故事中的人，也渾然不覺。

這四個人，叫是叫「小開」，其實並非嚴格意義上的。倘若分開來，一個一個出場，大概都是一般人，但四個人一夥，集團軍上陣，就有一股子氣勢，年輕力壯，有來頭，又摩登，不叫「小開」叫什麼？四個人所以結緣，除興趣愛好相投，更重要的一項，就是經濟。經濟是一切的基礎，他們不是極富，又絕不是寒素。大虞和奚子兩家風氣比較謹嚴，也是上升時期的生活方式，兒女就不受縱容。兩個舊家呢，有餘心無餘力，手頭多少拮据著，但生性慷慨，便抵住了。兩上兩下，基本能夠持平。四人出行，或美式ＡＡ制，或中國式輪流坐莊，倘有特殊的理由，也不妨額外做東。比如，清明時分，大虞邀那幾個去郊外踏青。虞家本是南翔鎮上人，到滬上三代有餘，鄉土疏遠了，但老墳尚在。看墳人是族親，每年上木器鋪領餉，漸漸地，置下一片地，過起莊主的日子。這四個少年騎著自行車飛行俠般來到，好比天兵天將，鄉下人哪裡見識過。不免手忙腳亂，又殺雞又宰鵝，又摸魚又捉蝦。上海人都有一條嘗鮮的舌頭，獨對野生瓜菜起反應，番薯藤南瓜藤，剝去皮，裸出嫩芯子；萵筍葉，也是撿嫩的，搓了鹽，瀝去水；剛露尖的豌豆莢，生著吃；肥田的紅花草，石臼裡捶成漿，和進麵糊攤餅；過年餘下的醃臘和糟貨燉成老火湯，野薺菜滾進去，白湯上面一層碧綠，自釀的米酒，新打的年糕、春的米，點鹵的老豆腐，柴灶裡的煙火氣——這是吃，還有看。籬笆上的茄子花都是稀罕物，河邊爬的螃蜞，以為是大閘蟹的幼子，蜂子閃亮亮飛過，趕著捕捉差點螫了手和臉。看墳人家有一隻老山羊，小馬似的身量，毛長及地，性情溫順，於是四個人輪流當坐騎，沿了田埂，顫顫巍巍地走。鄉人們的眼睛裡，是為人夫為人父的年齡，卻作小孩子的形狀，都覺好奇好笑，看戲似地看。又有一個愛熱鬧的，真牽出一匹馬來，與他們玩耍。是匹兒馬，沒吃過教訓的，見不得生人，近一步，它退一步，再近一步，就撂蹄子。輪番上陣，輪番不得，最後，那人的七歲小兒，一翻身坐上背，得得跑遠了。玩過旱地，又玩水裡，乘一條舢板，河道裡划，看漁人握一束網，迎著日頭一脫手，先是一片，然後一兜，金水四濺。岸上的桃樹生出花骨朵，柳條爆芽，灌木抽枝，糾成一團，真是個桃花源！太陽西行，四人才踏上回程，車後架各馱一簍螺螄，一罈燒酒，一袋子蔬果，大虞又多一個豬頭和一條羊腿。抖抖擻擻，搖搖晃晃，一路騎去。

奚子的款待很別緻，旁聽會審。長三堂子的一樁凶案，情節頗似《玉堂春》，大報小報爭搶著第一手新聞，事主當年的接生婆都讓挖出來做文章。奚子的父親擔任辯護律師，所以才有這路子。門口幾重警衛，還是人疊人，翻幾座人牆，經幾道盤查，日前的通行證此時都不作數了，又打電話到裡頭找人，足有半個時辰，只見衛兵垂下槍口，雙扇大門間露一線縫，縫裡是奚家爸爸的臉，面有慍色，生氣兒子多事，當了眾人且不好發難，遞出一串掛牌，一人頸上一個，算作庭堂職員，進去了。裡面固然清靜些，卻也座無虛席。奚子到底熟悉，領他們從後樓梯上到二層，主要是記者和連載小說的寫家們，花插著坐下來，再等少許時間，鈴聲響起，開庭了。與場外的熱烈氣氛相比，庭訊卻顯得平淡多了，在一些瑣細上來回糾纏，出生原籍姓名年齡，這幾項就占去有一個時辰還多。煙花業裡，都是假作真時真亦假，外行人聽不出與案情有何關聯，奚子隔著人告訴同伴，必須驗明案中人的正身，才可向下進行。左右座又都噓他，攪擾了聽話。早先的激動此時已經平息，只覺得熱和渴。樓座離得遠，越過無數人頭，望見被告的頸背，後腦上梳一個髻，不知有意還是無心，顯得老而且醜，彷彿前一個世代的人，毫無青樓風月的意蘊。於是，四下交換眼色，取得一致，起身退出了。

異性交遊是朱朱的特供。四個人裡面，朱朱相貌最好，當然，決定於哪個角度看。他屬潘安型的美男子，唇紅齒白，嘴角有兩個笑靨，即讓女子生性愛，也讓女子生母愛。到舞廳裡，總能結下朋友。職場有職場的規矩，跳舞不能白跳，出了舞廳，就是自己的時間和自由。「四小開」一行，少不了要有紅顏相伴，多是朱朱的「姊姊」們。姊姊未必年長，可朱朱卻是永遠的弟弟。姊姊們，教育程度多在中等，甚至以上。上海的娛樂圈，幾句英文是必須的，客人們要說些時事時政，科學哲學，即便情話，不定也是襯著詩詞底子的，如今的風尚，又趨向書香型。所以，就是現代女性的裝扮，梳學生頭，戴大黑框平光眼鏡，夾幾冊書本。既然不談婚姻，戀愛就須謹慎，行為舉止矜持。他們表現出來的一種新式關係，到左翼文化人筆下，是「五四」的精神，坊間世俗，則就是「小開」的形狀。

阿陳家幾代賦閒，與社會斷了聯繫，沒什麼人脈，且囊中羞澀，沒有剩餘資源作長例外的奉獻，要說也有，那就是秉性了。在他紈絝的風流外表下，其實是一顆赤子的心，為人相當實在。他們之間，平日裡的聚合，都是由他召集；大小事務商議，也由他串聯與互通，用餐的定位，餐後拆帳的計算，姊姊來到，又是他接應得多，就好像是姊姊們的大哥，真有幾個認他兄長自稱妹妹的。所以，看上去他是個可有可無的人，實際上，沒有他，四小開就成了散沙，姊姊們會變得沒著落——弟弟將她們帶進來，就沒他的事了，那兩個呢？新鮮過去也淡下來。遇到聰明有趣的，尚多幾個回合，只是「姊姊」這樣風月場上的人，善言懂解多半在敷衍上，往深裡就沒大可言的了。他們又不是一般的舞客，是大學生，愛好藝術，有情懷，不止紅顏，還須知己。上海歡場最不缺的就是紅顏，走馬燈似地轉，然而，女人的世界總歸是狹小的，他們則五湖四海，家雀安知鴻鵠之志！很快就覺無聊，枯坐著，人家再有涵養也露出窘來。阿陳心中不忍，暗中埋怨朱朱多事，還有點薄倖，可是人性都是天生成，活潑的「弟弟」，讓「姊姊」拴死，也是不忍的。其餘更是無辜的人，沒義務擔責任。最後，只好攬過來，漸漸的，就有屬意他的人。他不木訥，相反，算得上敏感，只是樣樣不落忍，一逕被推著走。其時，聽到去西南的計畫，立即報名，拔起腿跑路。實在是事態發展，耽誤不得了。

三

屬意他的姊姊叫采采，不像本名，更可能是後起的藝名，來自《詩經》「蒹葭采采，白露未已，所謂伊人，在水之涘」，可見得讀過一些書。籍貫東北，長的也是北地人形狀，大約還有一些外族及皇族的血統，走在人群裡，就覺得異樣。容長臉上一雙細長眼，淺淺的雙瞼，臉頰飽滿，嘴型很有輪廓，顯得表情生動。頭髮電燙過再削短，厚厚地推上去，近似男式，但一疊瀏海覆在前額，眉上兩分的位置，卻是女子的嫵媚。耳朵長得極好，「輪廓俱全」的說法即來自此類型，綴一顆黑鉑金耳釘，日常穿高領無袖黑縐紗旗袍，格外顯得四肢頎長，身高幾乎與少年人平齊。在行業中數年，倒沒染上脂粉，反生成一股子英氣。像朱朱這種「弟弟」，往往會為這派風度傾倒，差一點點就要動情，所謂動情，也還是姊弟的情，甚而至於母子，但見采采向阿陳轉移，便退卻了，或者說躲過了。一是不能與兄弟爭，二，知道自己沒有長性，一時上興致所至，最終難免有負，不如順水推舟。還專找阿陳作一席談，託付或者賣好的意思，興許兩項都有。

這一談不要緊，阿陳就被嚇著了。

他們四個同出同進，坊間也有議論，以為有「龍陽之癖」，伴隨的女子不過作障眼法。其實都是常倫中的人，只不過被享樂耽誤了，晚熟。各自也都有過紅粉的至交，交到後來，免不了就要涉及嫁娶，一律退回兄弟淘，有意思，還沒義務。成家立業是人生的責任，可他們現在不想擔責任。這些短淺的異性經驗讓他們認識戀愛的危險，稍有不慎就引入責任的桎梏。阿陳也是這麼想的，只是做起來不如那幾個決斷，所以才會逼到死角，周轉不靈。

交際場，即是逢場作戲，亦是炎涼世態，采采年紀雖小，虛歲十八，卻歷練出眼光和頭腦，有識人的機智。她看見阿陳浮浪底下的仁厚心，又是世家——物質的世界，單有心不夠，還要有力。終究小孩子的心思，以為有一幢祖宅就全有了，還當四小開兄弟行應著「物以類聚人以群分」的經驗之談，不知道「世家」往往與「式微」聯在一起，日久天長，內囊已經空洞，阿陳其實在拮据中長大。對采采畏懼，多少來自於此，預料終有穿幫的一日。贈送的香帕不敢接；款款的眼神不敢看；讓他作護花神，夜送歸人也不敢拒——「一路平安」奏完，一盞盞蠟燭燈熄滅，那三個已經回家，他獨坐舞池邊上。買舞票的資費有限，手上一杯飲品還是附贈，不敢喝乾。樂隊收拾樂器，管弦時不時響一聲單音。頂光收起了，座席陷入黑暗，終於，走廊上化妝間的門裡透出亮來，三三兩兩的女孩走出來，漆黑裡有個人，先是驚叫，然後竊笑和私語。彷彿考驗他的誠心，采采總是最末一個，兩人穿過前廳，從邊門走出，守門人的笑容也是曖昧的。

靜夜的街道上，汽車嗖地過去，留下外國兵的嘻笑，是戰爭的聲音，只一小點，轉瞬即逝。路燈投在路面，走過去，就是一條影，蟬翼似的薄透，平安的夜色。采采的手插進臂彎裡，或者反一反，采采的臂彎送過來，他不敢不送進他的手，於是，感覺到柔軟又堅挺的身體，還有體味，也是柔軟的。他心撲撲地跳，背上出著汗，恨不能抽身逃跑，可是不敢。好在，采采租住的房子就是附近，靜安寺的里弄，三層樓裡的亭子間。看著采采從手袋裡摸鑰匙，開了後門上司伯林鎖，聽她脫去高跟鞋，赤腳踩樓板的聲音，高大的采采變成一隻貓。然後，亭子間的燈亮了，窗簾上的團花跳到後弄水門汀地上，他調轉龍頭，飛身上車，只聽得車輻條茲啦啦地響，是自由的心聲。

采采愈親密，他愈感到危險迫近。有一夜，回家路上，采采的鞋後跟插在窨井蓋的縫裡，別斷了，就坐在他車前槓上，推著走。想不到看起來苗條的身子，竟然是壯碩的，滿滿一抱。有意或無意，兩人耳鬢廝磨。女人頸窩裡的氣味，香粉合一絲汗氣，亦酸亦甜。年輕的男女，即便風月上有歷練，此時此刻，禁不住觸動真心，兩人都不說話。靜夜更加靜，又好像喧譁著，無限的大，又極其的小，小成二人世界，只有他和她。進了弄堂，來到采采棲身的那一幢，車前槓上的人跳下地，單腳跳著，開門進去，久久聽不見上樓的動靜，亭子間的燈也不亮。他知道，人就在門的那邊，輕輕一推，就進去了。時間過去，終還是調轉車頭，飛也似地駛出去，那扇黑燈的窗戶，就像一隻眼睛，看著他的背影，無論走多麼快，多麼遠，都走不出它的視線。

下一晚，舞曲的空隙裡，圍坐茶桌，四人各領舞伴，阿陳，自然是采采，貼著他背，馴服、乖順，又變成一隻貓。奚子說道，上海美專如今形同虛設，師生員工走的走，散的散，他準備棄讀美術，改課中文，因此隨一夥向學的人去往西南聯大，明日即動身，據說那邊是另一個世界，先驅者正從蠻荒中開闢新天地，在座有誰願意同行？大虞家的木器店開著，走不開。朱朱藉口丟不下雙親，人們都知道，「雙親」其實是歡場的代名詞，總之也是走不開。餘下的阿陳，對了奚子殷殷的眼神，背後是采采的暖香，一推一拉，當即應下，兩人愈好，次日在火車站碰頭。話方一落聲，只覺嗖一下，彷彿劍刃，攜一束寒氣，抽走了。這就是采采，似水柔情，且作斬釘截鐵。曲終人散，他獨坐一隅，等著采采，依性格與交情，都要與采采辭別。終於沒有等到，值夜的老伯進來清場，戰時規定，凌晨二時必熄燈打烊，送他到馬路邊，告訴說，人已經從隔壁電影院走了。這一片地方，前面各分門廳，後頭暗道縱橫，四通八達。一個人騎車回去，路燈下都是采采的身影，還有采采的唧噥，清脆的北方話，鏘鏘的。這個女人是他喜歡的，喜歡裡有一種膜拜，因沒有小女子氣，也沒有浮油氣，她決絕離去的姿態，像女烈士，可惜他不是男烈士，就配不上她。

臨出發時候，等奚子不來，來的是他弟弟，帶來一張便條，說夜裡突發盲腸炎，赴醫院急診，今日就要手術。話是這樣說，總有些詭異。阿陳是個簡單的人，向來疑罪從無，認就認了，多少也有一點入彀的意思。火車開動，走出狹隘逼仄的街市，豁然開朗，河流蜿蜒在剛收割的稻田裡，一簇農舍，一行樹木，一籬籬的瓜豆藤蔓，讓他想起結伴郊遊的光景。奚子的弟弟是南開的學生，也許北方生活的緣故，面相舉止更老成，像是奚子的哥哥，對他照應很好，漸漸地安下心來。夜裡，搖晃的車身停住，車輪嘎啦啦咬著鐵軌，從夢中醒來，揭開窗簾，見月台的燈光裡，一隊日本兵列隊上車，一節一節車廂查看問詢。到他們這裡，全由奚子的弟弟回話，原來他會說日本語，態度又沉著，很快就過關了。車停了很久，也許只是錯覺，旅途中的時間往往不同於平常。隔了窗玻璃，聽見月台上的叫喊和哨子，然後鈴聲響起，響了很久，終於停止，車廂動了，緩緩駛過。月台上肅立著日本兵、憲兵，還有鐵路員，有一張臉清晰地映在窗前，制服的大蓋帽分成明暗兩部，眼睛在暗中閃光，顯得威嚴神祕。

一行十二人中，年齡最長的一位女賓，五十上下，奚子的弟弟讓他喊作「媽媽」。順「媽媽」下來，妹妹、妹婿、妹婿的哥哥、外甥、侄子，他則是哥哥。就這樣，湊成一家人。到路途的下半程，他倒希望這是真的一家。出於自己那個大家庭的經驗，本以為家人之間是頂頂疏離的，連路遇都不如，而這一個，卻是親切而且有趣，互相關照。他們在一個叫做青木關的地方分手，各奔東西。奚子的弟弟問他有什麼去處，臨時想到遷徙的母校交大，弟弟告訴道，沙坪壩有交大的分校，新設許多專業。弟弟彷彿萬事通，什麼都知道。弟弟指示了路線，交給一張手寫的名片，囑咐收好了，也許會有幫得上的時候。名片上的人不姓奚，姓俞，就猜連弟弟都不是真弟弟。

離開「媽媽」一家，他就成了孤雁。先到沙坪壩，再到小龍坎，果然是母校，但老師不是原來的，同學不是原來，卻認他的資格和學歷，於是插進二年級，又作了學生，這才發現，學生的日子也不是原來了。教室和住宿隨時隨處，課本只老師有，其餘都是手抄，紙張又是奇缺，教程也是亂的，因程度不一致。他入讀的是新科目「航運」，與先前的「鐵道」沾了邊，但師資不足，山坳望出去是莽莽林海，就也談不上實踐，半年下來，還是在通識上打轉。他走得急，沒帶被褥，只得和同學打通腿，應該說，所有的同學都打通腿。西南山區的冬天，是一種濕冷，手腳生了凍瘡，痛癢相交。吃，更不堪了，一木桶飯，分到個人，不足平碗。雖然是讀書人，可是日夜的飢腸轆轆，就都回到野蠻社會，倒不至於動手，可筷子在菜盤子裡卻打起架來。穿去的西裝換了錢，買一身鄉下人的棉衣服。手錶也換錢，買的是雞和雞蛋。他也學了本事，用炭爐燜雞塊，摘來野菜作調料，竟然起羅勒的作用，有了葡國的風味。當地的酸菜汁初始覺得滃臭，漸漸的，卻嗅出微妙的鮮香，近似義大利的番茄芝士。這些個小創造，不僅填充肚腹，調節口舌，也從苦日子裡擠出些興致。春夏的季節，滿坡花開，姹紫嫣紅，耳畔泉水叮咚。巨大的樹冠，層層疊疊的葉子，碎日頭灑下來，一個小圓點，一個小圓點，就像面值最小的鎳幣。有小蟲子爬上來，麻酥酥的，一點不醃臢，而是潔淨。白日夢就來了，明晃晃的，像一條河，流淌千年以上。竹棚子的篾眼裡，灑下的是月亮，線狀的，如同幼童的謎語：千條線，萬條線，下在水裡看不見。然後是，一輪大圓太陽，躍出巔峰，光和熱從山的邊際飛也似地漫過來，天空變得金紅，再層層退回，終於空明無色。遠近都在起煙，一縷縷的，那是農人在燒田，又是千年光陰倒流，刀耕火種的原始時期。他真成了野蠻人，吃多少蟲子，晚上熏蚊子的火堆上，活跳跳扔進去，嗶剝一聲爆出來，蛋白質的香撲鼻而來。野果子是生吃，有一種雞蛋大小，紅硬殼子，劈開兩半，晶瑩的籽子，用來泡水，像檸檬紅茶，而且是錫蘭的品牌。最誘人的是蘑菇，鮮豔欲滴。校方專請來農科院的老師為大家上課，幫助識別蘑菇的種類，色彩越絢爛愈危險，老師說，就像「愛情」，這比喻用得好，都是豆蔻年華的男女，會心會意，笑開了。總是有為美麗魅惑的人，一名女生喝下一碗蘑菇湯，即刻毒性發作。十幾個男生，抬著向山底下鎮公所醫院跑，跑出半座山人就沒了。蒼白的小臉，藍布衣裙，躺在枝條紮的擔架上，青藤裡開著小花，就像莎士比亞戲劇中的俄菲莉亞。大家都哭了，透過淚眼，他看見采采的臉。和著女生一樣，采采的父母也不知在什麼地方，東北淪陷，孤身一人滯留內地，本是求學，因斷了接濟，便自謀生路。他和同學相處不深，有一點交道，也和吃和穿有關。生活背景隔閡，還有一個上海人對外界的提防，這時候，卻覺得都是同道中人，共命運的。

蘑菇事件顯示出自然的殘酷，真是「視萬物芻狗」。活躍起來的內心又沉寂下去，秋風攜帶雨季，終日淅淅瀝瀝，天地轉為一色的鉛灰，被褥書本都絞得出水。一種皮癬開始流行，指縫裡發出水泡，四周泛白，中間一粒黃，漸漸漲大，終於破出，洇到哪裡，哪裡就出泡，泡再漲大，破出，洇染，蔓延。這回是醫科的老師來講課，宣傳衛生，防患於未然。出泡比預防快得多，磺胺類的藥膏用完了，就發動採集草藥，煮水，內服外用。是草藥的功效，還是季候轉換，皮癬收斂，冬天來了。戰事和給養的迫使，學校又開始籌備遷移，移去九龍坡。既然是走，不如走個徹底，就此，他起了歸心。離校的那天，也是傷感，平時淡淡的，此刻卻留戀心生，「長亭外，古道邊，芳草碧連天」，句句唱的此情此景。腳下是中毒女生魂斷香殞的路徑，另一季芳草掩著小小的墳塚，裡面躺著美的犧牲者。多麼憂鬱啊！他走一路，掉一路淚。亂世中的人，本應該粗礪和麻木些的，他倒好，反而變得善感，更苦了自己。

四

回到上海，第二日就去找那幾個。事實上，離開小龍坎轉道重慶，專門往清華中文系跑一趟，想見一見奚子，並沒有他這個人。以為滯留下來了，可是家人說他早已經走出，受聘浙西一所中學的美術老師。不禁感慨，侷促成何等程度，才會背井離鄉做教書匠，世道真的變了。朱朱的情形也令人意外，他結婚了，夫婦二人請阿陳在新開張的高士滿飯店吃大餐，算作遲到的喜宴。女方據說是盛宣懷外家的小姐，姿色一般，但性情安靜，看上去有些主張，不大像是朱朱的所愛，而唯其如此，方才轄得住這個人。朱朱正籌辦一份明星畫報，要招阿陳做總編輯，就曉得嫁資一定不菲。阿陳推託，說自己學的是工，一無文才。朱朱說，天下知識觸類旁通，總歸是知識分子，魯迅原先學醫，後來不成了文豪？糾纏不過，答應考慮考慮，脫得身去找大虞。大虞且是萬變中的不變，依然在木器行裡幫父親看店，手藝卻有精進，埋頭做一副和式拉扇門，細木條的格子，榫頭比釘子還咬得緊。他問一句：接日本人的活？大虞抬起臉笑一笑：一上海的人，都在吃日本人的米！便也無話。兩人一個做，一個看，下午的時間就這麼過去。下一日，又來了，還是一個做，一個看，一天的時間過去。「四小開」的一副牌裡，現在只有他和他一個對子了。

太平洋戰爭爆發後的上海，國與國形勢激變，日常依然是吃飯穿衣，但這兩件事卻日益艱困起來。他不得已到朱朱的畫報社謀職。畫報尚在起步階段，就遭遇不景氣，又惹一場是非，因為登載女明星整容前後的照片。本是為提高銷量，不料，卻被勒令停印停售，還付出一筆賠償金，全體員工停薪一個月。所謂全體員工，就是朱朱、阿陳，外加一個編務小姐。朱朱是老闆，無所謂薪俸；小姐顯見得是老闆自己人，額外有收入；所以停的只是阿陳一個人。又維持兩期，幾乎淨賠，家主婆看不下去了，文化事業簡直就是任性的代名詞，還是造孽的代名詞，出來收場，親自善後，阿陳得一筆遣散費。因是陪嫁，朱朱的支配權就有限，幸好這「有限」，才保住家底。雖是名門淑媛，處理庶務頗有裁決，而且氣度大，不愧為盛宣懷的外家，阿陳心中起了敬意，然而，他卻失業了。

其時，祖父母隨大伯大伯母回到上海。阿陳要移去他們一房後進西北角上的三間，卻被祖父留住，於是，就在祖父母大床的對角，西牆下搭一張鋪。老人與他並不很親，怕都認不出是行幾的孫輩，但特殊時期，聚散無常，一大個宅子裡，就這麼三五口人，不由就生出相濡以沫的心情。大伯是親大伯，照規矩應該與他們一起，也住後進，東北角上三間。伯祖早年去世，伯祖母被接回福建原籍，不知道是不是改嫁，總之沒有往來，東翼的統樓就空下來了。大伯娶親，祖父大約也是覺得冷清，讓新人的房間做在上面。慣例是東高西低，但祖父是個怕動的人，因此仍然住西翼，這種顛倒的格局就一直持續到以後。就這樣，祖父和大伯父，相隔一個樓梯間，各住兩翼，原屬大伯父的三間給了父親，作為補償。孩子生下、長大，臨到娶妻生子，那三間就又一點一點分割掉了。局面總是不能夠平衡，芥蒂就也消除不了，彼此隔閡著，比陌路還更生分。這時候，卻走近起來。

為節省柴米，一併起炊。他是唯一的小輩和壯年，就擔起出力的活，排隊買戶口米和煤，再拉回來——自行車後面裝一個拖斗，焊一具火油箱，扣上鎖，就不怕乞丐偷搶。東院的舊井，讓枯葉垃圾填滿，他清空壅物，淘幹積淤，看新水漫上來，彷彿希望在滋生，自來水的異味和停止供給都不怕了。停電更不怕，倉房裡翻出一箱美孚火油，還有幾盞附贈的油燈，麂皮蘸牙膏，玻璃罩擦得錚亮，盈盈的一豆光，也是希望。現在，他是家中的主心骨，凡事都問他怎麼辦，他又是個百事通，每項問題都有答案。

他卻還是對祖父有畏懼，捱得很晚方才上樓就寢。老年人覺少，捱得再晚，也都醒著。祖母在帳子裡呢喃念佛，祖父坐在案前，持筆寫和畫。他悄著手腳躺進被窩，聽見紙的悉索，水盂向硯上傾倒的聲音，就像魚吻開闔。屏著聲氣，很快就睡著，睜眼又是一個白晝。書案上鋪著宣紙，紙上的墨蹟似乎還未乾。有幾次，祖父招他過去，站一旁看，臨的是古人的字畫。他不很懂，也不敢走開，只是眼隨筆走。漸漸地，綿白上浮凸起山水、樹叢、舟楫，怦然一動，這不是小龍坎嗎？不由想那古人真了不起，其時沒什麼交通，活動多是有限，卻能夠走遍天下。祖父似乎聽見他的心聲，回頭看，卻一驚，驚詫旁邊有人，祖父的心也走遠了。於是，便退下去。

從大伯和大伯母口中，知道是去浙江臨安避亂，那裡有祖母的舅家，在一個山坳裡，四周都是竹，村落裡有一所中學校，學生們一早就在竹林裡唸書，伴著鳥叫，彷佛世外。大伯母說，曾經有政府教育部的官員巡查，是個年輕人，很有些面熟，像他的一個朋友，家中開律所的。然而蓄了鬚，又不像了，便沒敢認。猜大伯母說的是奚子，家人說他去浙西，做教育，也對得起來。只是納悶本來說一起往這邊，卻自己跑到那邊。大伯母說，原本住得好好的，祖父也很喜歡，不料，日本人的炸彈竟然也跟來了，削去半爿山，就覺不安生了。無論舅公如何苦留，祖父執意要走，說死也死在祖屋裡，不能做異鄉鬼。於是，轉道杭州，再到嘉興，周周折折，回到上海。他順勢問幾句祖宅的來歷，大伯母說當時老祖宗從一名大官手裡買下，至於哪一朝的官，什麼品級，大伯母說不上來，只是領他到前天井裡，抬手向天一指：看見嗎？要不是皇帝恩准，誰敢牆頭游龍！門頭上果然二龍抬頭，向兩邊逶迤。

牆裡邊的日子是這樣，牆外邊呢？廢墟上又起來房屋，舊磚瓦砌起五尺高，油毛氈蓋頂。下雨和颱風推倒了，再又重起。每一次重起，屋脊都要高半尺，屋腳則向前跨一步，於是，巷道越來越窄，只剩三尺，勉強夠兩人交錯，人們就稱它「引線街」。「引線街」所以沒有完全併攏，是為南北貫通的方便，倘不是有它，直下一里路，到肇嘉浜才能轉彎。這是南北，東西向的情形又不同了。西邊尚可安定，因警廳機關所在，東邊就亂了，從前面火神廟一帶鋪下來，先是逢十逢五的攤設，逐漸駐紮下來，驅也驅不散，法不責眾，遂成市廛。他在牆裡巡逡，防盜防賊，一日，東院牆下拾到一枚蛋，下一日，又拾一枚，方才留意到牆上有縫，裂有二指，第三日。就有婦人上門索討，知道是她家的母雞越界生產，將蛋還回去，掃些碎石堵上，以為從此杜絕往來。但其實，只是一場攻城戰的開端。從戰時起，他家關閉前後門，都從西側邊門進出，東院荒疏下來，成薄弱環節，牆外人家便生出覬覦之心，早已經建房種地，築起城中村。延及四邊，各類棚屋，都在擴增擴長，迅速繁殖。終於有一天，他騎車回家，看見自家宅子，宛如海水中的礁石，或者礁石上的燈塔，孤立其中，煢煢孑立。始料未及的，一陣心驚襲來，他感到了危險。就在這同時，他看出老宅的美。他向來不喜歡中國建築的形制，覺得陰沉和冷淡，也許是心境相合的緣故，他忽就領略到一種蕭瑟的肅穆的姿容。

家人們陸續回來，一個堂兄應了北平的差事，攜妻小遷走；另一個堂兄弟，滯留外埠，結婚成家，也不回來了；但又進來一門南匯鄉下的親戚。說是親戚，其實只是同姓。多少年前，家中還有地畝，幫著收繳租子，舊稱莊頭的農戶。海堤崩潰，大水淹了田和房，日本兵又來，於是，逃荒並逃難，一氣投奔過來。他家正缺人手，就充了僕役。女的對內，男的對外，兩個小孩只十歲上下，就跟著上學，放學後則做些雜務。一家人住在西院裡倉房的外進，就又負起看門與守衛。

他依然睡祖父母房內，有幾回提起移出去，祖父都說不必，一動不如一靜，就又住下來。宅子裡回復到從前的雍塞與嘈雜，煙火氣騰騰，齟齬也生出來了。祖父房裡卻是安寧的，有時候，他會想到佛堂，塵世中的一顆清心，是避世，又是超度。他還是依前段的規矩，與祖父母和大伯大伯母一同吃，那最小的堂兄弟，有自己的家，倒是另立門戶。自己的父母呢，帶著兩個妹妹過。還有一個未出閣的姑婆，一個人做一家。這樣的生活結構，多少有點不合常理，但大家族就是這樣，人口多，關係雜，表面的秩序底下，因人而宜，因事而宜，就有許多變通。

現在，他在祖父房裡待的時間多了，一是習慣所致，二也是母親和大伯母起爭執，他很難說話，與哪一邊都要生隙，不如走開乾淨。如此，就和祖父多出言語交道。祖父是個訥言謹行的人，一生中從未做過任何事，倘不是避難，大約都不會走出宅子。鎮日就是書和畫，雖無自創，只臨摹，卻並無倦意。最愛的字是瘦金體，也讓他跟著學。他是連描紅都未練過的，提著筆，擻擻地抖，好不容易落到紙上，倒不抖了，心也安定下來。以後，每日寫一張，交祖父驗看。一日復一日，就有了幾個圈，自己也得幾分意趣。祖父對瘦金體的評價是「細巧」，後來，他發現「細巧」是祖父的美學衡量。指點他看門頭，門頭正對著案前的窗戶，是一副磚雕，八仙過海的故事，人物的形狀、冠戴、衣褶、器物，四周的雲彩、水紋、鳥羽、花蕊，均栩栩如生，據此可判定出自清人之手，明代斷不會有這般的「細巧」，相反，是「粗氣」。他覺得祖父有些像宋徽宗，晚年的被囚禁的時期，而非風雲激盪的前半生。要說，祖父算得上有福之人，雖生在家道中落，但先人的陰德罩著，衣食並沒有受減。縱然，辛亥年裡鼎革之變，事實上，滬上早已開埠，華洋雜居，資本削弱皇權，是個民主社會，不像北京，處於新舊交替的大動亂。這一回外夷入侵，閘北轟炸，淞滬會戰，老宅子卻未受波及。最大的險情莫過於臨安山裡那一顆炸彈，可不也化險為夷？現在，平安回來，日本人也投降了。

其時，祖父高壽八十二，相貌卻不到古稀。面色清矍，耳聰目明。年輕時有玉樹臨風之姿，如今，骨架子略收縮些，並不見枯萎。一日興起，帶陳書玉遍走樓上樓下，指示門扉上的雕飾，原來都有源頭，源頭都是八仙。門板上的圖案是暗八仙，意即八仙操持的法器，張果老的巾箱；藍采和的板子；何仙姑的果籃；韓湘子的牡丹花……窗櫺的鏤刻是四款花色，冬梅，秋菊，夏荷，春天的芍藥，八仙渡海時的護送，人間分為四季，仙道卻另有時間，常言道，洞中一日，世上千年，就是這個意思。原先，祖父向院子裡望去，四角上正是這四時種植，如今，荒蕪了，只餘下一株梅，無人整頓枝型，更顯得凋敝。然而，祖父說，終還是它——這個「它」指的「梅」，只半句話，就不好猜了。或者疲累，或者觸動心事，神色明顯頹唐，卻要下樓，想攔不敢攔，只得尾隨。到東院，見那牆縫裡的填塞被幾根木契頂開了，顯然，牆外又在做什麼工程。當長輩的面，不方便交道，暫且放下。最後，回到樓上，祖父說，這宅子的原主當是京官，因宅基正北正南。上海地方，設在江灣灘塗，高低左右難以取直，街市房屋互相借地，這裡出來，那裡進去，但從這宅子的形制，卻可推出中軸線來。

仲夏之夜，仰望天空，遠近星星，一鍋粥傾倒下來似的。他尋找北斗七星，沿聯線對照，企圖證明宅子的方向。忽就恍惚起來，似乎置身於無限的空茫，地心引力消失，升上去，飛起來，不禁害怕，放平視線，定定神，回屋去了。

五

南匯一家來到，卸去了庶務，脫得身，再去找事做。物價飛漲，雖短不了一碗飯，零花錢就不湊手了。他找朱朱，朱朱自己也賦閒著，有太太轄制，舞場也不去了。在家養著，人白胖許多，與路上的饑民形成對照。這白胖卻也顯老，成了一個中年人。看見陳書玉，露出欣喜來，顯然憋苦了，想起「四小開」瀟灑的日子，情不能自禁。嘴裡吵著要請飯，眼睛在太太的臉上流連。太太說外面有什麼吃的，弄不巧還染上痢疾，就在屋裡吧！朱太太手上牽一個孩子，看腰身，懷裡又有一個。朱朱諾諾著，意氣有些消沉，臉色也萎頓下來。這一餐飯豐盛得很，陳書玉好久沒有放量進食，此刻又沒胃口了，朱太太就像讀書時代的學監，促進人的自覺性。餐桌鋪著抽繡的桌布，小孩子在矮凳上，繫了圍兜，有模有樣地用餐。一個女傭照顧兩頭，添湯加飯，筷子碰落地上，立即遞上乾淨的一雙。因為緊張，陳書玉總共碰落兩次，一個人用了三雙筷。不僅是他，連朱朱都像是客人，輕浮放浪收斂起來，婚姻的馴化能力是很強大的。

出來朱朱家，彎道去奚子家看看，或許回來了也不定。奚子沒有回來，悻悻然出弄堂。正午的太陽，從茂密的梧桐葉裡，撒下一地亮斑，茫然穿行其間。忽聽有人喊「陳書玉」，不確定是叫他，也許有另一個「陳書玉」。但還是煞住車把，一腿著地，跨在前槓上，試探地左右看。光影閃爍，眼睛都花了，一個長衫人，禮帽下一張笑臉，越來越近，原來是奚子的弟弟。他喜從心來，踉蹌邁下車，一雙手已經熱烘烘地握過來。你到哪裡去了！他脫口說道，聲音裡帶著哽噎。弟弟笑著，只是不鬆手。他有無窮的話要說，最終一句沒說，也是笑。這些日子呀，就他一個人，過的時候不覺得，回頭看，多少的難和寂寞，全撲面而來。兩人站在午後的林蔭裡，好像在另一個世代，死生契闊的情景裡。

停了停，稍平息情緒，弟弟問起近況，他直言告之，正奔走一份職業。弟弟問想做什麼，他說平生沒做過什麼，身無長技，學歷僅斷續的三年，身體也沒有訓練，可說文不能文，武不能武，自己忖忖，小公司做個文員尚可湊合。弟弟從公事包裡掏出紙筆，墊著寫一封短信。這動作使他想起青木關分別的時候，也是摸出紙筆，寫下字條，那一張字條還在呢！從長衫禮帽和公事包看，弟弟的境遇不錯，有發達的氣象。字條寫給一所立志小學，校名取自校長「王鈞志」中的一個字，想來還是辦學的人。底下的落款卻與上一回不同，又是一個。那小學校在一條長弄裡，這樣的學校遍地皆是，他暫不打算應聘，因不到萬不得已。將紙條疊起收好，看著弟弟離去的背影，像走在萬花筒裡，玻璃棱片折射輝映的中心，漸漸遠成一個光斑，然後一躍，不見了。

這天的下半日，是在大虞的木器店裡度過。大虞家的木器生意，關停幾家，雇工也打發一半，餘下海格路停柩所的西洋棺材鋪和南市紅木作坊。內戰激烈，中原逐鹿，後方人心則在拉鋸。無產無業倒安穩，不論誰在朝，皇帝還是總統，都要有百姓在野。豪門闊戶上等社會也不要緊，四海之內皆可棲身，早已經跑去和平世界。最為惶遽的是中產人家，資本市場發起，保守黨和革命黨都是對頭，又都是靠山，不知何去何從，有奈何的投石問路，無奈何測字算命，哪有心思置產！定制的活計幾近於零。從概率出發，去留各一半，都不在少數。那舉家搬遷的，細軟隨身攜帶和車船託運，沉重的家私就只能就地處理。先有人來問收不收，三錢不值兩錢的，虞老闆腦筋一轉，就成了新營生。滬上都知道他識貨，又有出貨的管道，不是有許多義國人交道嗎？歐戰勝利，僑民們絡繹回歸原籍，都要帶些中國特色的器物，大到寧式眠床、高櫃、長案，小到掛屏、茶几、窗扇，甚至一只馬桶，描金畫鳳的，提攀挎在淑女臂彎裡，搖搖晃晃上船。虞老闆將後堂的工廠清空，再又租下背面街上幾間空店鋪，打通，貫穿起來，全作倉庫用，堆滿紅木傢俱。前頭的門面依舊是原先的三尺櫃檯，左右鄰有閒置的房屋，並不吃進，由它們空著去，怕的是樹大招風。即便如此謹慎，名聲還是出去了。做生意，講究人脈，許多交易都是一生二，二生三，朋友的朋友，故舊的故舊，像樹上發的枝杈，虞老闆卻都要理清根源。收購舊貨最怕贓物，弄不好都能牽涉訴訟。這一日，一位先生帶了朋友的手書，送來一套海南檀明式廳堂家具，依慣例，買家先開價，對方卻破天荒沒有還價，而是一口應下，彷彿有些急躁，半個時辰即成交。虞老闆賺了，難免覺得虧心，以為客人會生悔意，再來找補，想不到那人一去不回。後來事發，在另一路上，但也應了當時的不安。

陳書玉在大虞家的店堂，走進去，好比家具博覽會。滬上有錢人多是新富，用物往往中西並舉，歐派的洛可可風與晚清奢靡可說殊途同歸，交互作用，螺鈿、牙雕、貼金、描銀，一派錦繡繁華；明式的簡約素樸，又應和現代主義潮流。陳書玉受祖父影響，傾向清式，大虞則崇尚明代。前者富麗，後者清雅，各有千秋。可陳書玉還是不能服氣，那兩米高的櫥面上浮凸的鳥獸人物，浩如煙海，一壁牆的博古架，以枝形和花蕊區隔，連綿逶迤。大虞以格局論，大和小無法等量齊觀；他堅執物事不在大小，而在積少成多，聚沙也能成塔。大虞笑他是暴發戶，他笑大虞冬烘。兩人在家具城的狹弄穿行，一行一行過去，眼前陡然一亮，原來走到盡頭，站在一方光明裡。邁出門，只見江水濤濤，桅杆林立，水鳥噶噶鳴叫，盤旋不去。爭執停住，靜下來，卻生出一股悵惘，好比舊詞中唱的，前不見古人，後不見來者，生命變得渺小了。

自後，陳書玉每日都往大虞地方跑一趟。大虞手裡做些小活，從舊物上臨下一式花樣，鐵絲蓮的鬚蔓翻捲纏繞，絲絲入扣。雖然生性喜歡簡明，但手藝活卻讓他迷戀細節，從遠處講，受教於文藝復興裡的世俗心，近處來說，生在上海，一個美麗的物質世界，無論精神多麼曠遠，現實都是結實和飽滿。大虞打樣，陳書玉做什麼？修鐘錶。鋪子裡有一架西洋鐘，從一名葡萄牙人手裡收下的。這葡國水手喝得爛醉，倚在鹹水妹身上，急著買春，將座鐘往櫃面上一推，夥計只當打發乞討的，送出去幾個錢，人就不見了。也不知在哪個口岸劫來的，木底子上，一群牙雕的小天使托著鐘盤，鐘卻不能走，執意停在十二點差幾分的位置，彷彿永恆的時間。陳書玉拆出機芯，鑷子撥一撥，全盤皆動，就知道齒輪的咬合與傳送還有效。他是學工的出身，動力的基本原理其實差不多。鐵道是個龐然大物，分工成無數的局部，而這個小芯子，卻是全體。他被完整的精密度迷住了，領略到機械的趣味，將一小點能量無限增值，有點像中國的「道生一，一生二，二生三，三生萬物」。

後來，大虞建議他在紅木鋪掛牌修理鐘錶，多點少點也是一口飯。其時，家裡的經濟也到捉襟見肘。趁勝利之際，大妹妹出閣，減去一口，在家的堂兄弟卻添丁，加一口人，總數持平，但物價飛漲，存蓄就縮水了。修理鐘表的報酬，既要繳付大伯家膳費，又要向父母家盡贍養道義，兩邊還不能明著給，生怕起芥蒂。自己的零用錢沒了出處，中午飯都是在大虞家白吃。偶爾的，晚上出去兜風坐咖啡館跳舞，也是大虞做東。好在大虞並不屬意舞場，只是聽舞曲，他也不必下池，免去買舞票請舞伴的花銷。兩人坐在茶桌邊作壁上觀，彷佛在看當年的自己，以及自己的兄弟淘，還有姊妹淘。但沒有采采，采采個頭高，倘若在裡面，就是鶴立雞群。那時候真好心情，好興致，不過三年光景，卻好像一個世代。坐到十點至多十一點，歌舞正值高潮，風起雲湧的，他倆起身離開了。街燈下，奧斯丁汽車接龍般排成行，車身散發蠟光，有接舞伴出台的，也有送歌星進場的，車門打開，一雙纖足，踩著細高的鞋跟落地，或者收起，車門關閉，一道流星似地駛去。

這上海實在是個奇異的地方，一方面，處在歷史的風口浪尖，不要說別的，單憑兩件事，一是警笛的嘯聲，尤其夜間，銳叫著穿越城市的心臟，令人膽寒，夜哭郎都噤聲了；二是十六鋪客輪碼頭。日夜壅塞候船的人，黃牛兜售黑市船票，票價見風長，那船呢，就是不來。盼星星盼月亮，終於來遲姍姍，不來還有條命，一旦來到，命就危險了。有擠落到水裡的，有踩在腳板底下的，有被錨鏈甩著的，哭喊聲回蕩，可離開一條街都聽不見，好像裝進悶罐裡，又好像，房屋都是隔音壁。這是一方面，另方面呢，又在柴米油鹽尋常道裡。像陳書玉家，那宅子裡擁簇著人，但被生計壓迫著，分不出閒心和閒氣，所以，日子難歸難，卻同心同德，倒比以往安靜。這一年，祖父八十五壽，家人們便商議辦一辦，雖不能夠戰前的排場，壽麵總是吃得起的。持家的女人們想好了，殺幾隻雞，壓幾籮麵條，老人家和兒子，陪幾位故舊老親，用一桌酒菜，其餘女眷和孫輩只吃麵。有祝壽的賓友，也吃麵。事實上，停了幾代經營，交際有限得很，多是小一代的往來，供一碗雞湯麵也說得過去了。

倒了日子，前門敞開，轎廳、花廳、過廊、前後天井、左右院子，早幾日灑掃幾遍，鏡面一般。倒伏的草木扶起，或者索性鋤去，倒清爽舒朗。門扉和窗槅統統洗過，堂上的桌椅也洗過。階前的兩口大缸，換了潔淨雨水，新放幾條鯽魚，噗呲噗呲擺尾。落地門拔了銷，兩邊疊起，向南敞開。椅墊桌圍翻出來，繫上去，瓷瓶上貼了「壽」字，迎門的壁上是大大的「壽」字。老太爺坐案子左手，右手是老太太，地上一溜蒲團，按輩分依序磕頭。輪到曾孫子，不會走路的就由他娘抱在手裡代磕一個。倉房住的南滙一家，男的稱張爸，女的則是張媽，最後一輪磕過，天就近午了。圓桌擺上，居中為首一桌，左右各一桌，下首各又一桌，共五桌。老太爺囑咐主桌上的熏青魚白切雞分下去，「分餘」「分吉」討個口彩，一盤壽桃也分完了，然後方才暖酒喝將起來。

陳書玉坐左上首一桌，帶兩個朋友，一個自然是大虞，另一個，人稱譚小姐，是大虞家紅木鋪後門的街坊，也在櫃檯上占一個角，掛牌絨線社。譚小姐自家的營業是木柴行，多少是依著虞家的生意起爐灶。譚小姐讀的是新學，風氣開放，自由戀愛一個男同學，交道兩年，男同學又愛上另一個女同學，因人是「自由」的。譚小姐情理兩失，日日以淚洗面，深覺人生聊無意義可言。家中就這一個獨女，凡事縱容，不想有如今下場，無限勸說也無結果，最後，以其人之矛攻其人之盾，由父親出面宣布：新文化向來主張女子獨立，連媒聘大事都自己作主，人格獨立先要經濟獨立，本已是成人之年齡，需自謀生存才好，大人借貸三百斤絨線，開個絨線社，做得了就做，做不了父母總會接盤，養兒女不就是還債？一番話激起志氣，還是父親出面，借虞家地方，經營起來。有了事做，精神就有寄託，心情漸漸平復。無可奈何花落去，看不開又能怎樣？理智回來了，笑容從此失去，活潑的性子收起來了。就這樣，每日裡，這二男一女，各行各事，氣氛即是沉悶，但也是寧靜。

大虞頭一回來到陳書玉家，頗有驚豔之感。他知道些陳家的淵源，也知道已然在末梢，沒曾想還有這麼一處宅子，就想起一句古話：百足之蟲，死而不僵。當長輩面，不好意思胡亂走動和說話，只轉了頭看四周。偌大的敞廳，無柱無梁，僅憑四角的斗拱承托起一座樓。聽家中大人說過紫禁城角樓的營造，多少工匠手足無措，後來大師傅做夢，見魯班宗師手提一具蟋蟀籠立在跟前，靈光一閃，有了！大虞自己讀過書，又在美術學校旁聽課程，知道古希臘建築歷史，依次有多立克柱式，愛奧尼亞柱式，科斯林柱式，而中國的斗拱一網打盡，全域改變，還更顯出身分。從他坐的位置看出去，側看門頭一角，磚雕一層一層套進去，按西洋技法稱，應作「深浮雕」，活脫脫一台戲。何仙姑的花籃裡，伸出一枝海棠，險伶伶掛在邊框外，與其相對的，張果老坐騎的驢頭，額上一撮纓絡，是飄上去，將落未落的那一刻。細節是瑣碎了，趣味也有些小，和宅子的嚴肅端莊不相符，可是天真呀，有意思呀，而且，見得寫實功夫。天井裡青磚鋪設，望得見月洞門外一片地坪，用的是花磚，赭紅和松綠。吃飽的孩子下了桌，在院子抽陀螺玩。陀螺溜溜轉，叮鈴鈴響，就知道這地磚不是一般。聽大人說過蘇州有一種金磚，起自於皇城大都的營造，採土和泥，反覆踩踏搗練；再使布袋兜著濾漿，就像水磨粉；製成胚，陰乾後方才進窯；草糠熏三十日，爿柴燒三十日，乾柴燒三十日，最後，松枝燒四十日；起窯出來浸在桐油裡，又數十個晝夜。弄不巧就是它！滬上富戶雖多，可都是新發的，沒什麼來歷，也沒見識，仗了有錢，窮糟蹋。就像這夥子小孩，金磚地上抽陀螺，每一鞭都像抽在他身上，不自禁一咧嘴。吃完麵，和譚小姐一併離席，拜辭老壽星。陳書玉送客，穿廊過院，一腳跨出門又返身，抬頭望一望宅子，眼睛停在屋脊，移不動了。

頂上一列脊獸，形態各異，琉璃的材質；簷口的瓦當，瓦當上的釘帽，前端的滴水，全是釉陶。前一夜下了雨，今日太陽出，於是晶瑩剔透，光彩熠熠。低頭看一眼那少主人，渾然不覺的樣子，又可惜又可憐，說一句：阿陳你是坐在金盆裡洗澡啊！又追一句：潑洗澡水不要把澡盆潑出去啊！阿陳說：我倒願意是你家的木頭腳盆。譚小姐一旁插嘴道：金盆銀盆抵不上一只米飯碗。那兩人問：什麼意思？譚小姐說：弱水三千，我只取一瓢飲！說罷抬腳邁出門檻，兩人更不解了，懵懂跟著邁出去。陳書玉站在門前，目送二人的背影，發現對面的房屋又湧過來一層，幾乎貼住鼻子，滬諺說的「碰鼻子轉彎」。一愣神，那兩人已經轉過去，看不見了。

第二章

六

解放軍過江的砲聲都聽得見了，這裡三個人依然各守一隅，埋頭活計。奇怪的是，也總有活計上門。百姓的日子，似乎有恆常的性質，像水一樣，無論從誰家岸邊過，都一逕向前去，這裡斷了，那裡又續上。有送給譚小姐的毛線活，織成沒來取，就展開掛在壁上，作了廣告。修好的鐘錶，也有沒取走的，同樣掛在壁上，陳書玉每天上滿發條，調準時間，滴答走著，到正點還會「當」地敲起來，幾點鐘響幾下。大虞的花樣已經刻成木浮雕，方桌四邊的貼面，一個白俄猶太人的訂製，最終也沒領走，就放在地上，鋪一層平絨布，做阿陳的工作台。局勢在改變，但波及到他們，大世界裡最小最小的因數，就潰散了能量，平息下來，歸為原狀。金元券大貶值，頭天的一擔米，下一天就是一捆草紙，軋黃金軋死人。可是他們這樣的人家，船板爛了還有三斤釘，就算沒落，也是沒落少爺和沒落小姐。家裡人也在談論去和留，陳書玉的最末一個堂兄弟，帶家眷走了，說是公司外派，也不知派往哪裡去，這一房，孩子多，又搭住著女方的娘家人，呼啦啦走乾淨，真就覺得空寂了。大虞家呢，停柩所的義國人曾動員一起走，去他老家翡冷翠。虞老闆鄉土觀念重，覺得中國人還是在中國地方好，於是，生意夥伴就此告別。義國人留下善後的費用和幾十具棺材，一半有主，一半無主。有主的，虞老闆聯絡僑民墓地，送去落葬；無人的移到紅木店裡，漸漸出手。此外，還有一些墓地的裝飾物，其中一座聖母瑪利亞的立像，一米高的圓雕，低頭垂目，掩著頭巾，露出的半邊臉十分俏麗，有些中國式的楚楚動人。大虞喜歡，搬到自己房間，家人以為不吉利，但也沒有大阻攔，隨他去了。一日，大虞說：阿陳啊，瑪利亞是不是像譚小姐？阿陳先說不像，所差遠矣，遂恍然悟出，原來是有情人！再看譚小姐，也像變一個人，面色瑩潤有光，增添一層生韻，眉眼如同墨描，輪廓就變得鮮明，真有些近似瑪利亞的側臉。這兩人本來住一條街，算得上青梅竹馬，如今朝夕相處，變局中的人生，都有苟安的心理。譚木柴行回原籍臨安的計畫，就為著兒女婚事擱置下來。因此，直到國民政府撤退，解放大軍進城，這三個人還是那三個人。

大軍過江，向上海進發的幾日，真有些激動人心。爬在陳家老宅的屋頂，往北望去，可見公路上一行車燈，長不見尾。年輕人總是嚮往新的社會，尤其是舊社會已經分崩離析。此時此刻，他們方才意識這些日子所經歷的不堪。配給米的黴變，世面蕭條，接受大員的貪腐，美國吉普車呼嘯而過，如入無人之境，夜間的宵禁，搜索共產黨分片停電，人人自危……進上海的車隊絡繹不絕，有二日之久，閘北水廠的水塔，就像一顆啟明星，只要亮著，這城市的白晝必會如期到來。

上海解放的日子，三個人停止業務，一併去外灘看解放軍的鑼鼓秧歌。即是意外，也是意中，遇到朱朱一家。朱朱頸上騎一個孩子，女人手裡牽一個，肚子裡顯然又有第三個。陳書玉暗想，這女人真能生養，但見朱朱儼然居家男人的樣子，約略覺出太太的策略。老朋友，加上新成員，五個大人兩個小孩，一起到大鴻運午飯。堂倌引上二樓，小孩子撲到窗台看底下的遊行隊伍。大虞和朱朱多時未見，阿陳有幾面之緣，一眨眼也二三年時間過去，有無窮的新舊話題。兩位女眷雖是初識，但因人情和心情緣故，言語都熱切，很快談將起來。朱朱的太太，生育的關係，比先前豐腴些，臉型的線條變得圓潤，顯出柔和。那三人聚在一處，自然想起第四個，奚子。阿陳說了與奚子弟弟的一段，大虞先沉吟不語，然後道：美專師生，多傾向左翼，自己也參加過幾次讀書小組，旁聽討論俄國人特羅茨基和列寧。他聽不太懂，但是空氣讓人不安，低燭光的電燈光下，一張張暴了筋的紅臉，眼睛散發著熱病般的灼亮，一些危險的詞彙在四壁間碰撞，比如「布爾什維克」，比如「蘇維埃」，比如「聯共」……他看見禁區的邊緣，可是，年輕人不都是叛逆的？藝術呢，又超越現實。他不懂政治，那是離得極遠的事情，蘇俄也是極遠的事情，他對它的了解大概只限於這城市裡的白俄難民，過著近乎乞討的日子，擺地攤，開廉價咖啡店，或者教小孩子法語和英語，滬上人稱之「羅宋癟三」。事實上，他們原本出身貴族，大革命中流亡到此，連帶著，革命給他可怕的印象。於是，退出了讀書小組。

在今天的日子裡，這些極遙遠的事情就近到眼前了。原先的危險和可怕則變成一種敬畏。朱朱說，奚子要在新政府裡，我們也就朝中有人。朱太太斜他一眼道，我們即不附逆，亦不忤逆，稱得上優秀國民，有什麼要通融的！朱朱強辯一句，總歸是前朝舊人。阿陳趕緊舉杯喊著要碰一下，將夫婦二人的爭執岔開去，多少是覺得這話頭有些掃興。碰過杯，重新起題，就是大虞和譚小姐，說何不趁了解放，再辦一樁喜事？不料譚小姐回過來一句話：阿陳呢？意在何方！譚小姐變得活潑了，這題目究竟是讓人高興的。阿陳卻窘了，火燒雲似的彤紅一張臉。人們不免想起采采，紛紛問道，這一位只連連搖手，是不明其下落，還是根本沒有那回事。這時候，朱朱倒說出一點線索，原來，他們倆見過一回。

采采大禮，先生是奉天人，就算得上大同鄉，他老子行伍出身，屬奉系，張學良犯事，正好帶了兒子在上海出公事，避過一禍，父子倆索性留下來不回去了。老的其實原來就有一門外室在此地，小的呢，成天泡在舞場，認識了采采。先是逢場作戲，北邊還有妻室呢！後來不知怎麼的用心起來，大概也是時運所致，動盪中什麼都是過眼雲煙，唯有身邊這個人有真憑實據的。於是，登報聲明，離了那裡，結了這裡，一起轉移南方。臨行前在大新百貨遇見朱朱，還問起阿陳你呢？想到十六鋪碼頭上，候船的人裡有采采，可謂咫尺天涯，不由沉默下來。眾人看他色變，勸解道，舊的不去，新的不來，只見他黯然一笑，回答，即便采采此刻站在跟前，一個一無所有的人，又拿什麼娶她？大虞就說，一無所有？你家的宅子，在座所有人的家當合起來，未必抵得上。朱朱的太太跟著說，滬上的世族都知道，陳家當年的威勢，一條十六鋪都是你家的。朱朱對太太一句：最終不還是讓你家吃進！說得阿陳很糊塗。大虞解釋道：有一本《春申舊聞錄》，從阿陳家祖上的金利源碼頭，到盛宣懷輪船招商局，中間經歷幾朝幾代，多少人事變遷——朱朱太太掃男人一眼：你們家也插進一腳！朱朱臉上訕訕的，又不好過於辯駁，到底是懼內心重，再則，坊間傳聞耳朵裡也是掃到過的。阿陳聽著這些，就像聽別人家的故事，一點觸動沒有，想的還是采采，而采采也是別人家的人了。

說話間，太陽移到窗欞西角，樓下的遊行隊伍走到末梢，小孩子吃飽玩累，開始吵鬧，堂倌的茶水也溫吞了，明顯有逐客的意思。朱朱受太太支使，搶著付帳，然後一人抱大的，一人抱小的，立時變得安靜，原來都入睡了。一行人絡繹走出，踩得紅漆樓板鐺鐺響。街上清寂下來，炮仗的紙屑掃到牆根，卵石地面染了一層紅。幾個人站在路當中告別，說話激起回音，彷彿四處在說「再見」。次日，虞家的紅木店裡，絨線社和鐘錶鋪恢復營業，少東家又起來另一幅畫樣。世面上關閉的生意一日一日開出來，解放軍的宣傳車徐徐經過，年輕的女兵舉著大喇叭，敞著喉嚨唱「解放區的天是明朗的天」，一曲唱畢，即跳下車，往牆上刷漿糊，貼告示，宣布各項新政，底下敲著新政府的印章。一日，張貼的是軍管會各部門的名目和負責人姓名。陳書玉看見文藝處一行裡有「奚澗」兩個字，「奚」是個冷僻的姓，就讓他想到「奚子」。雖然與奚子的雙名不符，但聽說加入共產黨多要改名，表示與舊人生決裂，「奚澗」的字樣看起來就不像父母的起意，而有文藝的氣息。文藝和文藝又不同，報紙專欄、連載小說的作者，比如「張恨水」，比如「畢倚虹」，比如「朱瘦菊」，才子的風情；這裡則是「五四」

式的，與「柔石」「廬隱」一類。陳書玉看過幾本新舊小說，上海是小說的銷場，讀書人看，沒讀書的人當識字本也看。他不入迷，是冷靜的讀者，曉得是假，假戲真做，亦有動人之處。此時，對著公告上的名字，覺得像一齣戲，一齣寫實的戲劇。回去和大虞說，大虞的反應很平淡，天下同姓的人多了去，就算是，今非昔比，一在官，一在民，已是兩路人！陳書玉說，我又不想得他好處，只想問問，當年與我去重慶，為什麼臨陣滑脫，換了他弟弟！譚小姐也主張找一找，女人的好奇心比較強，想見一見「四小開」中的一「開」，尤其是，小開變幹部，不更有趣了？大虞就不好反對了，又聯絡朱朱，朱朱又動員太太，太太藉口孩子牽攀，內心裡是對見官有忌諱，於是，這四人一併，沿告示上地址找去了。

軍管會設在西區，原法國租界一幢花園洋房內，房主人闔家舉遷香港，留下一些舊僕善後，住在北面副樓，向側街開門進出。正門設了崗，哨兵扶槍立在檯子上，神情凜然。到此，不禁瑟縮，最後，由朱朱上前交涉。朱朱步履游移，慢慢踱過去，垂手立直，只與對面人齊胸，顯得謙卑。平時巧舌如簧的口齒，忽變得遲滯，語焉不詳，那兵向後偏偏頭，以為讓進去的意思，方一舉步，卻被喝止，立在膝邊的槍提了起來，趕緊收住。從裡走出一個人，原來崗哨後面有一小屋，掛「傳令」的木牌，內外隨時接應。

來人身穿解放軍裝，臉相白淨，說話斯文，自報姓「李」，稱「小李」即可。在旁等候的幾個，向這邊移動聚攏。此一行人，和小李站一處，實在不適宜。朱朱和阿陳穿西服；譚小姐旗袍裝，臉上淡淡擦一層粉；大虞倒是穿一條工裝褲，彷彿普羅階級，卻不像實際生活中，而是左翼戲劇的舞台上。小李說聲「稍等」，轉身去傳令間撥電話。電話是手搖的，臨時拉的軍線。隔了窗玻璃，聽不見說話，只看到掛了幾次，又搖了幾次，似乎找人並不順利。於是，那要找的人變得渺茫起來。也許，正如大虞說的，此一「奚」非彼一「奚」。眾人都看向阿陳，顯見得有責備的意思，自覺多事，低下頭去。大約十多分鐘時間，小李出來了，說奚處長外出開會，有什麼話可留下，由他小李傳達給領導。他們說「好」，跟小李進傳令間，很窄的小門裡，下去兩級台階，闊大的一片水泥地，兩壁有氣窗，臨街一面，鐵捲門拉到底，透進一線線光亮。是原先的汽車間，現如今擺了桌椅沙發，散坐著一些人，和他們一樣，也是訪客。小李拿了紙筆，引他們到一具寫字桌前，白木桌上放一盞黃銅底綠玻璃罩檯燈，很不相稱，看來是房主的舊物。這一回，推出的人就是阿陳了。坐下來，提起筆，卻停住，因不知道該如何題款，稱「奚澗」不妥，到底不肯定是那個認識的人；要稱「奚子」更不妥，他們認，人家認不認？思忖一時，隨小李稱呼，寫下「奚處長」三個字。之後就流暢了，也不周旋，直接請教，是不是老友，倘若是，請與大家聯繫，依次寫下地址，倘不是，抱歉打擾！三言兩語寫畢，交到小李手上，小李看一遍，摺起來，這裡四個人便告辭離去。

猶如石沉大海，無絲毫音信。那幾個說阿陳荒唐，是負氣還是心有靈犀，阿陳卻越發執著，非奚子不可。以他對人民政府的認識，奚處長理應答群眾，唯是真「奚子」，方才有避忌。後來，在報紙上看到軍管會文藝處的報導，「奚澗」這名字變成「西澗」，不會筆誤，當是改名。再過些時候，報端出現的「西澗」冠以「季」姓，為「季西澗」。終於有一日，刊登照片，成立藝術家聯合會，一排數人，最邊上的那個，穿著和模樣有所不同，照片也不夠清晰，然而，不是奚子又是誰！

七

這一年，阿陳和朱朱虛齡二十六，大虞長六個月，卻翻過年頭，就是一歲，二十七了。譚小姐後生兩年，二十五，因前一段蹉跎，已過了世人以為的婚期。於是，疾鑼緊鼓滴籌辦起來。虞家下聘，譚家送陪嫁，阿陳充媒妁，習俗的「十八隻蹄胖膀」謝禮，並作兩隻金華火腿，一段卡別丁西裝料，附一張培羅蒙的成衣券。虞老闆背地裡拿了小兒女一雙八字，請先生看。那先生姓周，半盲，住王家碼頭路的一間三層閣樓，不掛牌，通過中人介紹。去了才知道，周先生是女先生，看不出歲數，頭髮倒是漆黑，剪到齊耳，順在腦後。一襲毛藍長衫，直蓋到牛皮鞋面，站起來，身量相當中等個的男人。不像通常瞎眼人戴墨鏡，而是一副金絲邊透光鏡，鏡片後面的兩隻眼睛，蒙了層白翳，讓人不大敢看。奉上八字，周先生看一會，問：配姻緣嗎？這句話出口，虞老闆心裡一個咯噔，這還要問，不配姻緣又配什麼？答了聲「是」，靜等下文。第二問是：喜期定否？回答定於下年正月。周先生沉吟道：順其自然，靜觀其變。虞老闆得著這一句，磕磕碰碰下來閣樓的木扶梯，來到街上，心嗶剝亂跳，不知何凶何吉。碼頭上傳來汽笛，江鷗飛翔，呱呱地叫，返身慢慢往家走。兩邊店鋪人家掛著紅燈籠，插著紅旗，建國大禮剛舉行不久，換了人間。瘀塞的胸口略敞開一些，決定將八字的事情壓下，誰也不告訴，「順其自然」。

按舊禮，定約的男女婚前是要回避的，可是新社會，上海又領風氣之先，譚小姐依然營業絨線社，兩人日日見面。因是自小街坊，相熟得很，並無一點作態。倒是陳書玉，時刻做電燈泡，頗有些不自在。人家美眷一雙，自己呢，彷彿鰥獨，很背時，就不常來坐鐘錶鋪了。陽曆年過去，方才來紅木店一趟，看看婚禮籌備情形，有沒有要幫忙的。不料，店鋪上了排門板。新漆的店號，此時反顯得寥落。向左右鄰打聽，都說不知道，眼神卻躲閃著，似乎是知道。轉到後街，後門也緊閉。就去斜對角譚家，木柴行還開門，但只有兩個夥計。問老闆在不在，回說老闆老闆娘攜小姐到寧波鄉下探親。再問婚事辦得如何，一個大些的夥計說，去鄉下不就為請人客吃喜酒嗎？話說得有點油滑，但總算是一個答案，心中稍稍釋然。下一日過來，虞家紅木店依然上著門板，譚家的木柴行開著，那夥計遠遠看見他，卻避了進去。一連來三天，三天如此，那店號上的漆似乎舊了下來。夜裡下一場霜，石卵地上蒙一層寒色，心情所致，或者事實原本這樣，只覺得骨頭縫都結凍，人是僵的。接下來的三天，他沒有往紅木店去。再熬住三天，再去。店號卸下來了，門板上貼了封條，封條上蓋了大印，這才知道出大事。心裡著急，不知道問誰才好。照面的人，一旦要開口，立刻繞道走開，分明都在躲。譚家人依然不在，捉住一個夥計，緊追著問，不再說請人客吃喜酒的話，只咬定回老家。預定的喜日子眼看著逼近，新人們卻不露面了。

這一天，坐在家中，張媽站在天井裡叫他，說有客，不肯進屋，等在西園裡。下樓穿出月洞門，看見過廊裡有一個人，先不認得，緊接脫口叫出一聲「大虞」。原本就是瘦人，如今更脫一層，臉頰收進去，顴骨凸起，顏色灰黃，眼睛卻灼亮著，像兩顆火炭。阿陳有無窮的疑問，霎時間一個也問不出來，只是直瞪瞪地看著對方，生怕他再不見了。靜了靜，大虞開口說話，聲音是喑啞的，他父親犯事了。跑了這些天，打問無數地方，方才略知一二。兩年前，不是收過一套明式傢俱，誰知道是國民黨接受大員私瞞的日產，因急著出手跑路，所以價極廉，現在，便是通敵的罪名。阿陳急問道，什麼人知情又去報官？大虞苦笑：百業蕭條時節，紅木店尚可維持，生意道上難免招人生妒，禍根是早埋下的。阿陳只覺寒從腳底來，手心裡沁出冷汗。大虞說：這件事其實講得清楚，只是要有講話的地方，或許——阿陳即道出兩個字「但是」——於是，沉默下來，兩人都想到同一個人，同一樁事，就是奚子。

無功而返的造訪，投石問路且無回應，還有一而再、再而三的改名，無疑就是拒絕。默了默，大虞說：想他也有難處，到底不是工農的嫡系。阿陳說：也不妨試一試，至少無害。大虞轉過臉來看他，臉上有微茫的希望，他卻又氣餒，深覺得無從把握，避開大虞的眼睛，強撐道：我可與你同去。明顯感到大虞舒出一口氣，兩人站了站，彷彿振作勇氣，一起推車出門，向西騎去。

一路無語，駛過幾條馬路，一轉彎，遠遠看軍管會的洋房前擺滿鐵皮箱籠，還在繼續往出搬，有穿電話局工裝的人在盤線，是要遷走的樣子。人和貨中間，有個頎長身材的軍人，不時彎腰起身，往手中的拍紙簿對照著查檢。稍近前些，就認出是上回接待他們的年輕人，兩人跨下車，一併叫道「小李」。小李一怔，沒反應過來。這邊不禁遲疑了，「小李」是不是真姓「李」？小李揚了揚眉，似乎想起，又似乎沒想起，只問：找我嗎？如此，就已沒有退路，小李的態度也鼓勵了信心，看上去，是個通性情的人。陳書玉率先說：我們想見奚處長，遂又想起「奚處長」已然不姓「奚」，即改口「季處長」。小李「哦」一聲，這時，依稀有記起來的表情。陳書玉接著說：我們是季處長的老同學，來看看他！「老同學」幾個字用得很謹慎，遠近有度，雖舊猶新。說話間，開來一部卡車，停在路邊。小李道聲「抱歉」，放下他們，指揮裝箱和清點。卡車開走，再來到跟前，摘下軍帽，擦著額上的汗，直接問道：有什麼事，我可以轉達。這一回事情就不像前一回的簡單，這兩人額上也冒出汗珠。小李體貼地說，或者寫下來，由他交給首長。注意到小李用了「首長」的字樣，兩人相視一眼，心中又有興奮，又有駭然。小李遞給一疊印了紅款的信紙，再有一枝圓珠筆，兩人伏在檔箱上寫起來。

不過一刻鐘時間，大虞寫完了，交給阿陳過目。一頁紙，數百文字，先介紹其父姓名、籍貫、身分、營業，然後交代案由，再敘述事實，結句為「請徹查真相，秉公執法，從寬仲裁」。言辭懇切，感情動人，但未有任何涉及舊交的明示暗示。阿陳以為，大虞事先打過無數腹稿，方才能夠如此行文。將信交到小李手上，照例看一遍，角對角摺起放進上衣口袋。又一輛卡車開來，兩人不好多停留，告辭了。近午時間，日頭到中天，天色藍淨，疏闊的枝條在路面畫下淡影。身上的寒意驅走，暖和起來，尤其大虞，面上有了光澤。阿陳這才想起譚小姐，問婚事是否如期進行？大虞開晴的臉色又陰沉下去，笑一聲道：覆巢之下，安有完卵。阿陳知道問錯了，明擺的事情。大虞接著說，父親帶走的當日，譚小姐也被她母親帶走，回去原籍。阿陳不知道說什麼好。大虞再又說：不怪她，小民百姓，誰見過這陣勢，來的人實槍荷彈，一付錚亮的手銬，一條街，先是灌水般灌滿人，眨眼功夫全退，店鋪都上門板，打烊了！阿陳心中生出愧意，朋友最難的時候自己卻不在場。大虞看得見他的心思，說：鄰舍們說你來過多次，所以，才沒了顧慮，上門找你。推車走過大鴻運酒樓，想起上海解放那日，在這裡聚會看遊行秧歌，腳下停了停。阿陳提議喝個酒，壓壓驚。大虞道，哪裡有這個心思！祖母病著了，母親鎮日裡哭，兩個小的，多日沒有上學，在家躲著，沒臉見人，還是趕緊回去，告訴信已送進去，至少有個盼頭，不至於太消沉。於是兩人就要分手，大虞欲行未行，躊躇道：有一句話，只可在你我之間，傳出去要闖窮禍！阿陳問，什麼話？我不怕的。大虞就說了：如今是無產者的天下，有產就是有罪，我擔心你家的宅子……話沒說完，轉身上車，疾駛而去，阿陳心裡一沉。立在當地，看那背影，前幾日是軒昂的，如今佝僂了，像個老人。工裝褲換了舊西裝，晃晃蕩蕩掛在骨頭架上。

交給小李的信，是不是送到「首長」手裡，沒有一點動靜。舊曆年在悽惶中來臨，阿陳去拜年，鄰舍們的眼光是驚懼的。後門開了半扇，走進去，兩旁堆放的舊家具黑壓壓的，嶙峋的邊緣顯得猙獰。從狹道過去，中間斷開，從左邊的盡頭漏出光，照見一條短廊，通住宅。客堂裡沒有人，百頁窗闔閉，轉到天井，才有一方亮。落水管空空地悶響。他叫了聲「大虞」，天井壁上碰回來一聲，彷彿惡作劇地學舌。木扶梯走下一個人，撞個對臉，彼此都嚇一跳。是大虞，也不說話，一把鉗住阿陳的臂肘，兩人一前一後上去扶梯。先到東廂房向祖母和母親問安，窗戶閉著，開一盞低燭光的電燈，炭盆裡的火一明一滅，更顯得昏暗。房裡還有兩位賀年的親戚，地上放了節禮，一籃水果，一籃乾果，因不明就裡，表情迷茫。主客相對無言，枯坐著。阿陳沒有坐，稍站一時，說兩句吉言，便出來到大虞住的西廂房。西牆是山牆，設一扇小窗，半開半掩，多少明亮一些。看得見連綿的屋瓦，眺遠望去，一條白練，是黃浦江。阿陳曾經上來過，如今格式改變，是為婚房重作調整。單人床換作雙人床，一堂中西合璧民國款的臥房家具，中間一張方桌，四圍細木雕刻，正是大虞的手工。立燈底下，單人沙發旁，站著那具大理石聖母像。大虞見阿陳的眼睛看它，蹲下身子整個捧起，說：你帶回家去！阿陳推辭，想說：這是你的愛物，話到嘴邊覺得不妥，只連聲道「不」。大虞將聖母像往阿陳跟前放下，說：這裡的所有，全是今天不知明天，不如早作遣散。阿陳還要推，大虞就說出無情的話來：放心，這不是「敵產」，很清白的。於是，只得收下了。餘下來的時間，就是搜尋舊布和繩子，將塑像包裹捆紮。然後一人頭，一人腳，抬下樓梯，到了後街。正月初四，店鋪多不開張，上著門板。除夕夜的炮仗屑未掃乾淨，嵌在卵石縫裡，描紅一般。擺渡船江上鳴笛，嗚嗚的，到他倆的耳裡就是咽聲。錯著手腳，橫著豎著試幾回，最後是立在自行車後架。再一遍捆紮，固定住了，阿陳的長腿跨過車前槓，一蹬腳踏，上車騎走。

正月過完，大虞那邊依然沒消息。隨著紅木店關門，陳書玉的鐘錶修理鋪子也歇業多日。雖然家裡並不缺他吃穿，可看著同輩的兄弟都在做事，心裡就不安起來。他想起「弟弟」上回介紹的小學校，「弟弟」的兩張字條一逕都保存著，這時取出來看，決定不妨探探路。按地址騎車到永年路，那是一條龐大的弄堂，沿街數個弄口，左右連並，前後貫穿，占據大半個街區。那家小學校還在，校長卻已退位，由他兒子接任。新校長是少年白，一頭茂盛的銀髮，著長衫，足下一雙圓口布鞋，似舊派人物，但桌上放一本魏伯字典，又像是洋務的背景。展開陳書玉遞上的字條，來回看兩遍，就說很歡迎，只是，敝校簡陋，寥寥幾間課室，還是分散在民居，操練課在弄堂中進行，師資又缺，一人分兼二三，甚至三四科，學生們多來自近邊貧寒家庭，學雜費往往繳不足，勞作的父母則乏力教養，難免淘氣，就需要耐心和包涵。聽這番敘述，陳書玉不禁面有畏色，然而，校長態度誠摯，既不驕亦不卑，就有十分的信任。受其感染，就也放下戒心，坦言自己從不曾做過教育，事實上，就不曾在社會上做過任何事，就從業的方面，就是一個小學生。校長微微一笑：中國現代教育開端晚近，誰又不是邊做邊學？這話說的，都讓人慚愧，不禁低下了頭。校長又一笑：如蒙不棄，即請擔任算術、自然和體育三門，算術是主業，課時較密，自然和體育為副科，每週一課，但多年級合併，人數就多。聽到此，心中又有些發怵，可是，一張油印的職員表已經送到面前。懵懂懂接了，坐下在校長辦公桌填寫，表格很簡單，只姓名、年齡、學歷、工作履歷——稍作猶豫，寫下一個「無」字。校長看一遍，收進抽屜，他知道該告辭了，站起身來。校長送他下樓，聽見有讀書聲，從前客堂的門後面傳出，就知道那裡有一間課室。兩人站在後弄道別，上午十時許的光景，少有人跡，顯得清寂。充沛的光線裡，看見校長白髮底下的臉十分年輕，眉目開朗，不會比他年長多少。約定一周後上班，就分手了。

回家路上，彎到大虞家的街上看一眼，前後門依然緊閉，封條依然在，沒有進去，又彎了出來。隔日夜裡，大虞卻來了。騎車繞牆一周，幾扇門都上鎖，固若金湯的樣子。西牆上有一扇窗，青磚封到中腰，再鑄了鐵柵欄，透出一線亮，曉得是倉房，住張媽一家。探進手去，輕輕扣兩下，也不知屋裡人聽不聽得見。正猶豫，旁邊鐵門後面響起詢問：找誰？他說，陳書玉在不在家？兩邊都認出聲音，拉開鐵銷下鎖，開門讓客。外面的卻不邁步，麻煩將人請出來，說幾句話即可。裡面的人轉身傳話去，他自己站在牆下，抬頭望，是角度的關係，還是地面沉降，防火牆似乎向他傾倒過來。本能地移了移腳步，隨即又好笑，笑自己成驚弓之鳥。這時，門裡閃出一個人，反手將門拉上，一同向弄口走去，轉過彎，停在一盞路燈底下。

大虞告訴阿陳，父親回家了。阿陳就叫一聲「好」，大虞則說「慢」！且是戴罪回家，顧念不知情，所以不起訴訟，代之以財產沒收充公，包括鄉下的田地，全家遷回原籍川沙，那裡有一座祖屋，託人民政府寬大，保存下來——父親選擇川沙作原籍，而不是老墳所在南翔，出於何種緣故，連大虞也不盡了然。因此，日內就要離滬。默然許久，大虞說：人沒事就好，其他都是身外之物。阿陳說：也是以財換命！大虞苦笑：怎不說破財免災？阿陳又說：會不會有奚子的斡旋，才有這結果的？兩人想起了奚子，又默下來。最終，大虞道：不管如何，總歸是不幸之中大幸！

接下來的一周，就是搬家。阿陳日日上大虞家，幫著打包行李，聯絡車船，又下鄉一次，清出祖屋裡的租客。川沙尚有些遠親，其實是當年的佃戶，得多年惠顧，這時也還幫忙。動身前一日，阿陳提議向朱朱辭別，總要說一聲吧，他說。大虞顧慮朱朱有忌諱，遲疑著：我和他，不像和你！阿陳聽這話，眼淚都要下來了，想起寂寞困頓的日子，都是和大虞一起，自己可算是被收留的。於是，獨自去一趟朱朱家試水。朱朱先是震驚，後則有難色，倒是朱朱太太毅然決然，說：朋友一場，不就為了這時候！就看出朱朱太太是俠義的人。這些年，朱朱變得乖順，以為他懼內，其實呢，多少有折服的成分。

朱朱夫婦做東，四人一起吃一餐飯。酒三巡過去，朱朱落淚了，說，前不久還是歡天喜地，豈不知剎那間要作鳥獸散。阿陳因是這些日子經過，就有準備，知道已經是最好的結局，但今昔對照，不免也黯然。朱朱太太則道：塞翁失馬，焉知非福！大虞卻比座上人都振作，擔在心上的石頭終於落地，也就釋然了，竟是來不及地想去鄉下，隱姓沒籍，讓世上都忘記才好。阿陳說：你想做陶淵明，采菊南山下嗎？大虞朗笑道：哪裡有那古雅的境界，我們俗人，只求平安！朱朱道：天生有一種背時的人，推翻皇帝，民主共和，不料軍閥混戰；終於天下統一，日本人來了；日本人走了，自己人打起來；決出勝負，那一種人又不得分！眾人看朱朱喝多了，說話開始下道，奪走杯盞，催堂倌上飯上湯。那醉人伏在桌面，發出鼾聲，這邊草草結束，擁他起來，出去店門。

大虞走了，阿陳往立志小學報到。上班第一堂課就是體育，帶領四、五、六年級三個班學生，在弄堂裡跑步。隊伍從這邊弄口逶迤至那邊弄口，有跑得慢落在後面的，還有路過自己家門進去喝口水的，總之，跑出去七八十，收回來四五十，但橫豎出不了弄堂，就不怕有危險。這就是民居裡小學校的好處，安全！自然課沒有教本，也沒有大綱，將自己去西南的見識講一講，就夠小孩子聽的了。反倒是算術，自忖已經學到微積分，沒放在心上，這時發現，算術與數學基本是兩類學科。教六年級的時候，他用代數的方法解應用題，學生們雲裡霧裡，不知道他在說什麼，於是就需要重新學習。

忙碌中時間過得很快，轉眼到了暑假，不必受上下班制度限制，不由喘出一口長氣，鬆弛下來。他體會到清閒的樂趣，卻是他這個閒人從未懂得過的。午後，他騎著自行車去跳水池游泳，蟬在頭頂的樹蔭裡鐺鐺地叫，有一種無邊的寂靜。還沒走進泳池，漂白粉的氣味就撲面而來，池子裡人不多，救生員躺在帆布椅上，半入睡的狀態。他潛下水底，透過泳鏡看見雪白的池壁，一方一方的磁磚。一口氣吐淨，浮出水面，抬起頭，眼睛裡是碧藍的天。伸展四肢，感覺到力氣在身體內滋生、蓄積，然後發散，可推他去很遠。體重彷彿消失，輕極了，爬上泳池的一刻，則加倍回來，沉甸甸的。他一撐臂，先跨上一條腿，再跨另一條，然後站起來，走在池沿，水順著腳步流一路，就又減輕負荷，回到地心引力的常態。濕漉漉的泳褲和毛巾晾在車後架，轉眼間，風和太陽已經蒸發了水分，濕頭髮也乾了，揚起來。溽暑的光和熱減弱下來，建築和街道的輪廓邊緣脫出原本強烈的明暗對比，呈現出細節，視野變得溫潤。為抄近道，他就在弄堂裡穿行，放假的小學生在後門口玩彈子和刮片的遊戲，嫻靜些的女孩幫大人剝毛豆，午睡剛起，臉上印著枕席的花紋，表情迷茫。後窗裡已經有廚作的動靜，自來水嘩嘩響。樓上人家在收衣服，空氣裡瀰漫著清爽的肥皂味。夏日的午後格外漫長，長到惘然，卻是心安。

閒暇開始讓人生厭，就預示假期將要結束，開學的日子來臨，教和學都有些興頭頭的。這一輪的上下班比起上一輪，似乎順暢許多，意味著他漸入工作狀態。同時呢，也變得平淡，日復一日，月復一月，正當倦意將起的時候，寒假又適時到來。生活就這樣，一逕往下過。這種均勻的節奏是有麻痺性的，使人注意不到潛在的動搖。人們並未覺察，街上不時更換通令，通令本來就是多，大到解放台灣，小到消滅鼠害。即便通令上的措辭變得嚴厲，又有什麼呢？改朝換代，沒有權威怎麼坐天下。再接著，傳聞起來了，關於失蹤和抄檢，可這城市不就是流言盛嗎？芝麻傳得成西瓜。不巧的是，流言在逼近，近到街上，弄堂裡，隔壁人家封門了，警車呼嘯而過。他們小學校裡，就有學生家長緝捕，學生第二天也不來了。課餘時間的學習會多起來，由校長念報紙，報紙上的文字也像通令，通令則換成標語：「鎮壓反革命」「嚴懲敵特」「土地改革」。校長的臉色逐漸凝重，老師之間，說話逐漸謹慎，索性不說了，有老師遞交辭呈，餘下的陡地增加課時，不得不取消副科，自然課也在其列。體育課還繼續，但加進了一、二、三年級。他不敢帶他們跑步，隊伍太長，顧首不顧尾，生怕闖禍。就在弄堂地上鋪了墊子，翻筋斗，前滾翻，後滾翻。小孩子一個個從他手臂上翻過去，棉衣蓬起一團灰，嗅得見捂了一冬的汗酸。忽然想起朱朱太太的話：塞翁失馬，焉知非福！虞老闆幸虧犯事早，將店鋪地產繳出去，否則，到今天，奚子即便肯幫，也未必幫得上。繼而又想起虞老闆選偏遠又貧瘠的川沙作原籍，而不是南翔祖墳之地，也是早有準備，徹底拗斷歷史，避免後患，真是有見識，有斬截，薑還是老的辣。

八

到立志小學謀職的第二個年頭，小學就上繳政府，下屬教育局的民辦小學。校長不變，配置一名副校長。教師們重新填寫職員表，這一回不是油印是鉛印，內容也詳細一些，增加婚姻狀況，家庭成員，上至祖父母，下至兄弟姊妹。這幾項都不難，費躊躇的是「成分」一欄。向同事問詢，同事的態度都是避忌的，得不到正面的答案。回家問祖父，祖父向來與世隔絕，不知有漢，何論魏晉。不禁想，倘若大虞在，就可去問他。無奈下，去找了校長。校長還坐在原先的辦公室，身上的長衫換了中山裝，倒顯得年輕，就像剛出校門的大學生，面對他的問題，似也有難色。陳書玉的家庭背景，校長有所了解，要說有產，那就是一座祖宅，自家人住著，既不開店，亦不出租，算不上資本；要說無產，不是有房產麼！這城市多少人頭無片瓦，足無寸土；填一個中性的「職員」，家中可數的至少三代無任何從業記錄；卻又絕不是「貧民」，貧民怎會有祖宅？歸來歸去，都是被這宅子攪擾的。看著校長沉思的臉，陳書玉自知是個麻煩，心中生出無限愧疚。良久，校長說出一個詞：「城市平民」，看他填進去，將表格收走。

歸屬政府教育部門，對學校建設是有益的，統一了教本和課程，新進老師，生源納入學齡兒童總體系統分配，雖然還是以就近為原則，但到底超出原有局限，向周邊街區開拓，改變單一階層的格局——因主要面向貧寒家庭，立志小學學雜費極低，量入而出，教員的薪俸幾乎壓縮到貧困線，現在，提高了。同事們都說陳書玉有運氣，恰好擠進一九五〇年參加工作的期限，轉入國家編制。校舍還是原樣，分散在民居中，但體育課借用附近公辦小學的操場，每到上課，便集合整隊，他吹著哨子，學生們隨節奏踏步。鑽出弄堂，走在人行道上，路人們紛紛讓路，佇步目送。早上的升旗也是到公辦小學的操場，溜邊排一條，看著小旗手在旗杆下立定，國歌前奏的小號從擴音喇叭裡響起，孩子們刷地舉右手敬禮，國旗緩緩升上，路人們也是要佇步的。

新的生活漸漸展開畫卷，覆蓋了陳舊的日子。同事裡有他這樣大學肄業的，亦有未讀過高校即出來謀飯碗，然後一直做下來。教育程度不一，但總歸是同一世道經歷過來，就有同命人之感。起初還有防範，之後放下來，相處算得融洽。新來的副校長是蘇北解放區南下的幹部，人其實沒有架子，因為來歷的緣故，大家都有點疏遠他，保持著距離。有時候，說話說得熱鬧，見他走近，便沉寂了。看得出他臉上落寞的表情，可是，有什麼辦法呢？上海的市民向來怕官。大概也因為寂寞，副校長很喜歡召集學習。

放學以後，離下班時間餘一二個鐘點，老師們都聚到大辦公室，所謂大辦公室，就是底樓朝南的客堂，前面一排落地門窗，向兩面打開，鋪一條地磚，下一級台階，就是院子，至多三步遠就到前門。正中鋪一方水泥，沒鋪到的地方，長著車前草，草叢裡悉索爬著小蟲子。老師們一邊批改作業，一邊聽副校長讀報紙，做報告，一旦被叫到名字讓談談感想，不由瞠目結舌，就像班上那些差等生。副校長顯然比老師們寬容得多，隱忍笑容，彷彿說：那不和我說話，我偏和你說！不會讓老師的窘態延續太久，太久就難堪了，而是叫起第二個，巧的是第二個也答不上來，校長就出來接過話頭，解釋和陳述，打了圓場。這樣的學習生活很快顯現出教育的效果，老師們的對答自如起來，從一點推至二點，再到四點，如幾何級數般跳躍。就輪到副校長瞠目結舌，幾乎忘記事情從哪裡出發，又結束在哪裡，試圖追溯源頭，卻找不到線索，完全迷失了方向。還是校長出馬，將扯出去的線頭拉回來，重新出發，走一條簡捷的路徑，照直了目標，走一條簡捷的路徑，到達終點。陳書玉想起來，校長是西南聯大清華的哲學系本科生。看得出，校長對副校長的照應，同時呢，也是對老師照應，總之，左右通融。更進一步的，學習激發了思辨的熱情，於是，就會起來爭執，在那些抽象的概念之間，運用更抽象的邏輯，推過來，推過去，拉鋸似的。方才說過，別看是弄堂小學，其實臥虎藏龍。都是讀過書的人，走進走出，不論男女，鄰里們都尊稱「先生」。還有，俗話稱「吃開口飯」，一律擅長辭令，是據理論證，更是詭辯術，尤其那些好鬥分子，互不相讓，常有出奇制勝。校長難免也興奮起來，投身其中，形而上的世界，又不自由，又自由，左右轄制，又左右逢源。這時候，副校長就被人們忘記，成了局外人。他看看這個，看看那個，茫然裡有一些憤慨，憤慨裡有一些敬畏，敬畏則轉變為高興，因為大家都在發言，爭先恐後地，許多從未聽過的詞彙在空中穿互飛行。

工科出身的陳書玉，不很懂得雙方激戰的焦點，事實上，論辯已經從焦點輻射開去，對於一個實證思想的人，就更空洞了。倒是隔牆傳來小孩子奔跑的呼嘯聲，鐵環在石板路上「磕楞磕楞」的滾動，還有女人們相罵或相謔的聒噪，透露出存在的生動性。學習結束，天色已經向晚，老師們推起自行車互相道別，騎出弄堂，不騎車的落在後面，可是往往住在附近，不一時就到家了。暮色中，即便是矮陋的雜弄裡的房屋，大片的枯黑瓦頂，餘暉依然染上一層毛茸茸的淡金。阡陌般的窄巷，破碎的地磚，洋灰地上的裂紋，裂紋裡的雜草，勾勒著纖細的線描。小孩子的破衣服和髒臉蛋，也都可以入畫，像那種歐洲文藝復興後期的風俗畫。他將車騎得風快，很危險地從電車路軌上格啷啷軋過去，電車鐺鐺地尾隨來了，眨眼間，就看到他家的宅子。

新氣象之下，那宅子顯得頹然。不是因為陳舊，而是不合時宜。廳堂的高、大、深，本是威嚴和莊重，但時代是奔騰活躍，一派明朗，於是就襯托出晦暗。木質結構的房屋，紫檀的幽微的光，彷彿古屍身上的防腐劑。同住的最後一名堂兄弟也遷去西安，將大伯大伯母帶走。東翼上的統樓空下來，徵得祖父同意，他搬進去，一人住兩進。宅子裡的人少了一半，房間就多出一倍，稍有動靜，便起回音，於是，不知覺的，斂聲說話，輕著手腳動作。有一天，他到東院替祖母撿拾落下的衣衫，看見東邊赫然豁開三四尺，推進來碎磚垛子。他架起扶梯攀爬上去，只見一座披屋破牆而立，披屋前竹籬圈起菜地，澆了人肥，雞們在畦間悠閒踱步。難怪空氣中常有糞臭，一直以為弄口的集糞站外溢，想不到源頭在這裡。他爬下扶梯，拾幾塊半磚，扔過牆去，砸在油毛氈頂，「噗噗」兩響。將梯子搬回原處，撣著手上的泥灰，想起大虞臨別時的話，關於「有產」和「無產」。

住進西統樓，他將大虞的聖母立像從倉房裡移出來，搬上樓。解開包裹的舊布，先露出一雙玉白的纖手，竟有想不到的生動，活的一般，半舉半停，欲合未合，像有無限的祈求。然後看見頭巾遮掩下的聖母臉，大虞以為像譚小姐的，想到此，不由好笑，又覺酸楚。近來，似乎處處有大虞的記憶，實是因為分別久了，起了想念。計畫去川沙看他，卻一推再推，上課教書，下課學習，休息日開會報告、義務勞動、歌詠比賽、校際聯誼，他已經忘記空閒的滋味。忙雖忙，可自有一種好處，就是不無聊，他也忘記了無聊的滋味。聖母像安置在窗戶旁邊，書桌和櫥櫃的夾角，墊一個矮几。晚上，打開檯燈，聖母的臉罩在光暈裡，看上去有一種人間像，彷彿曾見過的某一個女性，卻不是譚小姐。聽大虞說——又是大虞，他真的要去川沙一回了，大虞說，義大利文藝復興時期，窮藝術家，藝術家不總是窮困潦倒？藝術家往往出低價雇傭模特兒，所以，聖母的原型很可能就是一個洗衣婦、縫窮婆、甚至站街的娼妓，年輕時候真是無畏，敢說這樣瀆神的話，事實上，時至今日他們也還沒老，不到三十，可是，就好像一個世代過去了。

去川沙看大虞延宕下來，又發生另一件事情，朱朱的太太來找他了。

朱朱的太太本姓冉，他們習慣稱冉太太，朱朱娶她多少有入贅的意思吧！冉太太和朱朱同年，晚生數個月，印象中卻是年長。她身量中等，很顯骨架子，又有一種軒昂的氣度，肩比肩站彷彿一般高低。冉太太是到學校見陳書玉，乍一照面沒認出，因為想不到，還因為裝束變了。原先的燙髮剪到齊耳，梳平了，旗袍換成列寧裝，倒變得年輕。正值課間，小孩子直接將老師的客人引進辦公室，同事們難免看幾眼，陳書玉向來沒有交遊，更何況異性。冉太太倒大方，左右點頭致意，就有人起身讓座，冉太太說不麻煩，一點小事，出去說吧。陳書玉還在窘態中，呆愣愣地跟著走出，穿過院子。孩子們在弄堂裡瘋跑，叫喊，他們貼牆根站著。明晃晃的日頭底下，冉太太白皙的皮膚顯出細紋，還有些腫似的虛浮。陳書玉羞赧地避開眼睛，畢竟是生分的，朋友的高攀的太太，連他們都有卑下的心情。

阿陳，冉太太叫道，陳書玉一驚，抬起頭，看見對面這個人的愁容，很奇怪的，想起大虞，一陣怦怦的心跳。出事情了！冉太太說。什麼事？這幾個字幾乎黏在喉嚨口，費好大力氣也發不出聲，只是動了動嘴。朱朱出事了！冉太太說。不知什麼時候，小孩子都進了課堂，弄堂裡靜下來，冉太太這句話就分外響亮，堪比撞鐘，耳朵裡嗡的一聲。昨天下午，朱朱直接從照相社被帶走。年前，一個朋友給他的職位，其實，家裡並不需要這份薄薪，但新社會，不是人人都要勞動嗎？一夜之間，冉太太在腦子裡將朱的二十九年生平過電影似地來回過著，就像她曾經說過，日本人來的時候，沒有做漢奸，新政府來的時候，是新公民。只有兩段時間容易出差錯，一是與她結婚前，在社會上廝混。上海灘魚龍混雜，什麼人都有，身分都是暗藏的，誰都不知道誰，例如大虞——提到大虞，不禁打了個寒噤，再繼續說，二就是辦雜誌的一年裡，國民政府底下討一碗飯吃，雖說娛樂界，可保不住和政治有牽連，所謂一朝天子一朝臣，說到此，自覺不妥，噤口了。

陳書玉已鎮定下來，頭腦忽變得清醒，想到自己這一堂正好沒課，可以和冉太太說話。朱朱的事，既是意外，又彷彿在意料之中。他們都是不問政治的人，但相信運勢，所謂六十年風水輪流轉，一個人不能總站在順風。停一停，說道：先不要四處打聽，靜等消息，說不定過幾天，訊問完就回家了。冉太太說：借你吉言，那是再好不過的，怕的是，坐等會失去時機，也許應該做點什麼！陳書玉思忖能做什麼，冉太太又說了：你們有一個朋友，當年一處玩，叫奚子，如今在政府裡做事，位置很高，能不能找他呢？陳書玉想起兩次造訪都未得面晤，時間又過去兩年，之間更隔得遠。冉太太見他沉默，以為有難處，就說：只要阿陳你引個路，無須說什麼，我自己交道！陳書玉知道她誤會了，趕緊說，他和她一併去，但是，此一時彼一時——冉太太不等話說完，先就鬆一口氣，流露釋然的表情：你看幾時呢？阿陳。「阿陳」的稱呼喚起昔日的人和事，多麼久遠了啊！眼睛都有些發潮。陳書玉堅持再等兩天，以靜制動，誰知道呢？後來大虞的父親不也回家了，兩天過後，他和同事調一門課，空出時間，一起去找奚子。

其時，軍管會已經分門別類，畫出多個單元，奚子，今天應該稱季西澗，所任職的文教處，單獨在西區一幢大樓辦公，可見出機構擴大規模，奚子的權力更高，與此同時，求見的希望也變得渺茫。他和冉太太來到大樓前，這一回，他沒有直接找季處長，而是問小李在不在。門崗讓填寫一張二指寬的會客單，接下來就是等待。

接待室設在門廳右側的隔間，應是當年的衣帽間，賓客在這裡放下外衣，然後走入大廳，參加主人的派對。護牆板，護牆板下的皮沙發，地板打了新蠟，四周散發著栗色的幽光。通往大廳的玻璃門拉著紗簾，簾上有人影晃動，還有說話和腳步的聲音，似乎正在布置一個會場。很顯然，新政府走出草創階段，無論外部形制還是內部結構，都在日臻完善。等了約半個時辰，邊門走進人來，高大的穹頂下，人顯得很小，就像一個小孩子。穿便服，梳分頭，戴著白邊的近視眼鏡，從這眼鏡，陳書玉認出是小李，站起身向前跨一步。不知出於什麼樣的本能，小李收回半步，原地立定。這小小的遲疑，還是有效地遏制了來客的熱切。雙方都有些窘，一時間靜默著，不知道說什麼好。冉太太打破沉寂，「李科長好」，她說。陳書玉不禁驚訝，「李科長」這稱呼從何而來？李科長卻作出回應：就叫我小李吧！冉太太堅稱道：有一事請李科長稟告上級。李科長看一眼陳書玉，神情詫異又責怪，彷彿說：從哪裡帶來的一個太太！雖然是列寧裝和齊耳短髮，可就是不像，甚至更不像這時代的人。陳書玉瑟縮起來，避開小李的眼睛。冉太太則再上前一步，不易察覺地推開陳書玉，與「李科長」面對面，自我介紹身分和來歷。陳書玉注意到，她口中的家世，並不像外界傳說，是盛宣懷的族裔，沒有那樣顯赫，但也屬工商界的實力派。聽到這裡，小李做了一個讓座的手勢，於是，三個人坐下，講述就從容了。

陳書玉從旁看冉太太與小李說話，心中生出欽佩，欽佩她的風範。雖然尊稱「李科長」，但並無卑屈之態，隱約覺得小李也受了影響，態度變得慎重。最後，冉太太說：我們對人民政府絕不會有二心，千萬請李科長相信。小李微微一笑：相信不相信，要憑事實證明。這話顯露出鋒芒，可冉太太並不退卻，迎上去也是微微一笑：這我就放心了，共產黨最實事求是！真有點高手過招的意思，談話就在這心領神會中結束。

走出門廳，下去台階，到了街上，江風吹來，經樓宇間夾道的擠壓，變得洶湧激盪。轉過路口，冉太太說：等一等！停下腳步，看她從手袋裡摸出香菸和打火機，側身點菸。火頭在風中搖曳，滅了幾次，他走近去，攏起手擋風，冉太太閃開身子。這一閃身，他看見她眼角滲出的淚痕。終於點燃了，收起打火機，手指頭劃過臉頰，抹了抹眼睛。低頭在手袋又摸索一回，摸出一個小銀匣子，一按搭扣，彈開來，原來是一具菸灰盒。就這麼站著，一口一口吸進，再一口一口吐出。一枝菸很快到頭，將菸蒂在小銀盒底摁滅，咔噠關上，回過身，說：阿陳，謝謝你！陳書玉低頭道：謝什麼，朋友一場，就為這時候的！想起原是冉太太的話，自己不自覺地學舌，紅了臉。冉太太恢復鎮定，說：這「小李」年紀不大，城府很深。陳書玉吱唔道：不曉得他有沒有力道。冉太太說：有力道，還要肯用！陳書玉抬起頭，他忽然想起一個人，就是弟弟。

九

可以肯定，「弟弟」不是奚子的弟弟，因為年齡要長於二三歲，只是一個稱呼。陳書玉不很清楚「弟弟」的具體職位，但覺得要比奚子更有權力，謀面或許難，也或許易。想了想，按寫給他的字條上地址寄出一封信。一周左右的時間，冉太太又來學校找他，告訴公安部門通知家屬準備衣物用品，隔日就來人取走了。雖然沒有更多的資訊，但總算有了下落。冉太太說，一定是「弟弟」的力道，陳書玉以為也可能事情本來就如此。想起「弟弟」，已經是遙遠的印象，不過數年，可是人事皆非。冉太太沉默一時，說，她寧可是「弟弟」幫忙。話沒有全說出來，但彼此都明白，倘偌是「弟弟」，他們可不就朝中有人了？眼前這個女人，本來最不屑這些，又憚於見官，為了朱朱，就要重新做人。在弄堂裡說一會話，預備鈴響了，他上課，冉太太回家。

冉太太又一次造訪，同事們難免起來猜測，是不是陳書玉的女朋友。三十歲的單身男人，總是受關注的。連副校長，現在是學校的黨的書記，都半玩笑，半認真地要為他撮合，撮合的對方是他從山東老家過來的小姨子。陳書玉甚至還被拉去家裡吃過一頓飯，那姑娘始終在廚房忙碌，留給他一個背影，看起來相當勻稱。學校裡亦有兩位女教師待字閣中，一位已屆中年，與寡母相守著生活，大概不再作婚姻計畫，另一位還年輕，但也過了通常的媒聘階段。心裡總有不自在，表面上就格外的矜持，彷彿向世人宣告：不是你不要，是我不要！到陳書玉這裡，加劇成倨傲，或者不理睬，或者沒好氣。人們都以為是一種表白，當事人卻只覺得可畏。冉太太來過兩次，女同事的態度更惡化了，幾近聲色俱厲。後來，聽他向人解釋，是朋友的太太，就又變得熱切起來。一日下午課上完，她給大家發點心，別人一份，他有兩份。又有幾次，女同事騎車在他前頭，緩緩地，分明在等他。他又不是木頭人，哪裡不解意，可是，婚姻這樁事——他慶幸自己沒有一腳踏進去。年輕時候只單純地怕不自由，現在方才知道，後果嚴重得多，簡直就是人害人。大虞被人害，朱朱害人，他呢，可能前者，亦可能後者，因是個身分不確定的人。他究竟是什麼人呢？

下班回家，下午五六點光景，越過電車路軌，彎進引線街，遠遠看見宅子的防火牆。四周的自建屋不停歇地翻蓋，不是這家，就是那家，從草棚到土坯，再到青磚，瓦頂升高，從一層到兩層，甚至三層。向前後左右突進一尺，兩尺，三尺。許多直巷閉闔，橫街收窄，看過去，漫成一片。自行車在石卵路面「格楞格楞」彈跳，熱水站的木拖車也在「格楞格楞」響，小孩子的鐵環一溜煙地滾，稱得上絕技，雞呀鴨啊搖擺而行，「篤篤」啄食。炊煙遍地，將餘暉印染成一種絳紫。他在西側的鐵門前下車，門虛掩著，「空洞」一聲，開了，又闔上。所有的喧譁都退去，只剩下車輻條「滋滋」地攪動氣流。倉房闢出一半住張媽一家，屋簷下生一具煤球爐，壓著火燉山芋粥，砂鍋「突突」地吐出甜香，消散在空廓的院子裡。在轎廳停住，踢下自行車的撐腳。椅几環牆，虛席以待的樣子。走入過廊，看見一縷晚霞，將頂上的天空映紅，園子忽的明亮起來。這時，傳來灶房裡的動靜，母親和姑婆的說話。這點動靜也散開了，彷彿留下一些輕微的波形。轉眼間，晚霞向原處去，暮色闔攏，罩下宅子。天井的光線更暗一成，物體的邊緣模糊了，魚在水缸甩尾，「撲哧」一下。瓦當的滴水也在響，是前日夜裡的雨。時間彷彿靜止了，而且，在退行，退到最初，沒有人，沒有花木，沒有房，沒有樓，沒有這宅子。

他上樓向祖父母問安。祖母在隔扇的後面設一個小小的佛堂，喃喃地唸經。祖父伏在案上臨畫，一幅山水，重巒疊嶂，草木深蕤中，藏一條小徑，忽看見有一個行路人，擔一挑柴。仔細端詳，形貌煞是生動，分明有來歷，可又孑然一身，彷彿橫空出世。市廛中生長，擠擠挨挨都是人，如此空曠之境，就會感到虛無。所以，趕緊將目光移開，退出門，回到自己房間。屋內下著百葉窗，早已經入夜似的，北牆上卻有幾條夕照的光線，時間變得混淆，晝與夜猶疑著進退交替。曖昧的天光裡，聖母的臉漸漸浮起來，樸素端莊，且是俊俏的，這人間的面相，藏在哪裡呢？天黑盡時，底下喊吃飯了。現在，父親母親的伙食帳，併進祖父母和他的，一方面是填大伯大伯母的空，另一方面，也是財政使然，他本就有贍養的義務，兩家合一家，終究是經濟的。不知從什麼時候開始，家中的存儲不足以開銷，需要補充。

飯桌安在樓下廳堂，後又移至灶間，節約照明和人力。原有的燒飯娘姨遣走了，由張媽兼管，打掃和洗滌不得不減免。張媽一家是以工換宿，本還得些其他的接濟，柴米油鹽，小孩子的衣服、讀書，如今主家也顧不上了，張爸到三輪車行登記了一部車，早晚出工，宅子裡的粗重活計就荒疏下來。張媽擺好飯菜，退回自己倉房裡的居處，留下這三代五口人，圍一張八仙桌，上方一盞電燈，沒有燈罩，蒙了油污和煤煙，更顯暗淡。灶間闊大，一具多眼柴灶居中，沿牆立有四五具煤球爐，櫥櫃、案板、腳凳、矮梯，梁上懸掛醃臘和竹籃。那電燈照耀有限，只垂直在桌面，四周隱在影地裡，無限幽深。這情景有些像戰時禁閉燈火，人也變得瑟縮，默然無語，低頭划飯。事實上，也沒有什麼話題，上面兩輩都是與世隔絕的人，原先還有各房之間的齟齬，主僕的怨懟，如今，連這些都無從生出。他要說學校的事情，又怕他們聽不明白，枉費口舌，索性就不說了。

晚飯在寂靜中結束，餐桌的善後由母親擔任，先是搭一把手，張媽卸去些，漸漸的，愈卸愈多，直至全免。他曾想代勞，可母親堅執不允，非讓回房間讀書。自從合併起炊，由他給付膳費，母親就客氣起來，叫人又羞赧又有些辛酸。自小和父母不親昵，雙方都不慣表達心情，喃喃幾聲，返身走出灶間。月亮地倒比屋裡敞亮，深深地呼吸，空氣的凜冽直入肺腑，又有一股甘甜，不知從何而來。梭巡幾番，發現牆外有一株桂花樹，是有意栽下，還是順風吹來樹種，不期然裡落地，暗中結籽。

他有些忌憚這宅子了，清早，推車出門，聽車輪子底下的磕楞聲，就有一種放飛的心情。他羨慕那幾個搬出去的堂兄弟和嫁走的妹妹，年輕一輩的離去，使得舊宅愈加頹圮，暮氣沉沉。他也想搬出去，可是去哪裡呢？就算有地方可去，祖父母，父母親，怎麼辦？還有一個養老的姑婆呢，雖然還是分開起炊，日常的照應也需要他。家中的長輩，似乎約定好了的，絕口不提他的婚娶大事，彷彿忘記似的，其實是怕他有自己的家庭，顧及不上他們。現在，年輕的單身女同事又不理睬他了，這復來一輪的冷淡中，含著哀怨，就有一些悲劇色彩，多少影響著心情。他沒有辦法，任其或喜或嗔，只當不知不覺。在學校二三個年頭，由生到熟，焐也焐得出些交情，但終究沒有一個人，能夠成知己，就像他和大虞，退一步，他和朱朱，本來還有奚子……時代將人世劃分成兩邊，這邊是過去，那邊是現在，奚子劃到了那邊，剩下他們幾個在這邊。陳書玉逐漸意識到，界限是難以逾越的，那邊的生活新鮮活躍，生機勃勃，他也想介入呢，事實上，過不過得去不由自己說了算。曾以為，是那宅子，和宅子裡的人拖累他，但大虞和朱朱的遭際卻讓他懷疑起來，分明感覺有一股更強大的力量暗中起著作用，就像水底深處的潛流，這股力量的名字叫「宿命」。

這一年，立志小學歸進公立小學，合成區中心學校，校長擔任教務主任，副校長依然是副校長，但從書記的位置下來一格，為副書記。老師們全部留用，簡併調整，或繼續教學，或轉行政後勤。陳書玉卸去了體育課，集中施教五六年級總共八個班級的算術。課時沒有增減，但科目一致，又是他的專長，所以內容單純了，同時呢，中心校的教學要求明顯高於民辦小學，減下來的那部分壓力就又提升上去，總體保持平衡。原先民居裡的教室和辦公室，大半置換下一片空地，建造風雨操場，餘下零碎幾處還原為民用，分配給教工住房。立志小學的同事分散在各處，平時都難得見一面，操場樓道偶遇，竟有些故舊重逢的心情。以前的校舍，前後都是人家，他們呢，就像是另一個家庭，一個大家庭。入冬的天氣，學生走盡了，集合在辦公室，關上門，支一口火鍋，到隔壁燒旺的爐子裡鉗一顆煤球，徐徐燃著炭火，滾水裡涮羊肉。還有學習會的辯論，想起來發噱得很，如今的學習可就嚴肅多了。門禁的制度也是嚴格的，哪像從前，上著課，鄰居提著銅吊就進來問要不要灌熱水瓶。

冉太太再一次來，只見，原先辦公室的大門敞開，天井裡面已經搭起油毛氈的披屋，擠出一線天來，水龍頭接到弄堂裡，嘩嘩開著，洗衣洗米，煤球爐也在弄堂裡，倒著煙，熏出眼淚來。冉太太不由吃一驚，經詢問方才知道小學校移走了。循指點找到中心校，沿圍牆走半條街才到校門口，擋在傳達室外面，等電話打進去喚人。望進去，操場上無有人跡，細潔的沙粒在日光下金燦燦的，依稀聽見讀書聲，朗朗的童聲，有一種金屬的音質，很是悅耳。碧青的天空下飄著兩面紅旗，一面綴有五星的是國旗，另一面有火炬圖樣的旗幟，她不認得，但覺得鮮豔好看。不知有多少時間過去，一陣鈴響，操場後面，四層樓房的幾扇門裡，同時奔出小孩子，一轉眼，灌水般遍地都是，喧譁聲起。跳躍著的小人兒中間，跑著一個大人，越跑越近，正是她要找的人。

陳書玉喘息未定，冉太太情不自禁跨上一步，拉住他的手。那隻手往後一縮，卻被拉緊不放。有消息了！冉太太說。他「哦」一聲，拔出手來，往口袋掏手帕擦額上的汗。不知道是小李的作用，還是「弟弟」的，公安部門通知家屬看人，地點在虹口的提籃橋。以此看，人是收監了，案由不會簡單，然而，隔大半年時間，知道人還在，終究不幸中的大幸。冉太太找他，一來告訴消息，阿陳你最關心朱朱——她說，二來，冉太太詢問地看著他的臉色，能不能陪她一同去？你知道，三個小孩子，最好都帶了去，看看他們的爸爸。說到此，她停了停，然後再繼續：那種地方，我有點怕，要是陳先生不方便——陳書玉抬手做了個阻止說下去的動作，冉太太改口「陳先生」的稱呼有些激將他：沒什麼不方便的！對面的人吁出一口氣：謝謝你，阿陳！疏遠的距離又拉回來。看她轉身離開，快步走去，轉過街角，不見了。他其實也有點怕呢，「提籃橋」三個字，可謂訟事和牢獄的代名詞，安分守己的市民，聽之無不變色。尤其令他生畏的是朱朱，進提籃橋的朱朱，會變成什麼樣？他都不敢想，冉太太豈更不敢想？自從成親，就沒讓朱朱離開過視線，她是真疼他！

去的那日，天下著細雨，冉太太帶三個孩子乘一輛三輪車，他單獨乘一輛。雨點沙沙沙打在油布雨篷上，門簾破了幾個洞，濺進水珠，沁涼沁涼。眼前黑漆漆的，油蠟味撲鼻，不知道走到哪裡。停車等信號燈的時候，可見前方的紅燈，溶溶一團，然後轉黃，再轉綠，車軸嘎啦啦咬著齒輪啟動。幾行幾止，最後靠到街沿，車夫解開雨簾，地方到了。看前邊的車，下來冉太太，抱一個，牽一個，一個再牽一個。他付了車資，上去想牽那個大點的，卻沒牽著，小手掙脫出來，拉住母親的衣角，不肯鬆開。見這一串蘿蔔頭，不由在心裡喊「造孽」。

他們兩大三小，絡繹一行，轉轉被帶進房間，大小約十個平方公尺，正中橫一張桌，兩邊各有一條長椅。冉太太向獄警說，陳書玉是孩子的阿舅，她的娘家哥哥，讓坐在長椅的末端。天花板很高，彷彿從機房改造，用於會見，開一盞日光燈，四壁照得雪白，倒明亮乾淨。漸漸心定下來，母親掏出手帕，挨個給孩子擦拭頭上髮上的水跡。這時，陳書玉想到，也許，「弟弟」真打過招呼了。有一刻鐘的光景，對面的門開了，兩個獄警帶進一個人，是朱朱。多少讓人意外的，朱朱的外形並無大改。既不是先前一味駭怕的，戴手銬腳鐐，甚至沒有穿囚衣，而是家常衣服，頭髮剪成短式，臉上就還見胖些。走到長桌對面坐下，近前來方才看出一點點異樣，那就是眼睛裡的光頭暗了，原來多麼機靈得意的一個人，現在萎頓下去。朱朱不看太太，轉過去，看到陳書玉，就又轉回去，落到孩子身上。那幾個小的全縮成一團，彷彿要躲起來，又躲不起來。朱朱的視線轉來轉去，終轉不出面前這一排人，為難之至，索性哭起來。無論冉太太問他什麼，胃口好不好，衣服夠不夠穿，氣管炎有無發作，等等，一律都是手遮面，哭泣不已。冉太太又說，我們很好，家裡吃喝用度充足，尚有餘裕，孩子外婆家常來看顧，阿陳呢，最是幫忙！朱朱還是哭，一個字說不出。三個孩子顯然嚇著了，全往母親身上爬。冉太太伸過手，碰他擱在桌上的手，那手觸電似地抽回去，不讓她碰。陳書玉的眼淚都要被他哭下來了，冉太太眼裡卻是乾的，直瞪對面的人，赤紅赤紅，幾乎要冒出火。她將三個孩子攏到懷裡，再往前一推，厲聲道：你看看，你看看！朱朱不敢不抬頭，看一眼又垂下去繼續哭。冉太太說：你看看，這三個人，你要活著，活下去，聽見嗎？三個小的一併放聲哭起來，邊上的看守走過來，想干涉，猶豫一下，又退回去。阿陳越發地想到，「弟弟」打過招呼了。

半小時的會面就在大的小的哭聲中過去，帶去的東西檢查一番，才交到對方手裡。看著人從進來的那扇門後消失，這邊一排人癱了似的，腳軟得站不住。坐一時，勉力起身，抱著牽著退出房間，又一番轉轉折折，但並不是來時的路徑，也不是來時的那扇門，就這樣，站到了馬路邊上。沒有公車站，沒有三輪車，亦沒有行人，茫茫然沿街走，走過兩個路口才發現錯了方向。道路越來越寬闊，幾具大煙囱朝天吐著白霧。陳書玉眼見得冉太太腳步跟不上，那阿大和阿二又黏著她，不肯跟他，幾乎帶了蠻力的，從冉太太懷裡抱過最小的那個，調轉頭再走。就看見一輛三輪車，疾行在空曠的馬路當中，叫喊著緊追，聽見自己的嘶啞的聲音，在風裡面吹散開來，以為車夫聽不見，不料卻停下了。將母子四人送上去，看他們遠去。

雨下得大了，他的雨帽沒有了，想是忘在接見的房間裡。任憑淋著，打著寒顫，卻有一股痛快，抬著頭昂昂地走。走過數條馬路，終於看見一輛三輪車，坐上去，方才發現帽子就捏在手裡，捏成一團。順勢擦一把，不知是雨還是淚，滿臉的濕冷。真是憂鬱啊！造孽，他在雨簾後面的黑暗裡，搖頭，然後點頭：造孽！車夫大約上了歲數，不敢和人爭道，騎得特別慢，還錯了一段路，折回頭重走。就覺得歸途無限的長，永遠不能到頭了。

過後月餘的時間，校長，即現在的教務主任找他，交一張便條，是「弟弟」的，約他淮海路文藝復興西餐社喝咖啡。算起來，與「弟弟」上一次見面已經五六年之久，說短只一回眸之間，說長卻彷彿生死睽違，不禁又驚又喜。這一日，極早來到西餐社，走入門廳，就見火車座上有人招手，不是「弟弟」是誰？走過去，腿腳磕碰著桌椅，也不覺疼痛，「弟弟」的臉，越走越近，又越走越遠，遠近中，一雙手被捉住，竟然哽咽了。「弟弟」按他坐下，一雙眼睛笑盈盈的，看得見眸子裡的自己。奇怪的是，那自己忽換成大虞，朱朱，還有冉太太的面容。心中如同有萬般委屈，終於遇到至親，卻又說不出來一個字。弟弟坐回對面的皮椅，低頭查看功能表，招來服務生，點了咖啡和蛋糕，轉向他來，問道：說說看，過得怎麼樣？他漸漸平靜下來，對面的人還是一貫的善解，他又鼻酸了，只是點頭。咖啡和蛋糕送上來，服務生悄然退下。下午二時許的光景，用餐結束，茶點還未開業，一小點間隙裡。門外天光明亮，人和車熙來攘往，從幽深的店堂望出去，十分遙遠。

「弟弟」不再繞彎子，直接說道：朱先生的刑期就要下來。他點頭。因為歷史的問題，比較複雜，相信政府會秉持公正。哦，他答應一聲。「弟弟」又問了些與朱朱的交往，倘若追溯兩家祖上的淵源，恐有落井下石之嫌，再說，坊間流言又有幾分真呢？就只說些現世的來去，一同玩樂什麼的。「弟弟」並不深究，放下朱朱，轉到冉太太。這回答隔了一層，所知極有限，至於印象，陳書玉思忖著，說出一句：是個有情的人。對面人倒比他知道得多，冉太太的家世背景屬民族資本家類偏題了，自己先就窘起來。

別，是人民政府統一戰線對象，但是，銀勺子在咖啡杯裡攪動，發出叮叮的脆響，不妨保持適當的距離，畢竟，朱先生已有定性。話音很輕，傳進耳裡，還是一陣轟鳴，感覺頭在大起來。昏然中，他也清醒知道，來自這個人的體恤。

靜了靜，陳書玉說出積壓心中的疑慮，就是，他家的祖宅。拿它怎麼辦呢？殷殷地看著對面的人——店堂裡開了壁燈，黃色的暖光照耀下，顯出周正的輪廓，眼清目明，其實，「弟弟」是美男子呢！只是被衣服埋沒了。去重慶的路上是短打，像雜役，又像落草的流寇；後來在上海的面晤，倒穿一件花呢西裝，卻像寄售店的舊貨；今天，是人民裝，還戴一頂幹部帽。帽子下的這張臉，不止眉眼好看，要緊處更在軒朗開闊的氣質，朱朱就遜一籌了。朱朱的漂亮是潘安式的，多少有點媚態，「弟弟」呢，屬「三國」裡趙雲一派。此時，在躊躇中，表情變得沉重。陳書玉知道給「弟弟」出了難題，十分愧疚。他覺出來，這宅子是個隱患，等了他們多少代人，終於有一天要作祟了。停一時，杯裡的咖啡涼下來，「弟弟」說道：順其自然！一顆心忽又安定下來。對面的人，彷彿動盪世事中的一個恆常，萬變中的不變，是他的倚賴。

這一日，傳達室來電話，門口有個女客找他。陳書玉猶豫一下，回答說，正開會，不便見客，怠慢！放下電話，呆立著，幾乎想追趕出去，可是，「弟弟」的叮嚀響在耳邊，他不能，不能辜負。之後，再沒有女客的造訪了。

第三章

十

生活復又平靜下來，朱朱事情的創痛漸漸淡薄。曾經從菜場穿行，見冉太太提了草籃，沿著魚攤問價。她身穿一件藍布旗袍，腳上一雙黑布鞋，看裝束形容，自然已無傭僕差遣，毋庸說，家道處於拮据。但腰背挺直，舉手頓足間，並無一絲屈抑萎頓。他尾隨一段，然後調轉車頭，退出去，換一條路。錦衣玉食長起來的人，應對大變故，竟能夠從容不迫，實在讓人又敬又憐。

拋開個別的人和事，從全域看，這幾年稱得上國泰民安，風調雨順，市面漸趨繁榮。他連長兩級工資，正好與家中積存的匱缺抵平。再有，工農政府的素樸風氣之下，這城市減少許多奢靡的消費，昔日裡的玩伴作鳥獸散，他甚至比以往手頭還寬裕些。開春時節，挑一個風和日麗的星期天，往川沙看大虞去了。

騎車到輪渡碼頭，對面渡船過來，嘩啦啦解開錨鏈，碗口粗的麻繩拋上岸，下船的人腳和車輪將鐵皮跳板壓得鏗鏗響，然後就是上船的人腳和車輪。扶車憑窗而立，看江面的航標隨波浪起伏，幾艘運沙船吃水很深，緩緩地行駛。無風的天，幾乎覺不到船身移動，而是江岸在向這邊推進。過江上班的高峰已經平息，去的少，來的多，碼頭上的提擔人，擔頭上縛了雞鴨的竹籠，遠遠就聽見禽類的聒噪。渡船靠岸，隨人流出艙，略辨別周圍，按大虞信上所寫方向，調正車頭騎去。轉眼間，兩邊就是一方方碧水，倒映天空流線型白雲，一畦畦油菜花，黃得發亮，飛著白色的粉蝶。騎過一片桃園，未到花季，底下的蠶豆藤卻攀上來了。江南地方人口稠密，前後左右都有村莊人家，遍地柴煙，蒸氣繚繞，和著米麵酸甜的發酵味。陳書玉回想有一年清明，四個人到南翔大虞家老祖墳玩耍的的情景，彷彿隔了一世的時間。正走神，路口地上忽起來一個人，嚇他一跳。看那人，頭上扣頂舊草帽，帽沿下黧黑泛紅一張臉，笑出一口白晃晃的牙。他幾乎從車上跌落，歪倒的車把被一雙手扶住，推正過來。大虞！他叫一聲，眼睛潮了。這一陣子，他特別容易傷感，動輒鼻酸。大虞搶過自行車，走在前面，裝不看見。兩人一前一後走一段，轉過籬笆，走入一片空場，坐一座青磚房，敞開兩扇大門。迎門一條長案，案上方懸掛虞老闆虞師娘兩幅碳畫像，知道是作古的人了。跨過門檻，立即就要上香，大虞拉開抽屜，取出六柱線香，劃火柴點上。陳書玉接過來，合在掌中間，舉起來，拜下去，如此六遍，送到靈前，豎插入香爐的米粒裡，退回來，再行鞠躬，也是六遍。直起身子，眼睛裡多出一人，端兩個大碗，熱氣騰騰，一路叫「燙煞燙煞」，疾步到八仙桌一擱，嗖地收回手，捏住耳垂。家主婆！大虞介紹道。家主婆看上去比大虞年少有七八歲，中等身量，圓臉，眼睫很黑，穿一身工裝，上衣的袋口印有鋼鐵廠的字樣，招呼過客人，喊著「晏了晏了」，推出自行車上班去了。

大碗裡的白糖炒米水，足足打進六個雞蛋。早在信上得知大虞喜期剛過，一直猜度娘子何方人士，此時見了，不禁想起辭行那日，冉太太的話：塞翁失馬，焉知非福。一邊吃點心，一邊聽大虞慢慢告訴，女人在鋼鐵廠幼稚園上班，船碼頭的另一方向，騎車過去一刻鐘的路程。於是想起從輪渡上望見岸上的大煙囪，又有幾架鋼渣山，就是那裡了。大虞說，此地鄉下人家，大多數亦工亦農。土地少，而且含城，出產薄得很，務農盡夠餬口，還要看天吃飯，務工則是旱澇保收，鐵定的收入，所以叫鐵飯碗。他們家的格局大體相同，差異在於，女人工，男人呢，不工不農！大虞自嘲地說，所以，是她養我。陳書玉知道這話並不屬實，因看見裡進的天井地上，躺幾段裁好的方子，牆角裡堆了刨花，吃飯家什分明還在，所謂一技在身，走遍天下。她倒很好——陳書玉說了半句，又止住，大虞接住話頭，說下去，這就是鄉下女人的好處，膽壯，不畏前畏後。兩人都想到譚小姐，不知道怎麼樣了，那木柴行自關門就沒有再開門，大約轉手了。陳書玉說：聖母像一直替你留著，什麼時候物歸原主？大虞說：送出手的東西哪能再回來，這一個已不是那一個！兩人會心一笑，打住。

上午時間，兩人在四邊走動，遇見鄉鄰，都稱大虞「大木匠」。果然如大虞所說，農事以女人為主，經營大部又在副業。一壟一壟的帆布篷，裡面種的是蘑菇，老人坐在板凳上，將泥塊掰成麻將牌大小的一方一方，稱之「蘑菇泥」，方才知道，蘑菇是如此生長出來。少數幾個男丁，站在耙犁上，一手牽牛，一手執鞭，在水田上滑行，遠看過去，彷彿穿越天地之間。走一遭回來，正是中午飯時，女人留好了菜，一盤白切羊肉，一盤油炸花生米，籠裡的蒸菜是紅燒鱔筒合青菜豆腐，米淘好了下在鍋裡，塞一篷豆秸火，由它速速燃起再慢慢滅去，這邊喝酒，那邊飯香就瀰散開來。

陳書玉慢慢將朱朱的事情敘給大虞聽，敘到冉太太一節時，大虞沉默了。喝半杯米酒，方才說出話：看起來，人不分貴賤貧富，是以性情分。陳書玉問：此話怎講？世上的性情歸根結柢只有兩種，一種厚，一種薄！喝了酒，平素話少的人也會饒舌：倒不在好和壞，而在厚和薄，就像木頭——凡天下物，都自有所用，不可妄自評議輕重，但只以稟賦論，比如，松木和紅木就是不同，前者隨天候節氣轉移，後者則是千年不化。陳書玉喝了酒，話反而少了，只是聽與問。這米酒後勁很足，當時不覺得，一碗飯下肚，再喝半碗熱湯，就睡倒了。等睜開眼睛，四下裡黑洞洞的，不知身在何處，卻也不害怕，相反，頗為安心。過些時間，漸漸看得見周圍，發現躺著一張闊大的寧式眠床，四根床柱，撐起藍布帳幔，好比一座小房子。身上蓋半條夾被，散發出漿水的微酸的氣味，窗外有母雞鳴蛋的叫聲：咯咯咯。柴灶裡嗶嗶地響，有一些煙從地板縫裡漫上來。曉得時候不早，硬挺起身子下床，腿腳軟綿綿，頭腦卻格外清明。走出房間，站在樓梯口，疑惑自己如何上樓，又如何睡到人家夫妻的喜床。摸著扶手下到底，木扶手的頂端是一個獸頭，眉額上的發綹，銅鈴般的眼珠子，嘴張開著，伸進去，摸到一顆木珠子，竟是活的，卻掏不出來，就知道是大虞的手藝。

大虞的女人下班回來了，換一件自家布機織出來的粗條紋衣裳，灶眼裡的火映著臉，更顯得眉黑眼重，有一層釉色。八仙桌上布了新炒的菜，又開一罈酒，他卻不敢沾了，大口扒下兩碗新米煮的白飯，放下筷子就要走。百般留也留不住，只能送他去輪渡碼頭。調過頭朝來時的方向，正對前面幾座鋼渣山，堪稱巍峨，遮去大半天空。路上，大虞問起他家的祖宅，政府有沒有收走。阿陳苦笑：我倒是天天等著來收，就是不來！大虞嘆息一聲：有個笑話，說某人樓上鄰居每晚上床，脫一隻靴子，地板咚一聲響，再脫一隻靴子，再咚一聲響，有一日，第一響過去了，第二響卻不來——陳書玉接過去：我就是這個人，你和朱朱，樓上的靴子都脫齊了，我還在等！說到此處，兩人都笑起來，對面的輪渡開到江中心，嗚嗚地鳴笛。站在碼頭，看浦西的燈火，大虞問：什麼時候娶娘子？陳書玉說：靴子沒有落地，娶什麼娘子！兩人又笑。輪渡「砰」地靠岸，一個上船，一個回家，分手了。

兩岸隱進夜色，江面更顯得寬闊，遠處亮著點點漁火。偶一仰面，看天上的星星，亦比街市裡的更大更稠密。尋找北斗七星，祖父說的，以七星觀，可證明宅子騎在中軸，座北向南。那是個什麼造化啊，出自誰人的手；又剛巧落在他們家；他們家世代過來，散了多少人和物，偏偏留下它，不曉得是福還是禍！

年末，祖父去世，壽九十二。半周之後，祖母去世，壽九十三。據說，大伯年少時候，曾經相面，額上一道橫紋，徵兆為「刀切豆腐兩面倒，父母連死」，可不就應驗了。按喜喪治，白孝服掛角處綴紅。大伯大伯母來了，散在各處的族親，推代表過來幾個，多是晚輩。親親友友站齊了，不過十二三，聚到祖父的統樓裡，打開櫃篋，再打開祖母的妝奩。出眾人意料，所餘之物相當有限，一半用於喪事，另一半各房分配。因數量少價值低，就也無所謂公平不公平，私下又都盼望早些完畢，各回各處，即順利通過。然而，這一樁事，終究急也急不得，族中最後的長輩，還要照規矩來。這一年的年景不錯，有些舊俗漸漸回來，物質也較前段豐裕，難免往鋪張裡去。出門再歸來就是客人，在家的又多老弱，跑得動的只陳書玉一個。好在有張爸的三輪車，拉他買棺材，看墳地，置辦壽衣香燭。張媽包茶飯洗滌，加上兩個小的，向學校告假，幫著打雜，才將一應鉅細對付下來。除通例的殯葬裝殮，還又格外去沉香閣請一班女尼，為吃齋的祖母做了法事。前門敞開，兩具棺木並列，罩簾的四角也綴紅，停靈半時，喇叭吹響，拋一把紙錢，方抬起來，步入巷弄，上兩架平車，直驅福建人墳地「閩嶠山莊」。至晚，門前支一口大鍋，滾燙的豆腐羹，周圍幾條街的鄰舍，自帶茶缸飯碗來盛，求壽求福。一鍋見底，再上一鍋，絡絡繹繹，到夜裡九、十點鐘方才消停。

祖父母晚清末年生人，經歷鼎革兩朝兩代，安然一生，善始善終，著實有福之人。是祖蔭庇護，或者歸因宅子風水，大伯對陳書玉說道。戰時共同生活一段，朝夕相處，彼此生出些感情，甚至略勝於和自己的父親。大伯告訴他，宅子裡的鏤刻雕飾，看起來紛繁往複，其實主旨唯有一題，就是八仙。這話與先前祖父的說法相符，陳書玉便以為可信。大伯指迴廊上頭，仿宮制的歇山頂內面，紅綠粉彩圖畫，就是八仙的戲文：呂洞賓度盧生；漢鐘離度藍采和；何仙姑採茶路遇呂洞賓受度；呂洞賓再度鐵拐李……呂洞賓度人最多，所以道中推他教主。沿過廊穿月洞門，環樓一周，到東院裡，只見豁口又進深和擴寬，半間披屋儼然而坐，牆外人公開入侵，毫無顧忌。陳書玉架起梯子，登上去，拍打油毛氈頂，主張權力。大伯連連擺手，讓他噤聲。不想，油毛氈下已經鑽出一個女人，扠著腰，昂頭指了他道：拆房子嗎？新社會了，社會主義了，窮人翻身了，不受剝削了……連珠砲的一長串，他幾度張嘴，幾度遭遇狙擊，發聲不得，何況論理。大伯拉他落地，來不及撤梯子，掉頭避進內廳，身後「嘩啦」一響，一塊半磚拋過來，碎成齏粉。稍事喘息，大伯道：歷來刁民最可怕，趙匡胤、朱元璋、李自成——本已經坐了龍廷，想不到來了個更野的，忽必烈，茹毛飲血之類，不是有句俗話，乘車的敵不過穿鞋的，穿鞋的敵不過赤腳的；又有一句，五百年必有王者興，「王者」是誰？正是草莽中人！伯侄倆立在內廳的夾牆裡，身後是暗樓梯，通二樓側面，腳下一條陰溝，汩汩的排水。

就說咱們家，大伯背起手，仰頭看夾牆的板壁上端，忽然湧起懷古之情：知道敗在哪一節？陳書玉搖頭，長輩們極少談及家道，流言中的鱗爪且虛實難辨，待要認真，大伯卻緊接一句，也是傳說！事情又變得可疑。不過，內外終究有別，族人中的閒話，多少有幾分靠實的來歷吧。再則，從近親口裡敘述，還屬破天荒頭一遭，就靜下來好好聽。大伯說：老祖宗乾隆年間來到上海灘，開船號，建碼頭，商棧無數，絲茶、木材、棉花、砂糖……滬上稱「半條江」，意思是黃浦江一半的營生，哪一段潰堤了？方才的問題又提及一遍，陳書玉還是搖頭。通事！大伯說。道光年，僱了個寧波人，會說洋涇浜英語，專與洋人交道，兩頭說話，兩頭牟利，銀子漲破船幫，多的不說，單只一件，向朝廷捐了個官職，蘇松太道，看看！大伯伸手攤了兩攤。陳書玉吐出一口氣：老祖宗那麼精明，怎麼讓他瞞哄過去的？大伯笑了：從乾隆至道光，多少年？八十多近九十，三十年算一世，差不多就是三世，按「君子之澤五世而斬」的運數，正在末途，武功已退，改以文治，是另一路天下，這堂號原為「半水樓」，後易為什麼？陳書玉更加茫然，目瞪瞪望著大伯。看大伯豎起兩個指頭：兩字，「煮書」。

收起指頭，嘿一笑：那同事如何下場呢？想到又想不到，咸豐三年，小刀會起兵，通事他竟然私通外國洋槍隊反撲，最後死在叛匪亂刀底下！陳書玉說，一報還一報！大伯卻搖頭了：世人都以為惡報，其實不然，那小刀會可說是綠林中人，吃野食的，倘若造化大，就坐龍椅了，這就叫「道高一尺魔高一丈」！所以，大伯指指東牆：

千萬不要惹！陳書玉點頭了。勿論大伯說的信史或者偽史，其中的史識自有道理。伯侄二人從夾牆鑽出來，被當頭的太陽刺了眼，用手罩著，望去門樓上的磚雕，果然是一部八仙大戲，蟠桃會。看一會，大伯說：沒有千年不散的宴席！

十一

奔喪的人各回各地，熱鬧過後，宅子裡更顯得冷清。祖父母走了，餘下他們一家三口，外加一個姑婆。原本分開過的，此時姑婆提出兩戶併一戶，其實是家中的積餘露了底，自知靠不牢，讓侄子養老的意思。陳書玉不便拒絕，再想到合有合的好處，統籌開支，尚可節約，又多一雙人手協助燒洗，減去張媽勞動。張媽名義上不付薪，但年節的禮錢，平日裡零碎的酬謝，集起來也很可觀。於是，張媽到街道生產組報名，取些絨線活計，每月繳納一點水電費用，雖只象徵性的，也算得進項，家中財政已到錙銖必較的程度了。姑婆眼看不出門也有得賺，以為生財之道，託張媽幫忙索得一份工，成日介坐在廊下，晒著太陽編織。分擔的庶務又回到母親身上，掙來的錢則是私留。老姑娘難免獨腹脾氣，自顧自的。父親和母親都是懦弱的人，這性子多少也傳給他，凡事退讓，還有一套吃虧就是便宜的理論。所以，無一人出頭主張，就這麼一逕往下過。不多時間，他感到了手緊，有限的消費再行壓縮，游泳換到區一級的，盛夏時節，池子好比開鍋的餃子湯，人頭攢動，更衣室摩肩擦踵，腳底打著滑；咖啡館徹底斷了路；電影院原先總是第四場，八點鐘開映，有一些夜生活的餘韻，如今則光顧周日清早的學生場，八分錢一張票，忍受著小孩子的汗酸和腳臭，激動時刻的鼓噪……飯桌上的菜肴清簡了，有一回，姑婆自己買了新上市的蠶豆，用公帳上的油鹽，炒一碗，放在中央，碧綠的蠶豆就像怨怒的眼睛。他們三個早早離席，留姑婆一人享用。自此開始，隔三差五的，姑婆便吃一回獨食。他心裡到底不服，下班路上買來精緻糕點，送到父母房裡。祖父母去世，父母親移到西邊統樓，與他住對面。三個人關起門悄悄嚼吃，彷彿偷嘴。本以為機密，不然，次日早起，經過天井，與姑婆走個迎面，姑婆說：昨晚有老鼠的悉索聲，要不要買些鼠藥？他到底盛年，壓不住火，赤紅臉問：什麼意思？對方很無辜地眨著眼睛：我說的是老鼠，並沒有說你們！他追問：「你們」是指什麼人？一下子問住了，惱怒道：你當什麼人，就什麼人！祖一輩孫一輩兩代人，一句去一句來吵嘴，父母躲在房裡，不敢出聲。他倒不怕了，話已說開，索性攤牌：姑婆你即嫌我母親不會當家，菜式不如意，不妨各過各的，回到原樣。老太婆說：要分要合，不由你說！一邊說一邊向樓上看，期望他大人出場周旋，然後順風落篷。樓上連窗戶都關起來了，一點動靜沒有。陳書玉則又緊逼一步：不由我說，由你姑婆說——看著面前的人，方才發現他從來沒有正視過這張臉，白皙的皮膚，沒有一絲皺紋，雙頰微微下垂，流露了年紀，金絲邊眼鏡後面，浮腫的眼瞼，也是年紀，與年紀不符的是，瞳仁裡聚焦著光，銳利地射向對方。他走神了，想這老宅子裡孵出什麼樣的物種啊！又老又嫩，彷彿活化石。最後，姑婆說：分就分。他驚了一跳，醒過來，側身從旁邊走過去。

正應了「分久必合合久必分」的歷史規律，但週期短促許多，也不是簡單的重複，每一輪都有不同。原先幾分天下，多邊關係，是可將對立平均分配，消解能量；如今雙邊關係，他們三個與姑婆一個，兩相對恃，衝突集中了，變得緊張。灶間裡只一張八仙桌，他們要用，姑婆也要用，本可以先後排序，因為負氣，非擠在一處。於是，他們一個角，姑婆一個角，那情景很尷尬，也很滑稽。四個大人退到孩童，爭奪地盤，將碗盞推過去，移過來。十五燭光的電燈泡昏昏地照著頭頂，投下晃動的人影。他先吃完，起身離開，站遠了看，又覺得淒涼，想起大伯臨走說的話：沒有千年不散的宴席。趕緊走開去，上樓回進自己房裡。綠燈罩下，聖母臉頰的輪廓浮現出來，是一種姣好的莊嚴，他感到了愁苦。

和平的日子往往也是沉悶的，日復一日，難免要生倦意。七月裡大虞來過一回，帶了一隻羊腿，說鄉下人時興吃伏羊，還有一捆甜蘆秫。不好意思家裡留飯，因那飯桌的局面相當不堪，去老字型大小「德興館」點了酒和菜。內囊都盡上了，可在所不惜，這是他唯一的交遊了。半杯酒下肚，頭垂到桌面，一顆眼淚滴進碟子裡，多麼頹喪，又多麼脆弱。大虞並不勸他，管自己吃喝一陣子，說起當年，譚小姐一去不回，鐵心不戀愛，不婚娶，可是，熬不過寂寞呀！兩個人總比一個人好。他知道大虞的意思，搖頭道：不敢造孽。大虞也懂他的意思：命裡的業障，跑也跑不掉的。他卻笑出聲來：不知道我的業障在哪裡呢！大虞覺得這話有趣，也笑：不來不求，來了不躲！兩人參禪般幾個來回，心中的塊壘似乎化解一些，又苦笑一下：近日裡常想大伯的話，千年宴席終有散的一日。大虞說篩子再密，也有漏不盡的幾粒，比如我和你！他一想也對，端起酒杯碰了碰，轉過話題。

大虞說：遠遠看去，你家的宅子模樣還端正。陳書玉道：我都不願意看它，恨不得及早拋下來，走出去，像我那些兄弟姊妹一樣，苦於無處可落。大虞說我倒恨不得住進去，這宅子就是一本書，夠讀的了！陳書玉有些驚訝：真讓你說準，這宅子有個名號，叫「煮書」。大虞雙手一合：這不對上了！陳書玉說：好，你住進來。大虞手一推：不敢，我是個漏斗命，聚不住祖業，幸虧父親將那些身外之物散了，才有今日的安穩。陳書玉說：你好了，我呢，怎麼辦？大虞正色道：人各有命，順其自然！一拍手：又對上了！對上什麼？有一個人說過同樣的話。誰？大虞問。陳書玉說是「弟弟」。大虞沉靜一會兒，說一句：你的命大約就在此人身上。

一頓飯下來，酒菜所耗有限，話卻說了不少。大虞走過，再回到日常的瑣細裡，就添些耐心。學校放假了，有一日走在路上，遇見跳水池救生員，問他還去不去游泳，他坦言告之，換了泳池。救生員是個明白人，曉得是手緊，就說正招募暑期救生員，可免費游泳，還能掙一點勞務，聊勝於無。當即定下，第二天就去應卯。他值班在下午三時至晚上八時，於是，白日裡一半時間在泳池度過。戴了墨鏡坐在池邊，太陽將傘頂照得透亮，看一池藍水，五色的泳帽起伏蕩漾。來這裡度夏的多是常客，身體晒得黑亮，箭似地在水面底下穿行。真是大光明的世界。夏日裡晝長夜短，八時許暮色還未低垂，罩一層薄亮。沖過澡，穿上乾淨衣服，領了勞務費，途中吃一碗麵。天色終於暗下來，並不使人消沉，而是感到安全，彷彿受呵護。撒開車把，坐直身子，從乘涼的竹榻間穿行。風迎面吹來，頭髮乾了，揚起來。他聽見自己的口哨聲，美國電影《魂斷藍橋》的插曲，「天長地久」。他的抑鬱症完全好了，歸功於充足的光照，游泳，規避不愉快的情景，還有大虞——從命運的篩眼漏下來的機緣，雖然一個江這邊，一個江那邊，可不是有輪渡嗎？汽笛在耳畔響起，不是咽聲，更接近，管樂中的低音號，在弦樂裡忽隱忽現，忽近忽遠。討什麼娘子啊！娘子有什麼意思啦！那娘子，即便是采采，終有一日也會老成姑婆那樣，鷹隼般的鼻子，一雙鷹眼；或者成母親，做婆婆的年紀，卻保留著童養媳的表情。回到家裡，晚餐時間已過，廚房暗了燈，人也走盡。姑婆為省煤氣費用，拾斷枝枯葉燒柴灶，灶眼裡的餘燼一明一滅，如同詭黠的眼睛，在嘲弄世人。

這一天，去游泳池值勤，隔十來米距離，看見冉太太領三個小孩走在馬路沿上，一手提包，一手牽小的，小的牽二的，二的再牽大的，就這麼走成一串。倘遇見對面人過來，或者後面人上去，冉太太便側過身子，走成縱隊。三個孩子都長高一頭，穿西裝短褲，襯衫束進腰裡，冉太太穿白底藍點的布旗袍。一家人乾乾淨淨，整整齊齊，沒有一點落拓相。不知什麼時候，下來自行車，推上人行道，跟過兩個街口，離開了游泳池的方向。不得不向自己承認，所以不討「娘子」的真實原因，那就是，他不相信世上還有第二個冉太太。下了街沿，掉轉頭，偏腿上車，穿過馬路，騎走了。

暑假就在悲欣交集中過去。他晒得漆黑，同事們都喊他「非洲人」。四肢的肌肉出來了，臉上不見胖，額頭和下頜兩處撐起，輪廓就有改變，變得軒朗。開學幾天他才知道，原先的校長，後來的教導主任已經辭職回家，理由是身體，需要長期休養。立志小學的教職工在中心校處於邊緣狀態，走與不走都引不起太大的注意，所以少有人提及。聽到消息，難免心有戚戚，想起當年校長手下入職，遲遲疑疑的，不曾想到日後成安身立命之所。填寫表格，成分這一欄，也是校長建議，寫「城市平民」一詞，從此有了身分。與校長交集不算多，但重要的事情都與校長有關。於是，擇一個周日的下午，買一籃水果去了校長家。

校長家住西區，舊名「金神父路」上，一幢公寓房子的底層。開門的是校長太太，他就叫一聲「師母」。校長聽見聲音，從裡間出來，一時竟不認得。校長穿一身睡衣，戴一頂睡帽，罩住白髮，就不像了。臨街的一排窗戶拉起白色的線鉤紗簾，遮擋了天光。陳老師！校長叫他，方才回過神，看清楚眼前的人。這邊落座，那邊師母已斟上茶，退進去，帶上房門。略作環顧，見這套公寓設施齊全，自成天地，但極為狹小，只一裡一外，大約當年看門人所住。方才進入的一條短廊，一邊廁所，一邊廚房，然後就到客廳。他被安置在沙發，抵膝一張方桌，蕾絲桌布上壓著玻璃板，放一盒粉筆和英語初級教材。對面牆上，懸一塊小學生黑板，板上的書寫還未擦淨，殘留幾個英文單詞，底下用繩牽著黑板刷。看起來，校長在做英語家教。隔玻璃門，傳來小孩子說話，爭辯著什麼，然後就有大人參加進來，顯然是母親在打圓場。適應了室內略嫌暗淡的環境，逐漸覺出一種暖色，彷彿從四下圍攏過來，讓人安心。校長坐一張扶手椅，側對著他。戴了壓髮帽的臉顯得圓胖，五官的輪廓變平了，慈眉善目的，同時呢，又有點庸俗，與他認識的睿智的校長彷彿兩個人。但也許，居家的生活，自有馴化的能力，他自己不也是這樣？

喝一會茶，敘幾句客套，問校長身體如何，休養得怎樣，看起來很是不錯啊。校長伸手向周圍畫一個圈，像是展示給他生活的場景。他指指黑板，說：開小灶呀？校長笑道：貼補家用，也解些悶氣。他「哦」一聲，再想不出話說，默下來，輪到校長問他了。教學如何，與同事相處融洽與否，學生們的成績上還是下。他一一作答。這就像回到過去，在立志小學，樓梯、走廊、弄堂、甚至灶披間裡，遇見校長的問答。那時候，學校小，抬頭不見低頭見。後來，並進中心校，見面稀少，就生分了。不由感嘆道；居大不易！校長說：大總比小好，原先弄堂小學，樓上拖地板，水漏到天花板下，只好撐雨傘上課，漫畫家也想不出來！兩人都笑了。笑過了，他說：那校長你還辭職？校長道：你別稱我校長——不稱校長稱什麼？他問。校長說：稱名字，王鈞志。他稱不出口，僵持一時，想到校長稱自己「陳老師」，自己又稱校長太太「師母」，就說也稱

「老師」吧，王老師！校長說很好，從此定下。說來也奇怪，稱呼一改，雙方關係也有轉變。上下屬依舊上下屬，還又是同道中人，亦師亦友，名實之間的互相作用就在於此吧！近午的時間，主客在門前街上告辭，日光從樹葉裡灑下，校長，如今的老師，臉上又無數光斑跳躍，他又看見了熟悉的眼睛，從更深遠處亮出來。他想起「弟弟」，發現他們又像又不像，似乎是，他們有同樣的品質，但在弟弟，是袒露的，面前這一個，則是藏匿的。

分手後，騎出兩條馬路，方才想起，究竟也不知道老師身有何恙，以至於退職回家，依稀彷彿，更接近歸隱山林。很快，不消年半時間，他的直覺便得到證實。倒不是出自什麼先驗，而是，早已有徵兆。一種悸動蟄伏在日常的表面底下，蟄伏著，正等待時機突破。課餘的學習加時了，甚至延長到晚上，食堂額外開伙加餐，燈火通明。以往都是上面聽，下面講，現在反過來，下面講，上面聽。再接著，單是講不能夠滿足，於是增加了寫。有一點讓他想起立志小學時期，石庫門房子的前客堂的討論。那些日子裡，人都是新鮮的，天真的，現在，卻世故了，於是，漸漸不安起來。在這席捲整個社會的熱情裡，他卻看到危險，就像腎上腺素激增，過度消耗能量，透支了體能。依然不是出自先驗，也許只是常識，或者還有老師，老師什麼也沒有說，可是有一種奇異的感應呢，那就是，事情不會簡單的重複。

十二

四處都是開明的氣象，大字報，大辯論，大鳴大放。話都說得過頭，近似攻訐和洩憤。他真的害怕了，開會時總是坐在角落裡，低著頭，生怕受到注意，喊他發言。走過大字報欄，也是低頭速速地走，看一眼就會受到蠱惑，加入進去似的。這一場全民狂歡節，沒有他的份，因是個曖昧不明的人，合法與不合法的夾縫裡，所以能夠安然無恙，全憑藉某一個忽略。等到形勢反轉，正負交換場地，兩股力量一升一降，本該放心，慶幸沒有捲入是非，可是不然，更惶恐了，因這一輪的鬥爭更像衝他來的。無產和有產，革命和保守，進步和落後，左和右，他哪一邊不屬，又哪一邊都屬，就看怎麼解釋。他想學老師稱病退職，又不敢，時機不對，招人猜測。並且，家庭的財政也不允許他賦閒。全家的用度都從他薪金裡開支，祖父身後分配到各房的一點遺存全被父親掌握，他不便過問，為他們想，除這棺材本錢，還有什麼進項？每日上班原是讓他歡喜的，可以脫離消沉的家，如今則成苦役，膽戰心驚去，失魂落魄回。樓上的靴子又懸到頭頂，他日日等它落地，它日日不落。他患了失眠症，無論多麼困倦，一旦躺下立時無比清醒。睜著眼睛，一幅幅圖畫從黑暗中浮脫出來，鮮明極了。提籃橋的紅磚房子；三輪車油布雨簾上的破洞，濺進水珠，沁涼沁涼；輪渡行在江面，船下兩股水向後滾動；老師公寓裡，幽暗的光，光裡面小黑板上模糊的字跡；還有小龍坎的半山坡上，花叢中女同學蒼白的臉，小小的，就像一個人偶……實際上他已經入眠，但不自知，因醒來比不睡更疲倦。他消瘦下來，夏日裡鼓起來的肌肉鬆弛了，變成水一樣。看著鏡子裡的面容不禁生畏，以為消瘦也是有罪的。他想去川沙看大虞，又不敢，怕連累人，還怕被人連累。他從老師公寓前走過，進一步退兩步，最後轉身離開。老師所以退職，就是不願被人鬥爭，更是不願鬥爭人，他不能把世外人再捲入世內。

事態突飛猛進，陡然收勢，結果始料未及，卻也在意想之中。立志小學原書記，現中心小學副書記，被定為右派。承認不承認，都有些欺生的成分。說是合併，其實中心校為主，「立志」為次，更像是收容和投靠。人們私底下議論，也是副書記為「立志」攬罪，因其錯誤中有一條，對舊思想舊人員縱容。不日之內，懲處的文件就下達了，返回原籍改造。陳書玉最後一個聽到消息，已到副書記上路的前夜。這一段，他過著閉關的生活，與人不相往來，若不是那個曾經對他有意的女同事告訴，就要錯過最後一面。

女同事說：副書記對你很照應的！顯然，是在意副書記介紹妻妹給他的那一樁舊案，所以記到現在。下一日天沒亮，他便起身趕往副書記家。早點鋪裡，豆漿鍋剛煮沸，郊區的菜農踩著黃魚車，車上的蔬菜掛著露水，路燈下的柏油路面也是濕漉漉的。頭班電車開出車場，車頂上的電纜濺出火星，「吱」一聲響。自行車從盤桓的路軌上騎過去，小小的顛簸一下。

副書記，他還是習慣稱「副校長」，副校長家住虹口一條新里房子，占底層一大一小兩間，將完整的一層拆零了。如他們這樣從山東南下的幹部，還不了解上海民居的格式，是一方面；另一方面，則以為暫時，不定什麼時候開拔。從戰爭中出來的人，對和平的日子缺乏概念，事實上呢，至少有一部分，證明是對的，這不，又轉移了。所以，陳書玉並未看見想像中的淒厲一幕，倒是一番雜亂的熱鬧。前門敞開——副校長恰好選中帶院子的一間，大約中意那巴掌大的一塊泥地，不像通常人家種夾竹桃月季一類的花草，而是栽了一課棗樹，幾架瓜豆。豆棵倒伏在地上，絲瓜來不及摘盡，老成筋縷，就有左右鄰來剪去用做洗碗和擦澡。後門也是敞開，送行和幫忙的人貫通往返。屋內的櫥櫃騰空，留在原地，一律白木，釘著鐵皮牌，上面印了編號，都是向公家租賃，此時倒省去搬運的人力物力。床板上的被褥捲走，沿床幫一溜坐四個孩子，在搪瓷碗裡吃粥。

忙碌的人中間有一對穿工裝的年輕夫婦，指揮調遣，前後照顧，做妻子的身材苗條，舉手投足，姿態美好，似有些眼熟，走過陳書玉身邊，回頭一笑。過去後方才想起是副校長的小姨，曾經為他作筏，如今結婚成家，不必隨姊姊一家回鄉了吧！心裡彷彿有一點安慰。忙碌中，一輛卡車停在前弄堂，路燈滅了，晨曦微明。他看見人叢中有幾個「立志」的同事，提著糕團，竹籃上封了紅紙，是滬上習俗，祝福上路人高升團圓。他懊惱自己想不到，空著手來。

副校長在的時候，他們有意無意地躲他，此時，卻是不捨得很。生長在都會裡的，心性多少是浮浪的，變故中領會生活的嚴肅，變得沉穩了。卡車駛出弄堂，向西再轉北，他們一行人，騎車尾隨。太陽離開海平線，躍到這城市的樓宇中間，從牆縫裡射來光芒，刺著眼睛。他側過臉，避開光的直射，只這一瞬間，卡車越過紅綠燈路口，脫離視線。同事們有的跟上，有的拉下，很快看不見了。他一逕向前。路越來越寬，兩邊建築越來越低，天空變得廣大。不知什麼時候，身前身後都換成載重卡車，轟隆隆壓著路面，大肆按著喇叭。他騎到旱橋上，下面是交錯縱橫的鐵軌，無數汽笛鳴起來，匯成巨大的聲響。不知道哪一響來自副校長搭乘的列車，心裡生出一個念頭，他這一生，總是遇到純良的人，不讓他變壞。

自此，立志小學的正副校長都退出，餘下舊人，零星分布各處，納入到中心校一統化的體系中，互相很難見著，那一段來歷隱匿起來，變成稗史了。以教學論，陳書玉更傾向中心校細密的分工，不像「立志」的時代，身兼數職，風馬牛不相及，實際是野路子。年復一年，能感覺各項課業趨於完整，方法更科學，學程緊湊，尤其算術，到高年級，已經涉入數學。批改作業，有幾回看到學生用代數方法解算題，不由想起剛入「立志」的情形，不由莞爾一笑。他給算題打了一個五角星，以示獎勵。曾有中學來調他，思忖之後，還是婉拒了，生怕適應不了。世上專有一種念舊的人，大概就是他這樣。到中心校，念「立志」，到別處，又會念中心校。或多或少，還有對新環境的懼心，他已經不是當年魯勇的年輕人了，說去重慶，拔腿就去，說要回，萬水千山，掉頭就回。但他接受區裡的培訓輔導，業餘向民辦教師開課。為滿足普及教育就學人口激增，各街道建立民辦小學，師資來源大體兩個方面，一是無業青年，二為家庭主婦。受教育程度以中等教育為多，上下兩級則有天壤之別。高到大學畢業和肄業，低到掃盲運動的識字班。前一類重點在教學方法，後一類差不多從數數開始。他也很快找到入徑，那就是用家庭開支作例題，因這類情形多是主婦，又多是貧民階層。他的課，易懂且有趣，口碑傳開，外區的老師都來旁聽取經，或者直接請去開講。每個晚上都排滿日程，星期天，上下午奔赴幾個補習班。

這個城市又變成不夜城。夜深的街道上，這裡那裡，亮著土製高爐的火光。鑼鼓車隊走過，人們從家中跑出來，夾道歡呼，小孩子追在後頭，越聚越多，成浩蕩之勢。他騎車在熱情的人群裡，慢下速度，心裡卻躍躍然的。路邊的頹牆，被推倒了，大錘子砸開水泥塊，抽出鋼筋，捆紮起來搬上推車，呼嘯而去。鏽跡斑駁的金屬條從車板拖到地面，彈跳著，押車的人也彈跳地避開，夜色裡看起來，就像一種原始的舞蹈，踏著鼓點遠去。從大馬路騎下窄街，喧囂在了背後，燈光昏暗，斷垣上人影晃動，時起時伏，原來在撿拾碎磚。激情平息下來，依稀彷彿，曾經有同樣的畫面，不等想起來，便推門進去了。

他的失眠症徹底痊癒。一沾枕頭，立刻入睡，睜開眼睛，已是大光明。洗漱完畢，又騎車出門去。早出晚歸，他與家中人極少見面，偶爾的，星期天有半日在家，料理內務，向父母交割生活費用，聽幾句抱怨——姑婆偷用他家水電煤，現在，他們分別安裝火表水表，姑婆索性關閉煤氣拆去灶頭；姑婆揚言丟失財物，有宵小作祟，本來只當作耳旁風，偏偏張媽多心，想一宅子唯張姓外人，不對她對誰？於是起來對質，為證清白，將自家大小箱籠當院打開，陳列一排；東牆人家則推進蠶食，左右擴充，又加蓋房頂，建一座鴿棚，鴿子屎滿地皆是，腥臭不堪，餵食的飼料再引來鼠類……攘外必顧此失彼，而如今，顧此失彼，幾近全線崩潰。

他嘴上應著，心下想的是，這樣的家，散去也罷，破不破牆，就也不在意了。清晨，看鴿群從窗戶前掠過，黑壓壓一片，彷彿壓頂，忽想起來，夜晚後街裡的那一幕。多年以前，獨自一人，從西南來到上海，就在宅子前面，瓦礫堆上，無家可歸的人拆了門板窗框，點火起炊。同樣的，夜色裡的一點火光。然而，此一時彼一時，早已換了人間。

夜校的學生裡，有一位主婦，三十多歲年紀，看上去只二十七八。一頭燙髮，垂到肩處，兩邊髮卡別上去，露出雙耳，一對翡翠石墜子。平絨旗袍外罩開襟羊毛衫，天冷時再加一件寬肩收腰款春秋呢大衣。皮膚原本白皙，又敷一層薄粉，猶顯吹彈得破，峨眉淡掃，口紅的顏色則十分鮮麗。以她中等學歷的程度，其實可以免修，可卻課課不缺，總是坐在靠走廊的第一排位置，認真寫著筆記。看見她，陳書玉會想起冉太太，想她是不是也報名某個夜校裡參加補習，然後到某小學任一名老師，說不定，誰能預料呢？有一天，某一個場合，遇見她，那時候，他們就是同行了。因為此，他對這名女學生格外關心，凡是她的問題，都加倍仔細地解釋。他想，如她這樣的人，出來做民辦小學老師，總歸有不得已的原因，就像冉太太。他們都是跨越新舊兩朝的人，就像化蛹的蛾子，經歷著嬗變。新時代總是有生機，舊的呢，卻在坍塌、腐朽，迅速變成廢墟。

夜校裡的女性多來自平常家庭，過著勤儉的生活，忙完一日家務，身上帶著油煙的氣味，衣襟上則染了奶漬，還有帶著孩子來上課的，下課時候，孩子已經趴在母親膝上睡熟，拍醒了，瞇瞪著眼拖拽著回家。這女人坐在課室，格外耀眼，同性們都有些躲她，一是怕比照出粗陋，二也是覺得非同道中人。年輕的男士則相反，十分的歡迎。陪護接送，茶水點心，還在桌面上放花。閒散在社會上久了，多少沾染些靡頹的習氣。那華麗女子向四周輻射聲色，任憑爭先恐後劍拔弩張，終是渾然不覺，一派無辜的表情。漸漸的，補習課就有點像社交場。

陳書玉眼睛裡只有一個冉太太，除此什麼都看不見。他是一個天真的人，以為這世界脫胎換骨，他自己不就是嗎？改幾代人坐吃閒飯的傳統，做了自食其力的公民。他沒有察覺與女學生說話時候，教室裡的靜默，靜默裡的意味。他聲音變得響亮，自己都有點陌生，好像另一個人在說話。他的手在課本上爬行，旁邊是染了指甲油發出貝類光澤的纖手。他其實從來沒有打量過冉太太的手，但不是她，還能是誰？終於，他注意到四下裡的寂靜，抬起頭看一眼，看見人們的側目。可他還在懵懂中，總是率先回答女子的提問，女子提問總是最積極，問題呢，有一股孩子的稚氣，惹得他好笑。講課中，不自覺的，會向她說一句：是不是啊？彷彿引她提問。她則嚇著似的拍拍胸口：問我嗎？我怎麼知道！帶著些委屈地環顧周圍，就有男學生搭腔：我知道，問我呀！教室裡紛亂起來，幾個女學生拔起身走出去，碰上門，地板顫動起來。心裡一驚，覺得要出事，卻不知道事從何起。

班長是一位女生，年紀也不過三十幾，不算最長，做母親的緣故，還有天性使然，頗具大姊的風度。原來是自來水廠工人，因為連續的生育和哺乳，辭去工作，專司相夫教子，如今響應政府號召，走出家門，報名教師。她唯讀過三年書，開班之初，讓每人自述受教育過程，輪到她，立起來背誦道：「種痘種痘，爸爸種痘，種在園裡，醫生種痘，種在臂上」滿堂大笑，她也笑，並無瑟縮之色，他聽出是開明小學的課本，也看出這女生的大方開朗。後來發現，她很聰明，而且勤奮，可惜基礎有限，家務又拖累，總就差那麼一段。私下以為，無論怎樣，憑養育幼兒的經驗，教一二年級的語算，總還是夠格的。所以，並不苛求。這一天，下課時候，學生們散去，有愛鑽牛角尖的，又激辯一陣，方才走淨。夜校借地開班的，也是弄堂小學，但比較「立志」，規模大而集中，完整占有兩幢三層樓房，外加一些零星的，間插在民居裡。他從樓梯下來，隱約聽見無線電裡的報時，傳遞著日常生活的安寧。他走出門去，一盞鐵罩子燈亮著，燈下站一個人，是大姊。大姊走近幾步，站定了說：有一句話不知當講不當講。他忽就窘起來，想到什麼，又不敢多想，說：講呀！大姊一笑：陳老師要當心！心裡別的一跳，手腳都有些涼，嘴上還逞強：不知大姊指的什麼？當心那女人！大姊率直說道。臉上一陣火燙，避開大姊的眼睛，轉身到牆邊推自行車，卻掏不出鑰匙。

她是人家的偏房，吃飽飯沒事做，讀書解厭氣。大姊的聲音變得刺耳，陳書玉惱怒道：和我講這些為什麼，她與我有何干係？大姊說，知道陳老師不愛聽，我也是隨便講講。話畢，轉身到牆下扶起一輛自行車。他自覺失態，趕緊補一句：謝謝大姊提醒！有這一句，大姊又回過身，臉對臉，正色道：陳老師是老實人，和這樣的女人不般配！說完，偏腿上車，騎走了。陳書玉站了一會，定定神，掏出鑰匙，解鎖上車。車輪的輻條「滋啦啦」響，眼前電影重播似的，浮起一幀幀畫面：女人嬌嗔的笑容；男學生敵意的眼睛；一句去一句來的調情；眾人們的疏遠……簡直羞愧難當，比羞愧更不堪的是失望，失望冉太太的泡影破滅。再一次看見那女學生，不由心生厭惡，厭惡她玷辱了冉太太。

也許真出於一種超驗的感應，不日，他竟然收到冉太太一封信。信寄到學校，傳達室黑板上寫著收件人的名字，先是好奇，有誰會給他寫信？看著信封上小楷毛筆的字跡，手就顫抖起來。按捺住激動，小心揭開封口，抽出一張薄薄的宣紙。同樣的字體，從右到左幾行豎寫，抬頭兩個字，「阿陳」，眼淚就要下來。原來，朱朱已於上年減刑出獄，這一年移居香港的申請又獲批准，可謂「否極泰來」，近日即闔家舉遷，特告之，因阿陳是最關心我們的人。最後，冉太太寫道：「吉人自有天佑，後會有期」。

十三

宅子周圍，縱橫交錯的巷道裡，土製高爐相繼點燃，通宵達旦。居委會一具，派出所一具，城隍廟管理處一具，郵電局也設一具，生鐵就變得緊俏。這一片舊區老城，建築多是磚木結構，有限幾條新里房子，鋼窗早已經換成鋁製。小學生響應老師號召，回家搜羅鐵器，一顆螺絲釘也逃不過眼睛，爭奪的糾紛時不時發生。陳書玉收集大小鐵鍋兩口，銅吊三把，大炭盆附帶銅護網一套，香爐燭台各三對，燙壺餐盤鑊鏟若干，雇一架三輪拖車全拉到學校，學校也在煉鋼。街道上又來徵收，環顧周圍，看見天井四角的窨井蓋。撬起來，拿在手裡細觀，分明四幅銅雕，花卉人物故事，不像中國的風氣，更接近西洋，就出了八仙的題材。心中有些不捨，於是送去三個，留下一個，收進房間。多少人來打院牆的主意，大勢所趨，也奈何不得，倒是東牆下的人家，奮力捍衛，保住了。作為補償，他拆下西側的鐵門，一時找不到合適的替代，七八日時間宅子是敞著的，也沒有太大的擔憂，因這些日子，全社會都敞開著，你的就是我的，我的也是他的，也讓人放心。事實上，宅子裡的生活，早已經收縮到有近於無，彷彿銷聲匿跡。外人常以為是一座廢園，有路過的，好奇心重，探身進來察看。倘若遇上張媽，便大聲喝斥，將人驅走。可張媽被調遣去里弄辦人民食堂，早出晚歸。有一回，來人一逕走過轎廳，花廳，穿廊，月洞門，直抵內院，忽見一個女人在樹底下晾晒衣服，兩下裡撞個對面，一併驚叫出聲，各自轉身，落荒而逃。煌煌日下，竟還有這麼一個所在，出了時間和空間，兀自生存。

姑婆嫌這宅子陰氣重，僅餘幾個人，多是老邁，唯陳書玉壯年人，卻有戾氣，非但壓不住，還有折損，早就有遷出的心思。近日裡聯絡上一位遠親，細論起來，可算作表姊妹，也是單身，住舊時西摩路今日陝西北路。於是，便搬過去，二人作伴。少去人和口舌，清淨是清淨，但也更沉寂了。他請煤氣和自來水公司將管道從灶間接進樓裡，闢出一塊地方，做廚房兼飯堂，如此，一應起居就都在內天井裡進行，減省腿腳勞力，也緩解些空曠的壓迫。父母和他商量，能不能和政府交易，宅子上繳歸公，換兩間住房，勿計大小，煤衛獨用即可。一則節省開支，方便生活；二則——他們嘴上不說，私下裡都在想，或早或晚的事情吧！他們雖然封閉隔絕，但也估摸得出時代的強硬度，那是紀念碑式的巨石，他們卻是蛋卵的渺小脆弱，雞蛋怎能往石頭上碰呢？陳書玉何嘗不懂這道理，又何嘗留戀這宅子？只是苦於無從著手，還生怕沒事找事，惹出麻煩。最好，他對自己說，最好被忘記，被時代忘記。其實是苟且的心，但是，「弟弟」說了：順其自然。「自然」是什麼？似乎真的就是被遺忘。

外面世界轟轟烈烈，宅子裡的安靜變得十分可疑。連東牆下的人家也暫停了侵蝕。鴿子飼料引來的老鼠，有時候從無蓋的窨井口探出頭，看見人又哧溜縮回去。鴿子屎養育了地磚縫裡的雜草，偶有一日去到東院，只見茵綠一片，幾乎淹沒地坪。牆角泥地裡的枯木救不回來了，隨風吹來的樹種卻生根發芽，長出一株女貞。他都認不出來了，這座宅子處處頹敗，回到蠻荒，卻似乎無中生有，重新開始一茬。他站了一時，退到夾牆，日光收起，黑暗中走上後樓梯，卻又撲面而來，睜不開眼睛。陽台裡明晃晃的，望過去，連綿起伏的黑瓦，蒙一層氤氳，是空氣中的水分，緩緩地流動。他彷彿站在晝和夜的分界線上，兩重天地既近又遠，咫尺天涯。那一邊有故舊，這一邊是新知，他在中間，哪邊也擺不脫，捨不下，滿心悵惘。太陽到中天，釋放出強烈的熱量，氤氳消散，黑瓦呈出一層藍灰。這藍灰過渡了光影的明暗，將二者連接起來。木闌干燙著手心，身上烘熱。正對面的門樓，向兩端延伸的龍身變成白熾的顏色，似乎要溶解在天光裡。他感覺到一股力量，從四面八方圍攏，還沒有抵達中心，正在接近的過程裡。他等待著，揣揣的，不知是凶是吉。他著急知道結果，可越急越不來，考驗著他的耐心，因而透露出強悍，卻不是原始的野蠻，而出於某一種理性。

生活繼續著。張爸上了歲數，腿部靜脈曲張，退出三輪車行業，正好，看弄堂的老山東回鄉去了，就由他接任，一家人搬到前邊弄口過街樓上。母親央求張媽不要走，張媽嘴上敷衍，拖了一段，忽然人去屋空，不告而別。鑰匙留在灶間的桌上，桌面蒙一層灰，許久沒有人手的接觸。張媽也抵不住宅子的空寂，外面傳說裡頭鬧鬼呢！張媽未必信這個，但是，誰說得準這宅子有什麼下場，連正經主子都住不安穩，更何況借居的人。張家走了，餘下一家三口，很奇怪的，他們說話行動都壓著聲氣，躡著手腳，空間的開闊沒有讓人自由，反而處處受制，約束得緊。陳書玉一早出門，入夜才回，經常的，連續幾天和父母親不照面。終於，這一日回家，西統樓閉了燈，門上掛著鎖。他猜得到父母親去了大妹妹家，除大妹妹家，又能去哪裡？說是世家，源遠流長，其實呢，當為遺族，孑孑然一身。自此，宅子裡只有他自己，就像十數年前，從西南回來。那時候，他二十歲出頭，如今已是中年人。望著天井月亮地裡的投影，茫然地移動，彷彿清水裡的一條魚。

現在，他甚至感謝東牆外的鴿籠，每天早晨，鴿群在天空盤旋，時不時落在簷下的闌干。他有意放一點飯粒，引牠們啄食，一眨眼功夫，米粒全無。鴿群盤旋在瓦頂，漸漸消失在天空，就像水鳥飛過海面。向晚時候，夕陽中，一片黑點從小到大，由遠及近，就是牠們，回巢了。領薪的那日，他找出備用鑰匙，打開西統樓的鎖，推進去，將生活費用放在書案上。書案收拾得很乾淨，整塊癭木面板經幾代人手摩娑，油光錚亮，映得出人影。他看見自己的臉，又似乎是祖父和父親的，他們彼此相像。他發現，無論祖父還是父親，形容都停止在中年，之後的數十年不再變化，甚至於還有些往回去，越來越後生，他倒顯老了。移來一具紅木座的大理石插屏，壓住案上的鈔票。屏面的紋路和顏色頗似雲煙，底座應勢鏤刻成山形，層層堆壘。這就是小世界，身在其中，自給自足。過幾日，再開鎖進去，錢取走了，知道父親或母親來過了。之後，即成定規，每到發餉日子，他將費用放在案上，那邊來人取走，完成交割。有時會覺得，他們彷彿是一些幽靈，無聲無息地活動。出去宅子，才有了形狀，匯入人群。進來宅子，又脫了形骸。晨起，他站在陽台東南的轉角處，望見鴿籠邊上立了一個少年，大約是鴿群的主人，手裡舉一根竹竿，梢上繫紅布條，仰身向天空揮舞。不期然間照面，兩人都驚一下，遙相而對，只一剎那，似有許多時間流淌過去。

這天下午，提早回家，途中折到街道居委會，辦公室正在開會，桌邊圍坐一周人。推進去，說有事向領導彙報。人們面面相覷，從神情看，是認得他的，那宅子可說滬上獨一無二，不知多少傳言。站起一個人，引入隔壁小間，問他彙報什麼事。他說，自家祖屋，足夠開一間學校，他自願交給政府。一口氣說完，心跳得很快，耳朵裡轟隆隆響，瞬間即要發生大事情似的。恍惚中聽見領導在表揚他，不知道是哪一級的，只覺得人人都是他的領導——表揚他的覺悟，又宣傳國家五年計畫，工業趕超英美的決心，他家的祖宅，終於說到祖宅了——他家的祖宅，從人民手裡來，理應回到人民手裡去，事實上，區裡正籌備建一爿工廠，廠址就在宅子地上。心跳漸漸舒緩，耳邊的轟響退潮，聽見自己的聲音，多麼陌生，彷彿另一個人，這個人正是自己，他說：好，真好，謝謝，謝謝，謝謝！對方也在說「謝謝」，兩人互相道謝，手握在一起，熱烈搖動，然後分開。

從居委會出來，騎上車，只覺身輕如燕，心裡還在說：好，開廠，真好，終於——終於什麼？他問自己，卻茫然了，不知道。總之，所有懸而未決都有了結果。推進西側的邊門，鐵門已經換成木板門，從灶間拆下的，暮色彷彿跟隨身後一併湧進來，眼前霎時變了顏色，灰裡添進橙黃，冷調子成暖調子，遮蓋了院中的凋敝。將自行車停在轎廳，走到花廳，周遭的太師椅悉數搬空，祖父母大殯時候，各家帶走一二對，說是留念。地磚上的落葉，風中劃過來劃過去，最後堆積於四角。現在，晚霞的霧靄染上絳紫，有一種幽靜的璀璨。過廊上方的歇山頂內，彩繪的線條清晰了，幾乎凸顯出來，紅綠色調和成統一傾向的中間色，像西方的濕壁畫。那太湖石、月洞門，卵石鑲嵌的圖案，東一點，西一點的，有一些文人氣，又有一些孩子氣。這也是江南園林的通弊，一味以小見大，走管窺的道路。他學的是鐵道，屬現代教育，看世界是二元論的，從實證出發，大就是大，小就是小，不可等量齊觀。想起祖先，難得的，他想起祖先，據傳從一名歸隱的朝官手裡買下這宅子，可是，卻讓人懷疑。官宦人家，即便下野的，也當持謹嚴沉穩，哪來得這麼些瑣碎花稍。說是皇恩特賜宮制樣式，牆頭臥龍，階高七級，紫禁城歇山頂……未必是真，他寧可以為出於想像，好比那諷刺小品寫的，農婦學樣皇帝娘娘，午覺睡醒，喊一聲，太監，拿一塊柿餅來吃！看院落房屋，零散的模仿之上，是熱鬧鮮豔的世俗生活，那八仙可說仙籍中最接近凡間的一族。點綴裝飾，多隨心所欲，不入流派，卻自有一路意趣。月洞門上，刻兩個字：「聽蟬」，依稀印象，入秋時節，庭院裡布一層蟬衣，小孩子的手輕輕一拈，放進紙盒，比賽誰集得多，交給各自母親，到貨郎挑上換刨花水梳頭。蟬衣長了顏色，變得金黃，形狀也變了，變成落葉，小孩子的手則幻化成大人的腳，落在上面，枯吱枯吱，轉眼踏作齏粉，竹枝掃帚揮出扇形，露出青黛的地磚。再然後，青黛蒙了白霜，夜晚，好月光下，晶亮晶亮，一閃一閃。跨過石檻，進到天井裡，天色終於暗下來，屋簷還停著一溜光線。他很少從正面的角度看這主樓，也是宅子的中心，二層的磚木建體，兩邊向後抱成一個「回」字，兩面側翼三步一跌，抵到北面房屋就要矮數磚的地位，就成一個斜勢，將前排屋推舉上去，顯得巍峨。屋頂的瓦當齊嶄嶄一列，滴水間隔和連接，雨天裡，水珠子落地，時而一條線，時而一顆一顆。原以為天地的聲音，其實來自於它，人工的營造。瓦當和滴水也有圖案，一小幅一小幅，就有活脫出來，餘暉收攏，隱沒了。他沒有開廳堂的正門，從夾牆進去，不開燈，摸著黑，覺得走在宅子的心臟。什麼都看不見，又都明明白白。登上樓梯最後一級，走在陽台，開了中門，暮色接踵而至，一下子灌滿二樓，再從門扇和窗櫺的雕鏤裡流出去，一格一格的薄亮，菱形、梅形、雲紋、回字……小眼睛流螢般掠過，叫喊著：我在這裡！追過去，撲一個空，聲音在別處響起：我在這裡！再撲過去，再閃開。於是四面八方響起來：捉住他，捉住他！他真的被捉住了，定在那裡，動不了，任憑小手爪子推搡拉扯。

這宅子實在太老了，裡面的人，一出生，就是個故舊。孩童的年月被壓縮，壓縮到沒有。如今，不期然間，回來了！活潑潑的，歷歷走過眼前。看著它們，就像看著別人的日子——小男孩穿著西式吊帶短褲，長筒白襪，褐色牛皮鞋；女孩子的短旗袍下，是白襪子黑皮鞋，頭髮編成辮子，火鉗捲了髮梢；倘若族中有嫁娶，就是黑洋裝和白紗裙，手提花籃，變成牆上一幀幀照片。照片漸漸發黃發脆，生出皺皺的細紋，照片上的花童就作了正中間的男女新人，又變成新照片。小孩子咚咚的腳步聲從樓梯口下去，消失，寂靜圍攏過來，包裹住他。天黑到底，花形、菱形、枝形、雲紋、回字，林林總總的小亮片，回到床上門上。他回到現在，一個中年人。單身的禁欲的生活，上班下班，一周一休，促成起居的規律，進食的清簡，適當的運動，使他顯得後生，沒有發福的跡象，髮際線也沒有後退。人們卻也不會以為他在青年，某些方面，透露出時間的痕跡，是一個過來人。

這一年，也就是一九五八年底，工廠開出了。一爿瓶蓋廠，占據宅子的東西兩部，以及後樓一排北房，將主樓的南面留給他家，其實也就陳書玉一個人。西側的轎廳和花廳連接起來，作第一車間；後天井搭進北樓作第二車間；東院的改造動作最大，先把東牆外蠶食的部分推出去，升高後加蓋頂棚，為第三車間。如此一來，東院回復原有的占地，又獲得至高權，鴿籠就無存身之地。灶間作食堂，無論柴灶的煙道，還是煤氣的管線，都是現成，面積也夠大。西側的門擴成亮扇，重又換成鐵鑄。張媽的住處設一傳達室，和倉房隔離。倉房裡的舊物推到牆下，大部空間存放原材料。原材料——一張一張白鐵皮從西門進來，落地倉房；然後到一車間裁成長條；長條送入二車間壓成圓形；再往三車間衝床上，最後完成瓶蓋；最後一道工序是打包，就在三車間的尾部進行；成品從北門送出，全線貫通。

工廠開班早他一個鐘頭，下樓推車時候，工人正陸續進廠，走了對面，兩邊人都偏一步。有在天井裡吸菸的，看見他，掐了菸頭走開，他想說一聲「請便」，人已經看不見了。很快到了寒假，鎮日坐在家中，有一回，聽樓下喊「爺叔」，喊過幾聲方才覺悟喊的是他，走出門去，扶欄往下看，見天井裡站了食堂裡的女人，手提開水壺，問「爺叔」要不要灌熱水瓶。他以為客套，謝絕了，女人卻很固執，站著不走，於是便屈服了，轉身拎兩個空瓶下樓。過幾日，樓下又有人喊「爺叔」，這回是個少年人，邀他下去吃中飯，時間已在午後一點。工人們開飯結束，廚房的人才得空進食。他又謝絕，又拗不過，如此回合一輪，便下樓去了。他家灶間也經過改造，大柴灶鋪設成案板，切菜和麵。各房裡的雜碎全清空，壁上貼了白磁磚。一面牆下排煤氣灶眼，一面牆則大小兩具水斗，其餘的空地支起桌凳，供人用餐。炊事總共三名，女人，少年人，還有一個老的，有些歲數，態度也矜持，點點頭算是招呼了。女人話多一些，絮叨著：不過添雙筷子，一個人的飯又不好做，多了浪費，少了不夠，等等的。少年人，他發現並非少年，而是智力缺陷，言語動作都遲鈍粗拙，力氣卻大，又捨得出力，卻不得法，一個人捧起一籮筐碗盤，煤氣和水斗間來回挪移。女人終於喊停他，喘息著坐下吃飯。菜有兩種，青菜和筍片炒肉，每人一份，飯和雪菜土豆湯不限量。看得出，那老的掌廚，女人和少年人對他很恭敬，碗裡方一見底，便搶過去添加。他盤裡菜的量也大一些。下一日，再被邀過去，那老的手邊多了一盅酒。喝過酒，便有了些話，說曾經進過這園子。他倒也不吃驚，這宅子都能讓閒言碎語淹了去了。老廚子說，當年跟父親進來辦宴，也是這廚房，柴灶上坐著高湯的瓦缽，晝夜不熄火。老廚子用筷子根夾起自己盤裡的蝦，送到他盤子，似乎感謝有人聽他說話，不是別人，正是園子的後人。誰想得到，會有一日，面對面坐著吃飯。女人和少年人在一旁聽，有借他光的意思。老廚子的講述，漸漸出了園子，進街坊巷裡，左繞右繞，來到江邊碼頭。那時候，萬舸爭流，南北匯通，有暹羅國來的商船，曾經運來一種奇異的果子，叫做「榴槤」，船艙打開，臭過幾條街，海關、衛生部、巡捕房、工部局董事會都出動了，最後怎麼辦？送回去！

機器聲隆隆響，廚房裡則充斥一股慵懶的空氣。講的人和聽的人都要入眠的樣子，陷在瞌睡中。老廚子是個訥言的人，受內心的激勵，打開話匣子，說一句，停一停，再說一句，停一停。女人的頭垂到膝上，一驚，醒過來，繼續聽。少年人忽地站起身，彷彿要驅趕倦意，將地上的重物再搬動一遍，然後提水拖地，拖著拖著，拖到院子裡去了。

再下一日，他帶去些香腸，女人放在飯上蒸了一起吃，老廚子沒有起來話頭，似乎，該說的都說完了，一餐飯很快結束。他沒有離開，而是多停留一時。江南潮冷的冬季裡，廚房卻是溫暖的。灶火和飯菜的熱量，浸潤了冰涼的水泥地和磁磚牆。還有氣味，油煙裡夾雜了澱粉的發酵的酸甜，給人飽足的心情。女人在池子前洗碗，水龍頭開著，嘩嘩地響。少年人將凳子翻上桌面，推到這邊，再推到那邊，最後推到原位，凳子又重新翻下來。他有著無窮的力氣，還有積極的上進心，就停不下來。灶上的水沸滾了，突突地頂著壺蓋，女人轉身提了，衝進老廚子的大搪瓷缸，搪瓷的內壁染上褐色的茶垢，白色的外壁紅漆印一行字，大約是上一個服務單位的名稱。女人繼續洗刷，少年人繼續搬動，老廚子喝茶，他，閒坐著。終於，廚具收好，灶台案板擦淨，大缸子裡的釅茶喝到底，少年人無數遍的拖地、桌凳翻上翻下、重物推來推去，被叫停收手——廚房關門了。他似乎也有一點少年人的不得已，走出門，身後叮噹的上鎖聲，在沖床的撞擊的轟鳴中，清脆地穿透出來。

舊曆年來臨之際，大虞來看他，攜半爿肋條肉，一個風雞，兩棵黃芽菜，用根木扁擔挑著，形容完全是鄉下人，見門敞著，走進去，嚇一跳，真以為走錯地方。沿舊路尋到天井，大喊一聲，陳書玉從樓上探出頭來，兩人一上一下，都是一驚，彷彿萬物皆非，唯有人是。這一日，大虞沒回浦東的家，在陳書玉處宿了一夜。從西統樓移過來一張高几，立在房間中央，布一些酒菜，對酌很久。工廠下班了，院子裡格外的靜，隨東牆上鴿籠遷走，老鼠也搬家了。只些許風聲，從窗台上溜過去。大虞打量充飯桌用的高几，紅木嵌大理石圓台面，評價道：黃花梨木不算上乘，但這梅花雕刻卻很不凡，擁簇在石檯面周圍，瓣和蕊層層疊疊，收束起來一捧，然後向下延到四足，如同落英繽紛，又在底座堆壘，彷彿積雪，年代應在晚清，是一件近古的物件。陳書玉記得祖父向是抑明揚清，就問從何辨識？大虞答道，插榫的方法不同，這是匠作的區別，還有風氣不同。明代重理學，講求謹嚴莊肅，走中庸之道；清王國二百六十七年，武功十全，版圖最大，庫裡的銀子簡直溢出來，又是蒙古人當朝，凡事凡物都喜繁華奇麗，有點像歐洲洛可可時代，尤其乾隆以後，越演越烈，直至奢靡，多少有盛極而衰的兆頭；民國是共和主義，財富平均，政治平權，自然就收斂起來。聽這一番侃侃而談，方才想起大虞現代藝術教育的背景。眼前浮現起紅木鋪子，他和他，還有譚小姐，各據一隅，埋頭活計：鐘錶的齒輪傳送，毛線的單雙邊，木貼面上的曼陀羅圖案……操的新知識，新手藝，人卻是舊時代的人，多麼無奈啊！

大虞喝一口酒，說，進院子時候，看地坪的青石板，有幾塊碎得厲害，大約是機器運送碾壓，過廊上的歇山頂也損了好多片，這木質的建造，到底抵不住鐵物，五行裡不是說「金克木」？陳書玉自己絲毫沒注意，在他眼中，這宅子早已經頹圮，都可以上演「聊齋」中的鬼戲。倒是工廠開辦，充斥進人氣，活過來似的。大虞點頭，說的也是，成敗皆蕭何，唯有如此，宅子才得保全也未可知。忽一笑：現在睡得著了，樓上那只靴子總算落到地上！他也笑，酒意朦朧中，對面人有點不認識，不是老朋友，而是鄉下的術師，通天地，知未來。

第二日天不亮，工廠未開班，大虞就動身上路，要趕頭班輪渡。凌晨的暗黑中，兩人下樓走過天井，沿過廊出西邊門。糞車哐啷啷軋著石卵路。看趕路人的背影遠去，漸漸染上一絲晨曦，眼前也有微亮，破開夜幕。那人反轉身招一下手，於是舉手回應一下，揮別之間，東方大白。

第四章

十四

饑饉的日子是一點一點逼近的。春節過後，瓶蓋廠就停辦伙食，午飯自理。工人們將家裡隔夜的飯菜裝入統一配發的鋁製飯盒，送到廚房。炒菜鍋盛一半水，架起竹屜子，排齊了，壓上大木蓋，打開煤氣火。中午歇工，按飯盒上的姓名和組別，分撿到籮筐裡。這是少年人最快活的時候，端起籮筐，撒開腿，奔往各車間，一下子被圍攏起來。他蹲下身子，雙手護著飯盒，背抵住人群推擠，嘴裡喊「排隊，排隊」。他不識字，但是有一種奇異的能力，就是將飯盒上的筆畫和人臉比對，所以從沒有錯發過。廚房的活變得簡單，老廚子轉去看庫房，女人除照應灶上，再加上打掃院子，少年人則各處打雜，凡出力的地方都叫他，他似乎沒有名字，就叫「喂」，叫久了，就成了「阿喂」。寒假正結束了，陳書玉又恢復上下班的常規，灶房裡的午聚就此告終。

春暖時節本是萬物復甦，欣欣向榮，這一年卻顯出蕭條。巷口有一棵刺槐，花開時候一樹青白，如今被竹竿子打盡。廚房的女人也掃了一簸箕，帶回家去和在麵粉裡蒸饅頭，這一季度的配給裡有一部分麵粉，南方人多半做不來麵食，蒸出來的饅頭是僵的，更不夠飽了。許多不知名的花草，彷彿一夜之間捋光，下到誰家的鑊鼎。唯有夾竹桃，孤零零在牆角開花，據說花葉皮均有劇毒，因此無人染指。它的茂盛並不增添繁榮，反襯托出周遭的荒蕪。放學後，小孩子結伴往浦東田溝裡捕捉泥鰍螺螄，天黑盡方才回家，臉上身上帶著泥水和鬥毆的傷痕。菜場裡，無論案上還是地下都十分乾淨，不留一片菜葉子。魚肉的腥膻氣也嗅不見了，這才發現其實是城市的膏腴，如今則變得瘠薄了。他本來一人吃飽，全家不餓，但也許受氣氛影響，不禁疑從心來，糧食定量原來有餘，如今卻不足，這是為什麼？母親到學校找過他一回，額外索要費用，以後就成為制度，每月增加若干，因此，工資也緊張起來。街上的人臉日見黃瘦，偶爾下班早，回家正是女工哺乳時間，女工在傳達室門口凳上坐成一排，敞著衣襟，嬰兒的頭直向懷裡拱。母親一律木訥了臉，身邊站的婆母卻表情生動，不自覺地蠕動嘴，彷彿幫助孫兒吸吮。廚房裡蒸鍋散發的氣味變得可疑，不知由什麼組成的食物。少年人奔跑的速度在慢下來，腿腳沉重，在石板地上拖拉來，拖拉去。街上的乞討者多而且慓悍，有的直接搶奪小孩子的吃嘴。四處都在排隊，豬油菜飯，餅乾的邊角，豆製品廠的豆渣，飯館的潲水，更為奇觀的隊伍是，深巷裡，老者手持一枝菸，一分錢吸一口，於是，排起長隊——他退出弄口，情緒陡然間低落，放眼望去，滿目淒涼。土製高爐早已經熄火，鑼鼓聲寂滅，紅色的條幅上，標語褪了色，人呢，衣著邋遢，舉止失度，神情惶遽，就像是一面面鏡子，投射出他的形狀。他們有著共同的相貌，一種動物覓食的相貌。

平心而論，上海城市，所謂的飢餓還只是相對，口糧的定量和輔食供應雖然不足，但不至於危及生存。可這地方的人向來有口舌之欲。地處物產豐饒的江南，再加上都會物質風氣，三輪車夫的包飯作，都是酒樓宴席上的打包，食材和烹飪稱得上頭等。因此，「餓」裡頭多少有幾分「饞」，到這年月更受煎熬。陳書玉自認是胃口小的人，其時卻亢進起來。下班回來，在火油爐上自製「葡國雞」，雞是從黑市買來。入夜時分，村婦模樣的女人，挎著竹籃，籃口蓋著布，踅摸在後弄裡，看見燈亮，輕叩幾下窗玻璃，裡面人推門出來，一對眼，心知肚明，遇到盤問，只說是走親戚。殺雞放血，除毛洗淨，肢解成小塊，鋼精鍋裡放少許油，翻炒一遍，噴黃酒、撒蔥蒜、兌清水，加蓋悶燉。等待的時分，不由想起西南小龍坎的日子，也是這道菜，上海人對「葡國雞」

情有獨鍾，說是來自葡國，其實就是番茄土豆燴雞塊。那時候總比現在艱困，可是年輕啊，年輕抵得住一切。鍋蓋和鍋沿磕響了，吐著水蒸氣，差不多到火候了，於是，澆醬油、辣醬油、芹菜葉子剁碎，代替羅勒，多少是得小龍坎野芹菜的啟發，最後加糖，再一輪翻炒，收乾湯汁。木結構的建築最盛不住氣味，頓時，滿樓生香，流淌到天井，漫出牆頭。每每餐畢，他都用報紙揮搧驅趕，企圖消除油煙，清潔空氣。倒不是怕別的，只是心中不安。工人們簡素的飯食，嬰兒努力吸吮母親稀薄的乳汁，廚房女人和少年人——特設一種蒸飯法，從家中帶來生米，兩份並一份，浸泡淘洗之後，潷去淘米水，將粉狀的沉澱物合進，鋪上前日的剩菜，蒸出來就有滿滿一小盆。有幾次他看見兩人坐在天井石凳上，女人的筷子在飯盆中間畫線，謹慎小心，力求不偏不倚，少年人則吞嚥口水，專注地看。幾乎聽得見，女人嘆出一口氣，筷子尖向自己這邊移了移，讓給對方一線陣地。

學校廚房為利用泔水——泔水也是寶貴的物質，飼養兩頭豬。老師發動小學生貢獻菜葉和淘米水，自然課上關於家畜的理論因有了實例，變得生動。兩頭豬被嚴密地看管在廚房一角，生怕違反城市管理規定，受到處罰。城裡人沒養過豬，用磚木搭一座豬舍，門窗俱全，頂上還覆了瓦，看過的人都說大可充作中國建築的縮版模型。剛開始，對豬糞不免手足無措，嫌牠骯髒，但很快找到出路，施肥農作物。於是，原先的花壇改為菜圃，小學生又添了種植課程。豬埘打掃乾淨了，豬也是乾淨的，就像愛國衛生的標兵，可就是不長膘。菜圃裡卻生了蟲，一夜間吃盡葉子，頭一季無收穫還賠了菜籽，第二季該栽瓜豆，南瓜結了紐，毛豆掛了莢，師生都激發起農事的熱情。那豬呢，在人們的冷落中悄悄長了骨架子。

與此同時，陳書玉發現，他家的院子裡也出沒著一頭豬。這頭豬的吃食待遇大不如學校裡的同類，女人在刷鍋水裡切進山芋頭、青菜皮，煮成半湯半水，是唯一的供給，離溫飽相差甚遠，還需自覓食路，基本上處於散養的狀態。也因此，牠是自由的。假如豬也有精神生活的話，那麼，牠就有另一種富足。這頭豬在宅子裡四處遊蕩，出於對制度的遵守，或者規避危險的本能，它從不涉足生產重地，多是漫步於天井和庭院，有時則踱出門去，閉門之前準回來。似乎進一步嘗到開放的樂趣，外出的頻率越來越密，時間也更長，繼而夜不歸宿。很難知道遭遇了什麼，如何度過，看身上的汙泥，甚至血跡，可判斷經歷了激烈的事故。比較之下，學校的豬可稱作「溫室裡的花朵」，這一頭呢，是粗礪的人世間的生命。生活的差異反映在外形上，同樣是瘦，前者是孱弱的，停留在稚嫩的童年；後者呢，身軀和腿腳發達有力，行止有風，似乎不是瘦，而是收緊，正在迅速成長為成年豬。現在，女人開始管束牠的活動，怕的不是衛生管理，這樣的時日，似乎倒退到蠻荒，有什麼衛生不衛生的！怕的是被人虜去殺吃。白日，絕不讓走出她和少年人的視線，晚上，則鎖進廚房。可牠性子野了，稍不留神，一溜煙躥出去。一天、兩天、三天過去，不見蹤影。女人像失了魂，在街巷穿行，「囉囉」叫著。少年人朝另一個方向，手提拖把桿，也是「囉囉」地叫。聲音裡帶著哀告，彷彿召喚走失的孩子回家。陳書玉下班回家，看見兩人垂頭坐在門口，面色沮喪，就知道搜索無果，那豬大約早已成別人家的刀下肉。

夜裡，忽傳來一聲鐘鳴，「哐」地穿越幾重壁障，漸漸收尾，最後聚成針尖的一點，鑽入耳內。驚起來，夢境退潮般遠去，不留痕跡，他不明白被什麼叫醒的，睡意全無。鏤雕的窗櫺上印著一枚枚的亮，投在床前地上。他想起寡居的人撿拾分幣催眠的傳說，其實不是分幣，而是月亮光。起身下床，探頭往外看，透過木欄干的間隔，天井就像盛一池清水，有一條魚，銀箭似地斜射過去，是那頭豬。他不禁興奮起來，想這豬突破多少險阻，終於回來了。緊接著卻生出疑竇，牠如何進得門來？宅子裡除了他，還有誰在？就在此時，耳邊又一聲輕響，針落地一般，方才的夢境依稀顯現，隨即散開，一池月光。他出了房間，扶欄四下看一周，那豬復又現身，左右顧盼，步履猶疑，彷彿尋探著什麼，朝西門的方向踅摸。他怕豬再一次逃跑，追下樓攔截，眼看牠出月洞門，看不見了。他站住腳，真以為夢回來了，寂靜一片，不知什麼時間。牆外的那個嘈雜喧囂的世界在沉睡，空氣中有輕微的顫動，一波一波，是牠的呼吸。夜已經深了，正在黑白交替之際。他突然獲得超感，覺著有一高赫茲頻率，就像刀鋒劃過，分裂了靜夜。針又落地了，「錚」一聲響，四濺開來。他走在歇山頂下的過廊，夜蟲在光赤的腳踝撲翅，這生物的種群認真追溯，大約可到史前，繁衍至今，機器時代的縫隙裡，伺機而動。他也聽見這宅子的呼吸，一吞一吐，一起一伏。所有的呼吸最終匯集起來，形成巨大的脈動，那高赫茲的頻率還在，屬於超聲波，晝夜交接處，是異度空間，進化的基因返祖，萬物一併喧譁，脹得耳朵疼。他走出過廊，從廚房門前繞過，門下臥著那豬，一隻耳朵撕裂了，垂下來，遮住一隻眼睛。

他看見倉房的門開著，一張白晃晃的紙，泛著光，彷彿有水在上面滑動，底下呢，長了腳，從裡向外移動，正好和門框一般大小，於是，側一側——露出一張臉，是老廚子！紙不是紙，是鐵皮。老廚子的臉光影斑駁，看上去怪異得很，這時分，什麼都是怪異。戴著白線手套的手，拎著鐵皮，真就像拎一張紙，是個有力氣的人。送出鐵皮，返身再進倉房，他趕緊後退，貼住廚房的側牆。老廚子的眼睛銳光一閃，就知道被看見了。原來，原來，老廚子有一雙鷹眼！平日裡總是半垂，打著盹。他的心跳得很快，因為心虛，還是事實如此，從這眼裡，看見了仇恨。他想起煤油爐上燜燉的「葡國雞」，那雞骨頭被小心包裹起來，扔到兩站電車路外的垃圾箱；又想起曾經送去共用的香腸，還有半瓶竹葉青；再有，老廚子還是小廚子的時候，進院子辦宴，天曉得，那情景不用說看見，聽見都沒有！說是院子的後人，並沒有享過多少福分的。他背靠牆站著，一動不敢動。倉房那邊傳來「叮噹」的掛鎖聲，然後，鐵鑄的西門「哐啷」碰上，鑰匙在鎖眼裡「誇誇」轉兩周，放肆的動響裡有豁出去的意思，也是示威。車的膠輪壓過路面，吱嘎叫著，漸漸遠去。他渾身冰涼，手腳麻木，幾乎動彈不了。月亮移了一點，眼前是光，人卻在影地裡。

他開始躲人，不止是老廚子，連同女人，少年人，男工，女工，女工的家屬，凡和工廠有關聯的人，他都躲。更早地出門上班，拖延下班回家的時間。暮色濃重裡，看見鐵門關閉，知道人都走淨了，心裡方才落定，舒出一口長氣。可是，一個院子進出，總不可能徹底避開。有一回，是他走晚了，還是老廚子來早，兩人迎頭撞上，只一瞬間的對視，他幾乎脫口說道：放心！這兩個字暗地裡翻來覆去無數遍，對面的人卻垂下眼睛，彷彿又盹著了。擦肩過去，他動了動嘴，以為說話了，其實沒有出聲，還是在肚裡自語。還有一次，送貨的卡車遲到，正在他進門的時候，停在街邊。暗黑中，工人們來回卸貨，戴了勞防白線手套，拎著鐵皮，鐵皮抖動，發出「空空」的聲音。夜裡的一幕陡然出現眼前，背上沁出冷汗。低頭走過去，並沒有老廚子的身影，不由抬頭四下裡看，身後忽然冒出一句：走路當心！正是老廚子。接著，殺豬的日子到了。一大清早，就見院子裡站滿人，裡圈是幾個壯碩的男工，中間是持刀人老廚子，腳穿膠鞋，橡皮手套深到手肘。地上躺了個東西，麻繩捆紮著，發出沉悶的哼聲。他從外圍繞過去，不料人叢忽的閃開，只見手起刀落，一下子扎進去。他加快腳步，落荒而逃，就覺得著一刀子是扎給他看的。

這一天下班回來，未進門便聞滿院肉香，還有油醬的甜酸。穿過月洞門，進到天井，灰濛濛的光線裡，有個人影，沿樓上欄干移動，聽到他來，俯身向下喊道「爺叔」，是廚房的女人，手裡端著茶缸。他問：有事嗎？阿姨。女人手裡的茶缸朝他方向送一送：今天殺豬，小弟伯伯給你留一份。「小弟伯伯」是人們對老廚子的稱呼，聽起來有點奇怪，但也見出從小看到老的歷史。他說：不要，阿姨你帶回去給小孩子吃吧！如女人這樣的年紀，家中必有著一串蘿蔔頭，嗷嗷待哺。女人又說：小弟伯伯給你的！他又一遍說：真的不要，我們學校食堂也發肉了！他的話有真有假，學校確實將要分肉，但時間未決，分配的方案也未決，肉還未到鍋裡。女人不再推託，從後樓梯下去，兩人在夾牆的過道口碰面。女人將茶缸揣進懷裡，感激地看著他：爺叔，謝謝你了！不用謝，阿姨。他想起廚房裡的時光，午後的慵懶，溫暖和飽食，還有閒聊，東一句西一句，動情道：吃過你多少飯菜啊！阿姨低下頭，緊緊懷裡的茶缸，欲轉身又停住，叮囑一句：不要和別人說啊！他應道：我不說，我不會說的。這話看是對女人說，實是對著老廚子，有誰能傳給他呀！

可是，光靠一個人嘴緊有什麼用？事情從多方面漏風，最大的破綻是進貨單上的數量與實際不符。從白鐵皮出產廠家查起，追到運輸，庫房，再到一、二、三車間。陳書玉也受到訊問，即便如此，他也沒有吐口。最後，在銷贓處突進，打開缺口，真相露出水面。老廚子在上班時間被帶走，戴了手銬，押進警車。事過幾天，陳書玉從女人嘴裡聽說，慶幸自己不在場，躲避了尷尬的場面，老廚子一定以為他告密，恨不能有一千張嘴，說「不是我」三個字。真是困窘，人是困窘，事是困窘，世道皆為困窘。

十五

難堪的日子裡，有一樁事轉移了注意力，多少排解些心情。學校傳達室交給他一張包裹領取通知單，未註明寄件人姓名地址，但是從郵電總局海關發送看，來自境外。心中列數一遍海外親友，有一個堂叔早年去了美國，四九年之後就斷了音信，祖父母去世發喪給他寄了信，不知地址有誤還是別的原因，沒有回覆。同輩中有一個堂兄，和他算得上親近，少年出遊，常一同出入舞場冰場玩樂，後來定居香港，開始尚有書信來去，漸漸疏淡，終至全無，倘有親情念及，也應向大伯那邊去才合情理。這一位也排除掉了。還有一位母系的表親，隨夫家去了台灣，更談不上有互往。再要輻射開，往枝蔓上追溯，便陷入茫然，沒有去向。這時，心裡浮起一個念頭，立即又閃開，不敢再觸碰。覺得不可能，又生怕是冒犯，本來的可能也變成不可能。就這樣，揣揣的，騎車去了。

郵電大樓坐落在北蘇州路和四川路交匯的口上，正對內白渡橋。早上，剛開始上班，從大門進去，尋到海關櫃檯，已排有十幾人的隊伍。站在隊尾，不一時，身後又續上兩位。隊伍行進的速度時快時慢，證件不齊的立即打發走路，合格的就慢了。核對，填表，簽字，先翻找包裹單，再進裡面貨櫃上搜尋包裹，包裹在櫃檯上打開，一件一件查看……他注意到，所寄郵包絕大多數是食品，鐵聽裝的豬油、白糖、維生素、魚肝油，還有肥皂、布料、毛線，擺雜貨鋪似地攤開，然後一樣一樣收起。恢復到原先的包裝顯然不可能，合理歸置壓縮的物品一旦拆散，膨脹無數倍體積，加上收件人的急切和慌亂，更耗費了手腳。比較有經驗的，自帶了袋子，稍顯從容。後邊的人，包括海關官員，此時都格外耐心，看著罐頭、紙盒、油紙捲、玻璃瓶，納入囊中，這些物件散發出富庶的氣息。最後的雜碎，可能只是用來填充固定的襪子、毛巾、零頭布、小孩子的奶嘴，全收進去，櫃檯上空空蕩蕩，才又輪到下一位，隊伍向前挪動一步。

他很快被打回票，缺少學校公章。通知單上確有身分證明的條例，他以為工作證即可，不知道是需要所屬單位過目，然後敲蓋印章。白跑一趟，又白白排一路隊，耗去半天時間。但他並不十分懊惱，因為可以繼續保持懸念，人啊，不動念頭還好，動了念頭再要消除，就不那麼容易了。騎車回家，經過虹口港，多年前，與冉太太去提籃橋監獄，正是從這裡走的，不禁心潮湧動。這一個邂逅，並非簡單的巧合，而是其來有自。他興奮起來，將車踏得風快，彷彿回到年少時代，他們幾個，一色德國蘭鈴自行車，塌著腰懶在座墊上，伸長腿蹬一下，溜出去老遠，或者將伏低身子，雙手並握車把，耳邊呼呼的風聲。現在，車還是那車，人還是那人，車已成老爺車，人呢，變成了「爺叔」。

到學校蓋章的手續，讓他多少有些生慮。中心校的上層他極少交道，這就是大有大的好處，一輩子在領導之下，卻可能一輩子也看不見領導。校長書記的辦公室從未踏入過，這張郵包通知且來歷不明，凡境外的人和事都是起嫌疑的。心裡打著鼓，去敲書記辦公室的門。門打開了，露出一張臉，門裡門外都有些吃驚。書記未必認得他，他雖認得，但都是遠望，或者從拉線廣播裡聽講話報告。書記是個女性，此時面對面的，才看出，書記的年紀與他相仿，面目也清秀，可惜被裝束搞壞了。藍卡其布幹部服，男式的衣領一直扣到下巴，剪齊的短髮用髮卡別到耳後，戴一頂也是男式的幹部帽，說一口紹興腔的普通話，有這點鄉音，官腔裡就有了一點人之常情似的。看見她，陳書玉難免想起立志小學，儒雅的校長和顢頇的書記，怎麼看都不是一路人，可就是投契呢！帶一眾古怪精靈，有長衫客，有西裝客，有像上海灘上的白相人戴一頂銅盆帽，還有一位教圖畫音樂兼操行課的，終年一身騎馬服，因原先就是一名馴馬師。想起來又好氣又好笑，如今，全匯入人群，面目難辨。女書記接過他的郵件通知單，並沒有詢問什麼，從抽屜裡取出印章，蘸了印泥，對準一塊空白，很用力地壓下去，搖了幾搖。他看見女書記空曠的衣領裡，細瘦的後頸。

不幾日，陳書玉第二次走進書記辦公室，郵電大樓海關又打回票，因包裹單上的名字為「陳抒玉」，和工作證不符，再要單位出具證明信，「陳抒玉」即「陳書玉」，驗明正身的意思。門虛掩著，他叩了兩下，裡面叫一聲「請」，便推進去。辦公桌上鋪一張報紙，上面放一堆菸蒂，女書記剝毛豆似地剝出菸絲，投進廣口瓶裡。這場面有些尷尬，女書記倒很坦然，將報紙闔起一半，再從抽屜裡摸出公文信箋，草書般幾行字，言簡意賅，說得很明白，字體也端正，出乎陳書玉意外，想這書記並不是那書記。接過證明信，轉身要走，忽停下說：我不吸菸，配給的菸票給書記你吧！他的菸票都是在黑市換雞蛋。女書記搖搖手，笑道：這菸頭是自己抽剩下，不是撿來的！這時節，地上要有一個菸頭，轉眼間就不見了，多少雙眼睛看著呢！說話和態度顯得豁朗，又有些天真，陳書玉不由也笑出來。書記將闔上的報紙揭開攤平，繼續剝菸頭，說：魯南突圍時候，幾天幾夜行軍，就靠吸菸提精神，人人都成癮君子。陳書玉說：書記是從戰爭中過來的人，有功之臣！書記說：我們這些小鬼輪不到上前線，打掃戰場才派上用處，都是賊大膽，在敵人屍體上爬來爬去，翻口袋，找香菸，那可是美國菸，駱駝牌！陳書玉想不出那場面，只覺得恐怖和震驚，還有一種折服的心情。很奇怪的，眼前現出一個人，冉太太，站在外灘石砌建築的夾弄裡，手托銀菸灰盒子抽菸。全然不同的人生。告辭書記，走出辦公室，帶上了門。眼保健操的音樂響起，太陽從玻璃窗湧入，照亮每一個角落，朗朗乾坤！他走過去，帶著上個時代的拖尾，很快，白灼的光和熱將他溶化其中。廣播裡領操的女聲有一種金屬質地，鈴鐺般地，穿行於旋律。

第三次去到郵電大樓海關，第三次排隊等待，終於領到包裹單，只來得及看見寄件人的名字「朱冉蘊珍」，就被櫃檯裡人接去搜尋郵包。那四個字映進眼睛，又清晰又模糊，再無疑問，正合他的猜想，不是猜想，除她還有誰？冉太太的名字他是知道的，但從沒有稱呼過，前面加上夫姓，是香港人保留下來的舊俗，讓他知道，他們夫婦生活在一起。當然生活在一起，除此還有別種可能嗎？那些焦愁，牽掛，心心念念，綾羅換布衣，小蘿蔔頭長成大蘿蔔頭，背井離鄉，漂洋過海，不就是為一件事，生活！他胡亂想著，包裹已放上櫃檯，又一次看見「朱冉蘊珍」的名字，寫在白色的包袱皮上。包袱皮裡面是紙箱，大約四十公分長，三十公分寬和高，海關的人用裁紙刀劃開邊縫，接下去的情形令櫃檯內外的人都瞠目結舌。那檢查員變成古彩戲法的魔術師，紙箱的收納彷彿無窮無盡，什麼樣的一雙巧手，能夠使用空間到這般程度。大小、長短、厚薄、軟硬，組合拼接錯落鑲嵌，一封封的香腸肉脯；一瓶瓶豬油牛油；一聽聽沙丁魚、午餐肉、花生醬、蛋黃醬、果醬；一袋袋白砂糖、巧克力、老婆餅、可可粉、咖啡、奶精、奶粉……最後還有半軸白線——他看見這雙手縫合包袱皮最後一針，打個結，咬斷線頭，要是可能，這枚針也會別進去！幸好，學習前人經驗，帶了旅行袋，鼓鼓的一袋，加上原來的紙箱和包袱，肩背手提，在眾人眼饞的注目下，離開海關的櫃檯。

馱著大件小件，沿北蘇州路騎去，風迎面吹來，吹得淚眼婆娑。這條路是叫人流淚的路，行走在上面，就要傷心。身後的負荷，又輕又重。輕得都能飛起來，車陣裡蛇行，身後喇叭一疊聲地按，騎車人也罵他搶道：什麼車？強盜車！他才不管那些呢，他搖身一變，變成幼年時讀物中的英國小孩彼得．潘，永遠長不大，永遠在孩子淘裡。重的是，沉甸甸的中年，閱歷無數，悲欣交集。車輪底下光滑的路面，都印著呢！一層瀝青鋪上去，印一層；再一層瀝青鋪上去，再印一層，就像考古層。

晚上，車間和倉庫，人都走淨了，他打開包裹，取出惶遽中草草收拾起來的物資，擺在書案上。綠燈罩下的光，聖母的大理石的眼睛，慈悲地照亮著。都是吃食，供口腹之欲，多少的體諒與同情。他試著重新納進原先的包裝，無論如何做不到，他一雙笨手，感動和感激使它更笨了，磕碰著，摩挲著，拿起這，放下那，最後，他決定寫一張清單，逐一登記各項。先用鋼筆在備課簿子上寫，覺得過於隨便了，有辜負之嫌，就往西統樓取毛筆和宣紙。祖父母的房間基本保持原樣，父母親居住的幾年，並未作改變。他們就像影子，到哪裡都不留下深刻的痕跡。他何嘗不也是？他的印記很可能更淺淡。這宅子裡的人，好像一代一代地蛻殼，蛻到後來，終於什麼都沒有。

打開祖父的書櫃，翻出一捲宣紙。宣紙這物件看上去，綿軟單薄，骨子裡卻極堅韌。經過許多時間，朝代都更替幾輪，它倒還在，勻淨光潔。筆筒裡插滿大小毛筆，筆架上也是，筆桿裂了，稍一碰，筆頭脫落了。讓他想起冥間的故事，樓台亭閣，日光之下頓時化作灰燼。他一把擄起，連筆筒筆架扔進字紙簍，心裡忽又冒出一句話「歷史的垃圾箱」，真是再恰當不過了。拉開抽屜，看見有幾個織錦盒子，裡面是未用過的狼毫湖筆，製作算不上名家，因收藏得當，尚可使用。又在床底下翻出幾塊方硯，挑一具外形可愛且小巧方便的——荷葉狀的硯池邊坐一隻青蛙。其他幾具推回去，觸到一個報紙捲，順手抽出來，透過積灰看見字樣，寫的是當年妓女謀害嫖客的新聞，就想起奚子帶他們聽庭審的往事。索性拆開報紙，可看得更詳。舊申報裡面裹著竹席，已經黃脆，草梗撒落一地，又滾出幾顆米粒大小的樟腦丸。拎起來跺了跺，這就有紙頁從邊緣露出，小心抽動幾下，一個薄冊子到了手中，藍色的簿面，總共三頁，一頁空白，寫「房契」兩字，下一頁即正式文本，墨黑的字跡和紅漆印章，竟還新鮮，未及細看，便闔上了。

想起電影和新小說裡地主私藏地契，被農人搜出，點著了燒掉，然後圍著火堆歌舞，就像夏季篝火晚會。他抖索著手，再揭起封面看一眼，那舊式的文言拗口難懂，腦子又阻塞住了，幾乎理解不了，落款的日期，「道光丙申」四個字，倒是很明白，可卻換算不成西曆，就又恍惚了。在床前蹲得腿麻，就地坐下，青白的日光燈照進床底，看得見蜘蛛結的網，灰絮慢慢地滾動，彷彿正啟開塵封。一時上，他決定將房契送交政府，過一時，又覺得錯了時機，早不來，晚不來，為何現在來？或者繼續緘默，維繫現狀，會不會愈陷愈深，終不能自辯！坐在地上，周圍的家具更顯得高大嚴峻，從四面圍攏，壓頂而來。自從遷進瓶蓋廠，他逐漸從這宅子的壓迫下解脫，不期然間，它又陡然顯現。古詞中說：眼看見起高樓，眼看見宴賓客，眼看見樓塌了——可它就是不塌呢！就像天地間某些永遠不轉化的物質，頑固保持著固有形態。不免想起「弟弟」的話，順其自然，問題是，什麼是「自然」！要他說，這一切都不自然，很不真實，可是，確鑿就在眼前，身前身後，囚禁了他，他逃不出去。他頹唐下來，將房契鋪平在竹席上，原樣捲起，送進床底，就當沒發生過，他什麼也沒看見。站起身，撣去身上灰塵，收拾筆硯和紙，關燈——房裡家具活物似地，跳回四壁，寂滅於黑暗。

十六

將書桌整理乾淨，鋪開紙，研墨舔筆，列寫清單。他有些差異，曾經的練習並未荒廢，小楷竟還看得過去。濕墨在牙白的紙面上，欲洇開又托住，有細碎的晶體閃爍，漸漸熄滅，沉作煙紫色。他體會到祖父臨摹書畫的心境，筆墨的精微趣味，年輕時不懂得，一心向外，新奇、活躍、喧騰的大世界，如今略有所感，是不是意味著老了？他到底道行尚淺，注意力很快轉移到筆下的內容，食品的名稱和數量有一種豐饒，同時呢，激發起口舌欲望。種類二十幾項，橫排尺半篇幅，最後一項為「白線，半軸」，當屬日用，又有些精神生活的寄寓，就空開一豎行，單立條目。盡數寫畢，還覺不足，不知如何接續，停了半刻，寫下「悉收」兩個字，然後年月日，結束。

自此，他拾起紙筆，再從祖父櫥櫃中找出一本《隋人書妙法蓮華經》，每晚臨幾行，他不信佛，也不讀經，不解其意，只是照虎畫貓，一筆一畫，心情平靜下來。

如今，學校裡的學習和報告大大減少，課外活動降到最低限度，多少有節約能量保存體力的緣故吧！社會上開始流行水腫病，肝炎和肺結核也起來了，都是源於飲食匱缺營養不足，從何補充？唯有休息。區和街道的補習學校相繼停辦，民辦小學倒起來了，因是學習蘇聯英雄母親運動，一波嬰兒潮，到了就學年齡。人丁興旺本是喜慶景象，可生不逢時，更顯捉襟見肘。滿眼嗷嗷待哺的黃口小兒，補丁摞補丁，手上生著凍瘡，夏天是滿頭熱癤子，學費半免和全免的申請增加，欠繳的日期愈拖愈長，由班主任負責催討。班主任多是由語文老師擔任，可是老師生病請假的一日多於一日，不得已讓他頂缺。學校逼他，他逼學生，有老師施行「廉恥法」，上課前或下課後，令欠費生立起來示眾，或留晚學，等家長來領人，當面交割。還有的派出眼線偵查，但凡得取揮霍的跡象，所謂「揮霍」不過是修葺房屋，增添家用，或者親戚走動，禮尚往來，立即上門索討。他學著嘗試，很快便放棄了。那罰站示眾的學生，性情更加頑劣，有的索性翹課，來也不來；留晚學的，家長遲遲不到，眼看天黑，他倒要回家了；去到學生家的經歷則不勝淒然。自建的房屋一半地上一半地下，風從油毛氈頂的破綻裡一股股灌進，四壁泥牆，剝落處可見竹篾草苫，一盞五燭光的燈泡，一圈小人頭埋在碗裡，筷子頭劈裡啪啦打架。有些家長態度卑下，一味苦求，也有蠻橫無理的，腳架在凳子上，握一瓶燒菜的料酒，桌上是蘿蔔乾和豆瓣醬，喝紅的臉訕笑著：莫要說學費，飯費也付不出了，老師看看，有喜歡的，挑一個回去，替你倒洗腳水！無論卑下還是蠻橫，他都害怕與嫌惡，唯有逃跑。他想過自己掏錢墊付，所謂墊付就是一去不回，也只是想想，其實不可能，一來不寬裕，二是自覺有一種偽善，幫得了這個，幫得了那個嗎？幫得今天，幫得明天嗎？他是經歷過飢寒的人，在西南小龍坎的時候，想起小龍坎——多麼困窘啊，可是，年輕啊，年輕。而且一個人，什麼都不怕！眼前又出現那蘑菇中毒身亡的女學生，花草藤蔓中的蒼白的小臉。年輕的困窘都是美麗，等上了歲數，就是潦倒。

他，即便潦倒，也只是自己，他自己不堪，也盡夠了，何苦帶累其他無辜？

將冉太太寄來的豬油攪一團在米飯裡，撒一撮細鹽，拌勻了，小小的一碗。多麼美味啊！學校食堂裡的晚飯早不知道跑哪裡去了，他等啊等，聽著咕嚕的腸鳴，直到夜深，人們都睡了，解決飢餓的妙計之一就是早睡，夜貓的腳爪都銷聲，一個短覺醒來。這時候，他躡足起床，享用消夜。這消夜是冉太太的饋贈，就不只是物質上，還有精神的意義。他暗中笑話自己是真正的「飲食男女」，拜世事所賜，退化到人之初，省略去多少過剩的需要。用完消夜，洗淨鍋碗，再點一小截蚊香，驅趕油煙。多少的，有罪過之感，哺乳的女工一律奶水不足，老廚子判三年徒刑，正在坐監，欠費的學生們受著凌辱，正是他和他們，向小孩子施加凌辱。蚊香的苦澀逐漸充斥房間，等最後一星餘燼熄滅，才放心上床，繼續就寢。膏腴滋潤的胃腸舒展滑順，四肢肌肉鬆弛，睡眠潮水般湧上來，溫暖地捲裹，一夜無夢。

臨帖的功課每日進行。他學工出身，與儒釋道皆無關係，那一本《隋人書妙法蓮華經》，一路臨下來，先是喜歡那字，接近祖父一生向學的「瘦金體」，邊寫邊讀，不敢冒然斷句，連成一氣，到底難解其意。日子久了，卻自有發現，那就是其中有許多數字，極大的量，時不時「三百萬億」「五百萬億」「五百四十萬億」「千億」「千萬億」；或又減下來，「二萬億」「萬億」「八千」；再上去，「二萬億」「八千二百萬億」「百千萬億」。在這龐大的數字後面，往往是「諸佛」的字樣，也有「阿僧」字樣，浩浩蕩蕩，排山倒海，佛就有如許陣勢，人呢？以數學裡的概率論計，佛當是不可能事件，為「零」，人則是必然事件，為「一」。「一」可是了不得，道家不是說，一生二，二生三，三生萬物，「零」則是「無」了。還有一些小數字，「十」「二十」「二十四」「一百八十」，用於「劫」的計量，這「劫」更不是開玩笑的，若干萬年一「滅」，若干萬年一「生」，方才一「劫」，類似「光年」的概念，大約就是「無量無邊」了。

陳書玉簡直有惶恐之感，腳下的地懸浮起來，人變得渺小，小到一粒塵埃，帶著一點光，無數次折射餘下的一小點受光體。他趕緊闔起字帖，移到一邊，於是露出玻璃板下壓著的食品清單。這些俗世裡的物件名秤斤兩全是可感可測，心裡漸漸踏實。一行一行默念，驅除了方才的虛無，感官的知覺回來，口舌生香。他又從抽屜裡取出包裹皮，本白夏布上，毛筆書寫著收件人名字，還有寄件人的，「朱冉蘊珍」，地址是香港美孚幾號幾幢幾樓幾室。他想不出那地方是什麼樣的，但知道裡面有一個冉太太，還有朱朱，三個蘿蔔頭，就覺得親切起來，同時呢，又是隔閡的，不是地方，也不止是時間，更是世事，簡直是三生石上的人和事。他想過寫一封信，上款都寫下了，思忖再三，稱「冉朱伉儷」，卻沒有繼續，說什麼好呢？一肚子的話到這裡全止住，回去了。他感到瞌睡，再過些時間，市聲再靜一些，消夜就來臨了。

儘管萬分節約，物資依然不可阻地減下去，豬油嘴先告罄，因為食用方便，之後是香腸、肉棗、肉脯，這些都需要與米麵佐食，黑市大米還有火油消耗了有限的收入，所以，他甚至比之前更手緊。人也吃饞了，日常的飯菜完全不能滿足。上課時思想都會轉移，一時間不知身在何處，醒過神來狼狽無比。接下去，他開始動用白糖，和進大米粥裡。煤油爐上鍋裡的「咕嘟」聲，就像小兒的歌謠：「篤篤篤，賣糖粥，三斤核桃四斤殼，吃你肉，還你殼，張家老伯伯在家嗎？」心頭不由一沉，他想到另一個老伯伯，小弟伯伯。情緒黯然並沒有遏制食欲，反而有亢進的作用，滾燙的甜糯的粥，一勺一勺送進嘴，嚥下肚，食道裡的燒灼放射到前胸，上顎起泡了，可就是收不住。他自知失態了，行為也變得渙散，包裝紙袋扔在弄堂的垃圾箱，被拾荒人的鐵叉鉗出來，拖在卵石地，糞車裡的污水滴上去，他騎車壓過，車輪捲起來，黏住輻條，臉面前一轉一轉，蒼蠅在身後追逐。他是個愛乾淨的人，單身生活又免去許多冗雜，幾乎稱得上潔癖。此時此刻，對自己生出嫌惡，覺得他在墮落。被搧起來的口舌欲望愈來愈旺盛，食性有所改變，嗜好味厚，那一包藍山咖啡被拋在腦後，完全想不起來了，有些東西是在溫飽之餘，帶有奢侈的意思，咖啡就是。

他明顯的胖了。去理髮店，鏡子裡的人，兩鬢推高，露出渾圓鼓脹的雙頰，敷了一層粉似的紅潤光澤，在周圍黃瘦的臉中間，格外顯得顏色鮮豔。在院子裡遇到廚房的女人，會說一句：爺叔氣色介好！不乏恭維，卻也是實情。同事們半認真半玩笑：陳老師油水很足啊！他便一驚，似乎被窺破什麼機密。曾經在路上看見過校長一回，隔著西餐館的玻璃窗，面前是羅宋湯的空盤，攤開手帕，將兩片麵包夾黃油包起，想是帶回給孩子的。有一時衝動，給校長送兩盒罐頭，或者一袋牛奶餅乾。回家清點一番，存貨已不多，熱情退潮了。他變得慳吝。夜間的獨食將可數的朋友減得更少，他幾乎沒有交際了。也不止他，似乎所有人都自顧自，社會生活也是奢侈的。給冉太太寫信的計畫拖延越久，越動不了筆，看著日益消融的存貨，覺得寫信有索討的嫌疑，內心深處，又何嘗沒有半點想頭呢？所以，寫信這一件事，會讓他感到羞恥。從此擱下來，接續的聯繫中斷了。

存貨見底，他非但不節省，反而揮霍，進食近乎強迫症，有一晚，他一口氣吃下半斤太妃奶糖，咀嚼使腮幫痠痛，味覺也有些麻木，就是停不下來！他聽過一個說法，七顆大白兔奶糖等於一杯牛奶，太妃奶糖的脂肪含量應和大白兔相當，那麼，他至少喝了三到四杯牛奶，大大超出人體所需的熱能。善後處理早已經粗疏，一張糖紙赫赫然在天井中央，溜溜滑行。這些物資似乎成他的負擔，來不及地消耗，留下白茫茫大地真乾淨，他想起《紅樓夢》裡的這句詞，緊接著卻是大觀園裡的螃蟹宴。這一天終於來到，只餘下那一袋咖啡。奶精和白糖早殆盡一空，拌在白粥裡，或者塗麵包片——他學校長，也到西餐館點一份羅宋湯，喝完湯，麵包黃油帶回家，另行配套，這種胡亂搭配其實有一種潦倒。樂口福用勺子直接舀到嘴裡乾吃，自覺是破落戶的腔調，也顧不得了，快快快，快結束一切。好了，只有咖啡，藍山咖啡，他拆開封口，苦澀撲面而來，他發現，咖啡竟然是苦澀的，就像藥材。他重新封好開口，收起了。徹底沒想頭了，被食欲激盪的急切、焦慮、亢奮，一掃而盡，平息下來，心靜如水。

生活回到儉樸的一日三餐。夜裡，飢腸轆轆中醒來，一地月光，清洗著體內的膏腴，還有原始人的荒蠻的粗魯的欲望。空明中，想起許多往事：「西廂四小開」的結縭，如今人不是那人，事不是那事，他和大虞之間隔了一條江，套用一句古詩，君在江那邊，我在江這邊；從奚子連帶出「弟弟」，再是校長，副校長——如今不知在了哪裡，他那小姨子，身形頎長，骨肉勻亭，眼前一閃；接下來是現今的學校書記，膚色白皙，眉目清爽，普通話裡的鄉音，眼睛一眨，幹部變村姑，手裡剝的不是毛豆，是香菸頭；由香菸這物件，引出冉太太，手裡托著的小銀菸灰盒子，腮幫上的淚痕，為朱朱流的，於是，朱朱也來了，坐在長桌對面啼哭，長桌這面是三個蘿蔔頭，一個冉太太，又是冉太太！思緒停頓下來，抵達漫遊的終端。食物盡罄，餘下清單一張，取消了物質性，純粹的精神世界，那就是相思。不是嗎？他的貪食症其實是相思病。他想，倘若要給冉太太一個定義，是什麼呢？忠誠，不像；堅強，也不完全是；情深，有一點，但那是對朱朱而言，不是他；終於，他想到一個字：「義」。是的，這就是冉太太，義！采采，他竟然想到采采，可見思緒多麼自由和輕盈，天地間上下飄忽。采采是個豪爽人，但出身處境所限，不得不為衣食謀，就生功利心了；譚小姐，應不是無情，也不勢利，卻軟弱了，諸事順遂或可相守一生，但世道這回事，又是誰能預料的？大虞的家主婆固然不錯，委身於一無所有，下坡路上的人，憑一顆質樸心，不像冉太太多思，多思而後行，行而不悔，方才為知遇。

失控的進食遏制了，彷彿有過歷練，飢餓似也不如先前的折磨。他的臉型和身形消瘦下來，成清臒之相，也見出歲數，這一年，他整四十。

十七

這年寒假，輪他值班，獨自坐在空曠的辦公室裡，泡一杯清茶，收攏一堆報紙，打發半天時間。他的辦公桌臨窗，稍轉頭，看見有麻雀停在窗台上，然後飛走，尾翼掃在玻璃上，「嗖」的一下子，那禽類明顯長了力氣。他呢，生出閒心。於是發覺，胃腸的空虛感緩和，肌肉鬆弛，行動起來輕捷了。轉回視線，翻閱報紙，茶的苦香瀰漫，和著報紙的油墨的辛辣，嗅覺變得敏銳，可辨別細膩的差別，也令他驚奇。目光從大標題掠過，再從小標題掠過，最後到了報縫。陳書玉看報向來只看報縫，自嘲為「穿後弄堂」。許多報紙沒有報縫了，彷彿開大馬路平掉弄堂，偶爾的，晚報的騎縫處，還可見到一些文字，黃浦江水位，船閘開閉，電影排片，無線電節目，尋人尋物……他倒愛看這樣的瑣細，從中派生遐想，想這人和事其實就在自己身邊，然而人海茫茫，世事沉浮，就像海底針，一眨眼就沒頂了，於是又覺得惘然。

其時，「後弄堂」裡一則啟事吸引他的目光，其中幾個字，千真萬確，與他有關，這幾個字是「閩橋山莊」。啟事說，因市政建設計畫，「閩橋山莊」墓園要平地開路，請墓主於月內前去拾骨遷移。「閩橋山莊」這地方，他去過一次，就是祖父母大殮，出殯到此地。印象中，所謂墓園，只是一片荒墳，野草蔓生，掩著土墳頭，有一些石碑，也多是斷殘，彷彿被遺忘許久。當時聽大伯說過，祖宗們的棺柩，起初存於福建人會所，伺機移回原籍，直至上個世紀末，有福建閩橋水果商人開闢此園，方才落葬，所以，數起來，不過三到四代。他家故地並非「閩橋」，但從大處說，不出一省，就算同根同源。祖父母的棺木落土，還未及做墳立碑，只紮下一柱方石，粗刻名姓，填進紅漆，日後再從長計議，修葺完善。無奈世事多蹇，且歲月如梭，稍轉瞬，十年的時光倏忽而去。

他將報紙抽出來，摺疊成方塊，等輪值的老師接班，便離了學校，騎車往大妹妹家去見父母。大妹妹家他只在送親時候到過，說起來算作通家之好，仔細追究卻不知所以然。祖上大約也做過船運，可追溯的幾輩人，則都在洋行裡領薪俸吃飯。有說做雜役，也有說跑街先生，但到妹夫一代，倒是都受新式教育。妹夫讀的化工，學以致用，畢業後進家用化工企業任工程師，公私合營後一直享用保留工資。當年，親戚們都以為大妹妹下嫁，如今卻最有福，收入可觀，又歸屬無產階級，經濟政治都保證。大妹妹家住昔日租界區英國人的公寓樓，電梯廂四壁鐵柵欄，裸著纜索和滑輪，流露出早期工業時代的粗曠氣息。電梯在三樓停下，嘩啷啷開門，走出去，腳底下的大理石地磚儘管磨損，依然氣派豪闊。他在大妹妹的門上按了電鈴，聽見裡面有小孩子奔跑的腳步，門開了，一男一女兩個孩子仰頭看他，不曉得來人是誰。大妹妹跟著出來，頓一頓，也不叫哥哥，就直呼大名「陳書玉」，倒是教兩個小的喊「舅舅」，先是沉默，然後便爭相大聲叫喊起來。大妹妹穿一件織錦緞夾旗袍，燙一種翻翹的髮式，彎腰取一雙棉拖鞋放下來，讓換鞋的意思。低頭解鞋帶的時候，他想起冉太太，本來，冉太太也應該過著這樣的生活，於是，又感到惘然。大妹妹引他進到客廳，落地窗前的沙發上坐著妹夫，看一張報紙，此時闔起來像才知道他來，動了動身子要起來，他速速招呼一聲，即走過去，妹夫便坐回去了。他們姑舅向是疏淡的，保持敬而遠之，先是妹夫對他，然後呢，就反過來。他自知是個不合時宜的人，又不能供奉父母，新規舊矩都失度，內心卑微得很。

母親和父親對坐在一張圓桌兩頭，母親手裡織著毛線，耳朵湊著收音機，聽蔣月泉的評彈說書，聲音開到最低，避免打擾到小輩。父親面前也鋪一張報紙，戴了老花鏡，手裡握一把鑷子，很像修鐘錶，走近去看見是在剝瓜子仁。難免有寂寞之感，但這不就是晚景嗎？悶是悶，可也安詳平和。房間裡光線充沛，窗前的梧桐樹落了葉，枝條疏淡地畫過無雲的朗空，天顯得格外的藍。就像一個從暗處走到亮地裡的人，睜不開眼睛，視野略微變形。長輩的逆光的臉上，沒有什麼表情，分明又可見出期待，他們以為他送生活費來的，不是還有幾天就到日子了嗎？陳書玉懊惱不曾想到這一層，此時口袋裡也沒有足夠的錢。同時呢，不禁好笑起來，他和父母之間，只餘下贍養的義務了。

很有些難以為情的，從口袋裡掏出來一張報紙，送給父親，指點看騎縫裡的啟事。父親看完，推回報紙，繼續剝瓜子，說出一句：不知道要不要費用。或許是自己心虛，這話在他聽來，帶了諷意。其實未必，父親是木訥的性子，不會有這樣的機鋒。這時，大妹妹推門進來，送一杯茶，湊著他手看一遍啟事，說道：徐家匯一帶地勢低，每年七月一場大水，屋脊都淹平了，不要說墳頭！大妹妹的話道理不錯，但卻有些情薄，再加上妹夫的冷淡，心裡不悅，回道：自己家的祖宗，難道看都不看一眼？大妹妹笑了：你去看過幾眼？這話將他堵住了。從小，大妹妹就是不饒人的，像他們這樣的大家庭，往往兄弟一淘，姊妹一淘，所以，他們兄妹接觸很少，這一回，領教了厲害。妹妹丟下這一句，飄然而去，反手輕輕帶上門。他縱然氣急，也沒有對駁的人了。停一會，母親說話了：問問你大伯吧！是打圓場，也不排除有一些些醋意。他與大伯走得近，尤其淪陷的一段，他與大伯家一處搭伙，隔閡就起來了。與大伯書信往來，至少一周時間，就超出啟事中規定的期限，就也是一種推諉。他悶坐片刻，起身要走，正和大妹妹撞個對面，妹妹手裡端個托盤，托盤上三碗白木耳蓮心羹，叫他吃點心。他不理睬，逕直出去，聽見身後妹妹的聲音：我得罪他了嗎？母親說：沒有！經過客廳，妹夫還在看報，又來一遍起身不及的動作，他早已經到了玄關，換上鞋，走了。

電梯轟隆隆上來，有些像左翼電影裡礦工下井的情形。他走進柵欄門，下到地面，不一時，就站在街上。推起自行車，騎上去，忽然有一股銀耳蓮心羹的氣息，好像反芻似的，進入口鼻。生活在好起來呢！再看路上，人們的臉色多有光澤，衣著也齊整許多。西點店送出奶香，弄口合作食堂的平底鍋上翻炒著兩面黃，焦的焦，脆的脆，牛肉湯的咖哩味滿街皆是，三分錢即可買一碗清湯。這城市顯然走出茹素的齋期，開戒了，葷腥氣回來了。他漸漸平靜下來，想到這些年經歷的種種遭際，夠活著的人應付的，哪裡顧得上死者，長眠地下不謂不是一分福氣，所以，父母和妹妹的淡然處之算不上大錯，至於大伯，遠在他鄉，鞭長莫及，即便有心也無力。他決定，自己走一趟閘橋山莊，至少打聽一下，有什麼善後事宜是可行的。

下一個周日，他騎車去了，路上想到大虞，倘大虞在上海，會和他作伴同行。他們「四小開」驅車前往南翔虞家老墳的情景，就好比隔代隔世。四個少不更事人，說是掃墓，實是踏青遊春，又騎羊又騎馬，又划船又捕魚，學做漁樵，桃花源亦不過這般無憂。今年暖冬，三九四九尚未「冰上走」和「難出手」，況且已到「河邊看楊柳」的九九天。和風拂面，回顧往事並不叫他傷感，反是欣悅的。抑鬱的日子過去了，塵埃落定，中年其實也算得上黃金期，放下奮爭，與命運講和，雖是向晚，卻還有充盈的時光，供從長計議。遠遠看見徐家匯天主教堂兩座尖塔，街面房屋漸趨稀少，換成農田，隱約見出綠意，麥種正從冬眠裡甦醒。河塘還有一些薄冰，凍住幾條罱泥船，等著開春作業。迎春花幾近爆發之勢，黃亮得耀眼。棉襖裡的身子出汗了，背上熱烘烘的。很快，他就辨不出方向，記憶本來淡泊，火辣辣的日頭裡，會得溶解似的，煙消雲散。到一個南北路口，停下車，一腳拄地，等對面一個荷鋤的鄉人走近。看起來距離不遠，可卻走了很久，就知道天地廣闊。終於來到對面，發問道，「閶橋山莊」走哪條路，那人不知道是問他，險些要走過去了。放大音量又問一遍「閶橋山莊」，聲音讓風吹得很散，自己都聽不見似的。那人倒停下腳步，疑惑地左右看看，彷彿不相信是對他說話。

於是第三遍說出「閩橋山莊」。對面的表情更困頓了，停一時，反問：你要做什麼？他去繁就簡，說兩個字，「遷墳」。荷鋤人恍然道：說的是老墳山啊！然後側轉身，向南邊遙遙一指。再問詳情，人已走過去，踏上向南的岔路，走幾步，又回身，再遙遙一指。他復又上車，循指示騎去。路越來越狹窄，又有車轍交疊，形成溝壑，自行車輪軋來軋去，哐啷啷響，都要散架，最後只得下車推行。走了一段，前方起來幾間平房，土牆上張了布告，和報縫中啟事同樣內容，知道來到地方了。平房裡外無人，門前一方水泥地坪，立著電線杆子，還有自來水斗，窗戶看進去，有一張帳子床，堆了被褥。看來，人是有的，但走開了。

正如大妹妹所說，山莊其實已成平地，荒草沒膝，斷石橫陳，約略辯出路徑，用腳探索著，分開纏結的枝藤，一步一步走進去。可是，老祖宗的墳在哪裡呢？四顧茫然，祖父母落葬時候的路線和方向，以及周圍帶有標誌性的物件，完全消失印象。日頭接近正午，陽光下彷彿霧起，是草木的碎屑，小蟲子的羽翼，塵和土。機械地起落腳步，一身熱汗，站定了，脫去棉襖。四周看看，均不見邊際，原來走到縱深處。他放棄了尋找，撿一塊方石坐下，將棉襖疊放膝上。耳畔有蟲鳥的啁啾，再細聽，則是人語，小孩子的嘰喳。極目遠望，看見有綠衣紅衣起伏移動，漸漸向這邊來。大約七八人，手裡挽著籃子，籃子裡盛著草。這一來，他地理位置有概念了，徐家匯北有牛奶棚，向周圍居民收購牛草，山莊在徐家匯南面，現在就是南北交界處。據說，當年山莊是從東往西開闢，他家是屬早入籍的一族，如此推算，就當居於東緣。他立起身，眺望一番，向東去了。

草木依然雜蕪，但疏闊些，墳頭大多陷於地表，但高處有幾座墓塚基本完好，彎腰辨認，碑上所刻年月，距今遠矣，為清廷的年號。想是草創時期，雄心勃起，開局頗為壯大。越到後來，時運不濟，就衰萎了。粉蝶飛舞，嗡嗡一片，又像在空中畫花，繚亂得很。來到山莊的邊界，他卻也不能斷定，因著邊界其實是一道地溝，或許從墓園裡穿過，那一邊早作了農田。也應了妹妹的猜測，這一帶地勢低，年年淹，開渠即為引水。溝渠兩邊的坡地種了瓜豆，大約就是人民公社提倡的「十邊」，田邊、地邊、河邊、濱邊，等等，土地緊湊人口密集的城市郊縣的耕植策略。那粉蝶就是替瓜豆授粉來著，白色和黃色，還有一種淡紫，組成蝶陣，掃去荒涼，景色變得明媚。他還是找不到祖父母的墳，更不要論及老祖宗。這一回，真正洩氣了，坐倒在地，也不知誰家的墳頭。附近有一個墓穴，墓主已經起棺遷走，可見出家族傳承有序，源源不斷，而他們家，數典忘祖。仰頭看天，高朗闊大，伸展到無邊處。似乎只一上午時間，地面上的綠又綻開一層，割草的小孩看不見身影，但傳來他們的歌唱，又近又遠。他摘著毛衣上的刺球，髮上也有，手上扎了細齒，一陣痛癢。「閩橋山莊」果然成荒塚，所以人稱「老墳山」，新鮮的地力拱出來，將墳頭擠沒，石碑呢，東倒西歪，他家的上人在哪一處？他想起基督教裡的一句教義：塵歸塵，土歸土。站起身，折過頭，循來路走回去。

十八

市面重新興旺起來，有一些票證取消了，油糧雖還是原先定額，因為副食供應正常，就不那麼顯得匱缺。總之，熬過來了。這一日，收到大虞一封信，算起來，他們至少有四五個年頭斷來往，個人應對個人的事，無暇顧及其他，如今又有閒情。拆開信封，短短數行字，請他去川沙赴兒子百日酒，就知道大虞添丁了。他們同年，四十出頭的人，中年得子，可謂大喜。當日就到老鳳祥銀樓，買一個金手鐲，鎖扣上吊著生肖牌，到日子，騎車往輪渡碼頭。渡船突突斜過江面，對岸的油菜花黃辣辣的炫目，眼看到了跟前，忽一偏，幾座烏黑的鋼渣山迎頭而來，又猝然閃開，讓出那一岸油菜花。上回來川沙差不多也是這個季候，經歷了薄瘠的日子，猶覺得景象豐饒。推車上跳板，依前次印象左轉，沿土路騎去。沿途人家的竹籬笆垂著青葫蘆，底下是南瓜紐，幾株不知什麼名的樹正逢花季，枝頭上起霧似的一篷紫一篷白。水塘邊有一座鴨寮，是原來就有還是新營造？黑棚頂，清水流，彷彿從宋人的畫中走出來。沒有迎客的人，但那鋪到路口的席面，米酒的香，人聲喧譁，遠遠就在招手。他的自行車方一接近，就聽叫嚷：上海爺叔來了！胯下的車被推走，人在簇擁中，眼睛裡是大虞的笑臉，他差點不認得，穿一身自織的土布，完全是個鄉下人。在鄉下，是祖父的年紀，方才做父親，不知有多麼開心。那新生兒也是鄉下人打扮，虎頭帽，虎頭鞋，捂一身紅綠棉襖褲，額頭鼻頭都是細汗珠子。邊上人，吵著要「上海爺叔」抱一抱，他接過來，掂在手上，橫不是，豎不是，有點害怕，又有點害羞。邊上人叫一聲：上海到過了！接回去，往別處獻寶去，不見了。他想起，冉太太家的蘿蔔頭，現在應都長成少年人了。

吃飯時候，他被讓到主桌，桌上有大虞的岳家，生產隊的隊長會計，虞姓家族中年歲最長的叔伯，還有女方兩個表親，都是鋼廠的工人，穿藍卡其工作服，膚色神態與舉止都有了城裡人的樣子。鄉下的風俗還是老派，男賓歸男賓，女眷和小孩另開桌面。鎮上請來的廚子，帶幾個小工，露天地裡搭了棚子，砌灶頭，架案板，早幾日採買，備料，製高湯，調醬汁，此時開了油鍋，烹煮煎炸。全雞，全鴨，整個的肘子，整條的魚，斜開片，倒提進熱油，皮黃肉白……桌上客都誇大虞有勁道，秋後下種，還有的收成，也是年景好，倘若早二年，走路的力氣都沒有，莫說上床滾！這些話，陳書玉半懂不懂，一時口音隔，二也是他一個童男子，未開蒙呢！大虞只是笑，當老丈人的面，不好回嘴，怕顯得輕浮，就要撐著。碰一碰老朋友的酒杯：鄉下人口粗，把耳朵蓋起來！人們這才注意到「上海爺叔」，將話頭收起來。

家釀的米酒總是後勁足，飯後，他又睡倒了。幾個人挾著他上樓，放在主人的臥床裡。隔著夏布帳子，一堂紫彤彤的木器，風吹帳幔，飄忽飄忽，洞開一條隧道，很深很深，盡頭一小片亮光，水波蕩漾。是大虞家的紅木鋪子，跟著人走進去，兩邊堆壘的木器合攏過來，似乎要來埋他們，前面的人回過頭一笑：我有兒子了！睜開眼睛，大虞站在床邊上，撩開一角帳子，兩人一上一下對視，那個說：做什麼好夢？這個說：到你家鋪子裡。那個在床沿坐下：我倒從來沒有夢見過回去，看見那裡有什麼？這一個就猜，問的是有沒有譚小姐，說：沒有。停一時，床裡的人說：在你這裡，特別睡得好。床沿上人說：來到第一天，全家倒頭大睡三天三夜！床裡人叫了聲好，喝彩似的。江那邊傳來輪渡的汽笛聲，他該走了，卻不想動身上懶懶的，心裡很平靜。大虞也不動。一裡一外，一躺一坐，又是一些時間過去。房間裡有一股布的漿水氣，還有小兒的乳臭。樓下灶間湧上來米香和燒柴的煙味，正在煮粥。

光線漸暗，大虞的身子像一幅剪影，土布衣服裡，寬闊的肩背略有些駝，剪成平式的髮茬子，被餘光照出一層花白。抬手點點樓板：他十歲，我五十三，他二十，我六十三！他知道話裡的「他」是誰，就說：鄉下人娶親早，你一定抱得孫子！大虞「嘿」的發出一聲笑，陳書玉知道「鄉下人」三個字說到痛處，又收不回，補一句：鄉下空氣好，人都長壽！怎麼又說到「鄉下」，越躲什麼越撞到什麼，索性閉口不說話。大虞這回真笑了，站起身：下樓吃晚飯！

飯桌已擺好，粥盛在粗瓷碗裡，當桌一大盆碧綠的青菜。捧起來，也不怕燙，呼啦啦吞下肚，這才徹底醒過來。他沒讓大虞送，自己騎車去碼頭上輪渡，漁火點點，江鷗貼著水面飛掠，趕著回巢。不禁生出傷感，是情緒在高潮之後通常的回落，還是為方才說錯的話？都有一點，又都不是，更像來自一種整體性的消沉，彷彿走在下坡路上，眼前的盛景只是一瞬間，頃刻就會泯滅，然後是長久的低垂的時日。

年景真的好起來，物資供應回到困難時期之前，甚至更豐。調他去中學的舊話重新提起，依然謝絕了。有一個念頭，變得越來越固定，那就是，事情不求它好起來，只不要壞下去，所以，保持現狀即可。他對現狀是滿意的，這樣很好！陳書玉談不上有多麼喜歡小孩子，因為單身，他還有些對小孩子生畏，可是已經習慣了，連這生畏也是習慣的。他上歲數了，再有若干年，計算一下，還有十數年，就退休了。不算則已，一算才覺得很漫長，不知道需經歷多少事，不由想起校長，他明白校長退職的原因了。後來，他又去看望過，家中正開課，學生是小姊妹倆，大的三年級，小的剛入學，一個梳髻的保母模樣的女人陪著。課程臨到結束，校長喚出師母，教唱字母歌，他才知道，師母是音樂老師。這一幅圖景帶著舊時的安閒生活的氣息，他驚詫，經過這麼些變故，它竟然完好保存在某一隅。

他給孩子帶去一盒雪茄巧克力，告別時，兩個孩子專從裡間出來，向他道謝，大孩子隱約顯出父親年輕時的輪廓。不免想到，這一盒巧克力抵不上當年兩片麵包有價值，就感到羞愧。趕緊走出去，校長送到門外，站在街沿，步道上的梧桐樹發枝很旺，日光穿透，無數金銀針落地，彈跳起來。上一次辭行也是這樣的情形，可又分明不是上一次，多少時間流淌過去，忽然有些激動，說道：倘不是校長您收留我，哪能有今天的安居樂業！校長豎起手指按在嘴上，提醒他關於稱呼的約定，可就是改不過來呢！校長笑著，揮一下手，以為告別的意思，推起車要走，卻聽身後人說道：教育是一樁好事業，你來對了！他收住腳步，回頭問：您為什麼離職？梧桐影下的人一直笑著：我還是做教育！他想想也對，可不是，窗戶上的紗簾後面，傳出小孩子的字母歌，似乎有一種莊嚴。他點點頭，騎上車，走了。

夜裡，天陰下來，本已入眠，又被雨聲喚醒。那雨點彷彿落在枕畔，清晰入耳。開燈起來，發覺窗框上的頂角線往下滴水，濕了小半邊書桌。將桌上書籍雜物挪開，找出一條舊床單，絞成麻花，沿牆鋪設，復又上床。這一覺，醒來已是天白，日光在遠處屋頂瓦楞上波動，昨夜的雨像是夢境。看見桌上的床單，伸手摸摸，似乎有些濕潮，又不是夢了。推開窗戶，碧晴無雲，不禁疑惑起來。再一抬頭，天花板與牆壁交接處，一片水漬。他出了房間，下樓搬木扶梯來，架穩了，登上去，雙手托住一方頂板，很久沒有移動過了。摸索四周，平衡兩端，屏氣發力，舉起來，漸漸傾向一邊，擱住了，再一點一點推去，終於敞開天門。

三層閣上，一片漆黑，他定下神，慢慢攀上去，立起來，碰一下頭，讓開些，站在兩個斜面的中間，方才站直。斜面上有些細小的光亮，漸漸擴大，擴大成灰濛濛三角狀空間。幼年時，聽大孩子說鬼怪故事，天花板上的腳步聲，想來出處就在這裡。他小心挪移腳步，感覺樓板厚實，漆面還很光滑。膽子大起來，移步加快，頭撞在硬物上，「嗡」的一聲，曉得又到坡面底下。伸手摸到木椽，一根一根數過去，數到頭，發現有一扇小窗，拔開木銷，推出去，光線一湧而入。他這才有了方位，小窗所在東面山牆，山牆下是瓶蓋廠車間的玻璃鋼棚頂，看得見底下的人字形鋼架。借小窗透進的天光，他看到南面樓板上的水跡。看起來，滲漏已有時日，過去的日子忙著餵嘴，無心旁顧，就關注不到。瓦爿動過了，大約是夜貓的腳爪，可見孔隙，搖曳著草莖的細影。他想著，等周日休息補瓦，然後關閉小窗。一些餘光在樓板上流連，洇染，瓦隙裡的針尖似的亮，生長著鋒芒，上下穿梭。簡直是一個光明世界。

接下來的幾日都是晴好，頂角線的水跡淡去了，補瓦的事暫且擱置。下一個雨天，風向調了，這一處倒無事，滴漏換到樓梯口，放個水桶接著，叮叮咚咚響一夜。然後是祖父母的西統樓，正在床頭，他試圖移床，卻移不動，也只能擱一個桶。他知道，老屋在繼續頹圮，一己之力恐怕難以維持。他不想去大妹妹家，計算了父親索生活費的日子，候在家裡，果然碰著了，就商量修葺的事務。剛開口，父親就藉故有事折返下樓。父親穿一件藍布中山裝，底下是灰色舍味呢西褲，牛皮鞋，很奇怪地戴一頂也是藍布的幹部帽。算起來，應是近七十的年紀，形狀舉止卻有一種幼稚，就像長不大就老了的孩子。他們家的人都有些怪呢！上次在母親房裡，看她絨線籃裡放了一本連環畫，趙樹理的《小二黑結婚》。妹妹呢，穿了織錦緞旗袍，淑女的樣子，說話卻像市井婦人，刻薄潑辣。也許，自己在別人眼裡，也是怪的。父親急煎煎邁下最後一級樓梯，逃跑一般，沒了人影。大家都在逃走，連姑婆，照理最無處可去的人，都出去了，只剩下他。他彷彿被這宅子下了蠱，走不脫了。

陳書玉靜心追溯一遍宅子的源流，追到曾祖一輩便到頭了。那麼，就從曾祖向下，分成祖父和伯祖父兩系，女眷除外，總有五門，伯祖父三門，祖父這邊兩門，大伯和父親。伯祖父先離世，家財歸到祖父一系，祖父過世時候，那邊三門沒有人來奔喪，可視作放棄繼承權，同時免去義務。如今修葺老宅，應由他們這一系承擔，然而，事情先就在父親這裡碰壁，大伯那頭更不好說了。平心而論，家中人坐吃慣了，憑些死錢度日，都拮据得很。何況，如今都不居住在此，滿可以推諉。想到這裡，便放棄家族內部群策群力的嘗試，另開思路。

這期間，他又上了一次樓頂，巡逡長條板上。是習慣了環境，還是瓦隙開裂加劇，漏進天光更多，總之，不是前一次的漆黑，而是幽暗著。他沿著屋脊底下最高的一條踱過去，到山牆的小窗前，拔開木銷，推出去。透過瓶蓋廠車間的玻璃鋼頂，看見底下幾何形的鋼架之間，進來一隻麻雀，左衝右突，最後站在一根橫梁，正對著他。人和鳥對視有幾秒鐘時間，各自走開了。在這幾秒鐘裡，他產生一個主意，讓瓶蓋廠負責維修。民宅改作工業，加蓋車間，安置機器，很可能動搖結構，地基沉降。眼下是他家屋頂破損，緊跟著就會波及廠房，俗話說，牽一髮動全身。即便不以原委論，只說互利互助，瓶蓋廠皆借地開辦，除代繳地皮稅，並無毫釐補償，看人情面上，也當伸一伸援手，幫幫忙。想好了，他即找廠長；廠長讓找上級單位，街道；找到街道領導，讓找區裡負責工業的科室；找到區委工業部門，則說瓶蓋廠為街道集體制企業，專有對口管理；於是，回到街道，被指使去下屬委員會。往復周折中，春轉到夏，又下了幾場雨。他將書桌從窗邊移開一尺地，靠牆排放桶和鍋，祖父那邊的床上拆去帳幔被褥，鋪上油布，樓梯口也安置盆碗。家中盛器本來有限，這時更不夠用了，就向廚房女人借鐵鍋和醃菜罈。現在，滴水的叮咚不再是噪音，更成催眠曲，伴他入睡。隨之，補瓦的急切也舒緩下來，直至有一天，他到祖父房間搜檢字帖，看見牆腳長出菌菇。彎腰鑽進床底，手電筒的光裡面，一叢叢的，彷彿奇異小世界。於是，挪出箱籠，又摸到那捲草席。打開來，房契安然還在，右逐字看一遍，再原樣捲起，卻沒有留下，而是帶去自己房間，豎在立櫃的角落，修房的決心就又起來了。

氣象台開始預報颱風，形勢變得刻不容緩。他重啟一輪奔走，原先的機構或撤銷或合併，所以就要新起爐灶。摸索，尋找，輾轉幾遍，最終被推薦去區政府轄下的新立機構，全稱叫做「集體經濟大躍進生產後勤處」。狹長的走廊上，錯敲開幾扇門，方才在盡頭雜物間緊鄰處，看見半間辦公室，門上的牌子將名字縮寫成「集後處」。門裡坐著一個幹部，穿一身沒有領章帽徽的綠軍服，顯然從部隊剛轉業到地方。生一張團臉，細細的單眼皮，唇上的軟鬚還未經剃刀刮過，是個年輕人。聽陳書玉講明來意，問出一句：房子在上海嗎？他倒一怔，回答：當然，不在上海在哪裡！年輕的轉業軍人帶著不相信的表情，說道：耳聽為虛，眼見為實！一時不能明白對方的態度，又一怔，說：看了就知道！那幹部一拍桌子，以為發火了，不料說出這樣一句：必須看，共產黨最重事實！普通話裡帶著口音，猜是蘇北那邊的籍貫，也一拍桌子：看嘛，又不怕的！誰怕誰！對面的人瞪眼鼓腮道，就像小孩子對嘴，一句頂一句。他意識到場面的滑稽，收住口，問：幾時光臨？對面從桌上移過紙筆，讓寫地址。寫好了，推回去，說：平時要上班，只星期日在家！自己覺不到有點欺負人呢，看他年幼，外地人士，說話又天真。那孩子說：奇怪了，家裡就你一個人啊，老婆呢？他說：沒有老婆！這一回，輪到對面怔忡了，看著他：這麼大個社會，怎麼找不到一個老婆！他說：查戶口嗎？對面人梗起脖子：問一問家庭情況不可以？兩人又開始對嘴，他想自己怎麼變成小孩子了，趕緊轉身退出，休戰。

十九

「集後處」的幹部姓汪，陳書玉聽他口音蘇北，有錯也不全錯，安徽休寧縣人，靠近江蘇介面。看起來像小孩子，實際已經三十，娶妻生子，是個拖家帶口的人了。老婆孩子尚在老家，等他這邊安頓，再議遷移。休寧是徽商聚集的地方，歷史上有過相當富庶的時期，看建築就知道。走近村莊，即看見白牆黑瓦，深宅寬院，這也是家人遲遲未動身的緣故，一旦註銷戶籍，土地和房屋都要歸回生產大隊。汪幹部在上海警備區當兵，然後提幹，從參謀至連級，自許對這城市有了解，不是有「十里洋場」之說？還有「南京路上好八連」，吹來的風都是香的。在這抽象的概念之下，實際上呢，過著軍旅化的大院生活。來到地方，認識多少有所突破，看到縱橫交集的街巷，低矮的平房，說是上海，倒像是他老家的縣鎮，甚至更貧窮。突然間，平地而起一座「古建築」——那一個陳老先生這麼說。陳書玉在他眼睛裡，就是老先生，不全在年齡，還在風格。在他們鄉下，也有這樣的先生，就像古時候的人，汪幹部所謂的「古時候」，也不過三四十年的光景，不過，這個陳老先生有一點好玩，像小孩子，而他們鄉下的老先生則是威嚴的。他決定去看一眼，妻兒都在安徽，星期日也是沒事，老先生不是說，星期日「古建築」裡才有人嗎？

早晨，陳書玉剛起床，在天井裡餵魚。缸裡養了兩條鯽魚，已經有一尺長，「噗嗤噗嗤」地甩尾，就為了聽牠。休息天，機器停息下來，宅子顯得空廓，牆外邊的聲音趁機湧入，雖是聒噪，但細碎嘈雜，反顯出寧靜。腳步遝遝，車輪碌碌，小兒鞭下的陀螺，滴溜溜地轉，鐵環滾過石卵路，得勒得勒，雞們咯咯覓食，貓腳爪落地一彈，女人激昂的叫罵，和金屬的鏗鏘比起來，都稱得上溫柔。兩條鯽魚在水下繞行，首尾銜接，激靈起水花。這時候，他聽見門響，以為廠裡人送取東西，自有鑰匙，並不理會。那門卻響個不停，就知道有人找，將手中的魚食全撒下去，穿過月洞門，沿過廊到西側門下，掀起郵箱上的蓋頭，向外看去。先是疑惑，不知來人是哪一位，細看之下，認得又不認得。「集後處」的蘇北人，裝束全變了，軍帽除去，厚厚的黑髮梳成分式，抹了髮蠟，錚亮。腳上的皮鞋也是錚亮，覆著筆直的毛料褲管。上身是拉鍊夾克衫，米黃色，腋下夾一個黑色公文皮包，臉洗得乾淨，敷一層增白的雪花膏，香氣撲鼻。他發現，原來小伙子是個標緻人物，鄉下人的標緻，這一身浮華的行頭，沒有蓋住反而襯托出村氣，就這村氣，讓他變回淳樸了。

他趕緊拉開鐵拴，司伯靈鎖擰兩轉，拉門請進客人：想不到，想不到！猝然間想起來人姓汪，又添加一句：汪同志，言而有信！汪同志有些靦腆，因為自己的新衣服，還是對方的恭維？兩者都有吧！側著身子，避開對方眼睛，兀自走向院子，又站停了，左右看顧，很茫然的樣子，不知該往哪裡舉步。這宅子幾度改造，加建和隔斷，格式大變，入徑就模糊掉了。

他抄前幾步，引汪同志走上過廊，穿月洞門，進到宅子的主體部分，方才見得建構的方位與序列。再要引進樓裡，來人又站住了，從公事包裡取出一個鐘錶式的玩意，平托在掌心，原來是一具指南針。汪同志抬頭看看太陽，瞇縫著眼睛，說：這院子不是正南正北麼！陳書玉爭辯道：確是正南正北，夜裡對北斗星便可檢驗。汪同志一笑：上海這地方，看得到北斗星？他反詰：為什麼看不到？汪同志又一笑：樓房都遮成一線天了，哪裡來的星星？陳書玉不服：如你所說，建築密集，就當改變磁場，你的指南針未必準！聽到這話，汪同志收起笑容，看定陳書玉：你是做什麼的？老師，他說。大學老師？汪同志問。小學，他回答，態度軟弱下來。本以為對方會看輕，事實相反，那汪同志頓生敬重：我小學的圖畫老師也是上海人，寫美術字不用打格子，畫得下一部三國。收起指南針，添一句：你可以的！像是對他作了肯定，同時也放下院子朝向的爭議。他倒不好意思了，想自己這麼大一個人，和小孩子拌嘴，不依不饒的，就也讓一步，和緩道：上海這地方，在河灘上建城，上海灘，上海灘嘛！地塊不整齊，街市房屋因勢而走，真顧不得南北東西。汪同志說：我們那裡，壘個雞窩都要有規矩。他附和道：沒有規矩，不成方圓！兩人就算和解了。

陳書玉引汪同志上樓梯，指給他看漏水處。那汪同志的眼睛卻兀自四下裡遊走，最終停在後排窗上，走過去一推，沒推動。自瓶蓋廠遷來，後進院落作第二車間，這排窗就極少打開。陳書玉過去幫一把，還是不成，焊死的一般。兩人合力，喊「一二三」，「嘩」一下，灰塵與木屑紛紛而下，地板都彷彿搖了一搖。汪同志說：房子變形了！陳書玉聽出他有些常識，說一句：你可以的！兩人就都笑了。後天井裡不知什麼時候蓋半邊頂，搭出披屋，將地方塞得很滿，他都不認識。汪同志皺皺眉：你這古建築不怎麼樣嘛！聽他大剌剌的口氣，陳書玉難免上來些情緒：這是正宗清代建築，原房主官至尚書，主事修撰四部全書，隱退來到滬上，造這宅子，按宮內形制，非皇帝特賜哪裡能夠？汪同志禁不住哈哈大笑，伸出一個手指點著他：你就吹吧！當我小孩子！他心裡嘀咕：你不就是小孩子！「小孩子」笑道：我是來看房子，不是聽故事！他說：這不是故事，是歷史。汪同志煞住笑，正色說：這算什麼歷史？井底之蛙，不曉得天大，我們家鄉，三步一牌坊，五步一祠堂，全是皇上封誥，都不敢說「古建築」，上海人有膽量，說話大！聽這一番話，陳書玉不得不收口了。汪同志繼續說：單我們家房子，土改時候分得，天井中央一方池子，接雨水沉澱，吃用都在裡面；前後廳堂，左右廂房，圍水池而建；四角楠木立柱，終年不生蟲子，不出黴斑！見陳書玉出神模樣，又一陣大笑：傻眼了吧！告訴你，天外有天！陳書玉再被激將，也笑了一聲：是的，天外有天，你沒讀出這房子的學問，小朋友，看房子是要「讀」的！「小朋友」一怔，不笑了，看他指了窗欞和牆板上的鏤刻：讀出來了嗎？好比讀文章，老師有沒有教過，一篇文章的主題，這幢房子的主題是——是什麼？「小朋友」問。他得意地發現，對方老實了——八仙！他說，然後將祖父和大伯說給他的全兜售出去，逢到「小朋友」傻眼了。

這一大一小好比武林裡比武，一招過一招，就這麼走遍整座宅院，連屋頂都爬上去了。從頂閣上下來，陳書玉替汪同志撣身上的灰，抱歉說：糟蹋了新衣服！汪同志又露出羞赧，臉紅紅的，抬手擋住撣子。陳書玉問：什麼時候來補瓦呢？颱風季一到，更不好收拾，小洞不補，大洞吃苦！和這汪同志說話，他變得有些饒舌，喋喋不休的，還來那麼多俗諺。汪同志說，先回去彙報，研究以後，才能給到答覆。這話裡有一點官氣，又回到幹部的身分，陳書玉便不多話了。兩人一前一後循來路走出，陳書玉站住腳，目送來客跨上一輛簇新的自行車，騎走了。

經這段時間與政府部門交道，他算是受過歷練，有了耐心。一旦涉及「彙報」和「研究」，時間就不好說了，除去等待，其餘什麼也做不了。但汪同志上門一趟，到底給他鼓舞，生出一些盼頭。當街道通知他維修房屋，既在意料之外，卻也是情理之中。事先請好一天假，與同事調了課，候在家中。說一早來，其實直到午後，方有兩個人，提一桶水泥，一捆竹篾，晃晃悠悠進門。站在二樓過廊裡，仰頭看一下破漏處，他問如何操作，並不回答，而是點一枝菸。吸完了，菸蒂向樓下拋去，只見其中一個先躍上木欄干，腳一點到了車間玻璃鋼邊緣，再一點就上了瓦頂。緊接著，第二人也上去了。隨之，吊桶、竹篾、瓦刀，一一上去，原來，早已用細麻繩繫在腰間。兩位上去屋頂，便換了個人似的，稀鬆慵懶全沒了，工裝帽轉半圈，反戴著，帽檐底下的臉露出來，看見了年紀，一老一少。老的與他差不多，少的則明顯低一輩，眉眼輪廓很有些相似，猜度大約是一個家門，父和子。他問尊姓為何？也沒人搭理，自此不再多嘴，只是仰頭看。看他們揭去瓦爿，將原先的破綻擴大些，鋪排篾條，敷上水泥。心想有些像牙醫補蛀齒，鑽頭修齊蛀洞邊緣，再施補料。原理如出一轍，工程則不可同日而語。聽見老的叫小的，「小把戲」，蘇北口音，不能全懂，意思總是讓學著點。還聽見「套瓦」的字音，指的是瓦列的形式吧。

大約有七八片瓦碎得厲害，左右拼不成形，老的囑小的，回去取瓦，自己就坐在屋頂仰頭看天。陳書玉拿一包菸，也是預先準備下的，叫一聲：接！向上一拋，老的一低頭接住。再拋上一盒火柴，也接住了。點上菸吸著，依然不說話。一枝菸的功夫，小的回來了，竹筐裡裝一疊瓦，用繩子繫了吊上去，人再三級跳地上屋頂。那瓦沒有一片對得上的，原先的瓦不知什麼年頭的燒製，如今早已經斷檔。只能湊湊合合，相拼對接，這一道工序最耗人力，足有兩個鐘點，太陽就向西了。終於完事，收拾起工具和材料的殘餘，老的按原路下來，小的則直接跳到地面，一個蹲式，然後起身，腰腿上有些功夫，像是練家子，卻招來老的一聲罵，找死！二人從陳書玉前面走過，老的將菸與火柴朝他遞遞，他說：師傅留著！老的收回手，逕直走去。他緊隨著，走到門外。父子二人又回到早先的狀態，彷彿沒睡醒，又彷彿不情願，然而此一時彼一時，看出內藏一種軒昂，手藝人的驕傲，走遍天下不怕。

日後，他還到過「集後處」一趟，向汪同志「彙報」，連帶感謝，但走廊盡頭那半間辦公室換了牌子，向人打聽，知道撤併到其他機構。問起汪同志，因說不出全名，就也問不出結果。倒是又一次，在街道辦事處交割衛生費用事宜，不期而遇汪同志，原來調到所屬街道任副主任。再次邂逅，兩人都有喜色，但汪同志即刻收起，顯然自恃領導幹部，上下有別，端起些架子來。陳書玉心想，比你大的幹部也不是沒見過，轉身走開，身後傳來一聲：有什麼事嗎？回一聲：辦完了！身後人跟進一句：人民政府就是為人民辦事的！他不禁好笑，好笑他新做官，還不頂像，到底是個天真的人。

屋頂修過，黃梅雨季來臨，看著窗外潺潺雨絲，就想起那老少兩位師傅，輕盈的腿腳，沉著的風度。他雖不懂營造和匠作，也看得出手底的嫺熟。繼而，汪同志的臉顯現眼前，唇上的軟鬚，單眼皮裡的圓眼珠。他點了幾枝衛生香，香煙迅速泯滅在濕漉的空氣裡，看不見了。潮氣滲透板壁，桌上的紙都捲了邊，墨汁洇得很快，來不及提腕，已經漫出筆觸。他覺得自己像佛堂裡的老僧，青燈黃卷。抄完隋人的「蓮花經」殘片，開始臨魏碑。因沒有師從，便無章法可循，找到什麼臨什麼，倒有隨緣的意思。祖父的收藏，雜得很，翻檢搜索，漸漸的，也分出喜歡和不喜歡。回頭看去，無意間越推越古。有得意的，便動手裝裱，也是無師自通，向書上學習。看見最初的字跡，是冉太太食品清單的抄錄，細讀幾遍，唇齒尚有餘香，當時的饑饉惶遽回來了，終究飽暖時候，隔著一層，是恍惚的印象。日子過得閒適，有時局的緣故，可謂國泰民安；同時呢，心境所致，人生中年，塵埃落定之勢，清平如水，對外界的變化不那麼敏於感受。

學習和報告急劇增加，幾乎擠壓正常的業務時間，可這不正是常態？如坊間的諧謔：國民黨的稅多，共產黨的會多。他學會一邊聽報告一邊打瞌睡，想心事，思緒不知跑到哪裡去。官樣文章的措辭總是單調和重複，就不怪他滋生疲意，忽略了變化。然後，學校開始動員下鄉和下廠，參加社會主義教育運動工作組。他隨大流報名，心裡想的是，自己生活在廠裡，天天接受教育呢！事實上，只有書記一個人被批准參加工作組，下鄉了。生活照常進行，白天上課和開會，晚上在房間裡臨帖。他不像以前害怕和嫌惡著宅子了，多少是瓶蓋廠所賜，機器的轟鳴，腳步雜遝，填充了空間，而他呢，是這喧譁中的一個靜謐。周圍的人和事，與他有關又無關，又近又遠，有它們在，妨礙不到他，若沒有它，他就要寂寥了。

這一日，里弄裡發放滅鼠藥，他到家晚了，所以下一日早起才動手分置。牆邊，壁腳，床下，桌底，最後上到樓頂擱板，想那是最方便老鼠做窩的地方。進去之後，逕直往山牆處窗戶跟前走，他已經熟門熟路，樓板上布滿他的鞋印子。曾經掃過一回，灰塵從板縫漏到底下，床鋪桌面都是，此後就不再多事。推開窗戶，光線進來，三角的屋頂顯得空廓，椽子排列，漆色還在，散發著幽亮。這宅子還有精氣神呢！他四下打量，然後望向窗外。車間的玻璃鋼頂棚上，落了樹葉，形成花案。他看了一會，覺得臉上癢酥酥的，有什麼拂過去。回過頭，看見窗戶一角掛了蛛網，在風中飄蕩。用手電筒挑了，一個大蜘蛛沿蛛絲下垂，終於沒有併住，失足墜落。眼睛順著自由落體下去，透過樹葉枝條錯落有致的圖形，那蜘蛛彷彿穿透玻璃棚頂，掛在了鋼梁，這一景象相當神奇，而且詭異。他定住目光，忽然間抖索起來，他發現，那不是蜘蛛，是一個人！腿一軟，坐倒在地上，老鼠藥撒落一片。在這驚懼之際，竟還很清醒地想到，鼠藥會不會漏進樓板縫隙，到他房間。

只這一眼，他就認出了，那人是誰，是汪同志，穿一身軍裝，生綠的顏色格外具有穿透力，直入眼瞼。為什麼是你，又為什麼在這裡！過後的時間，他不停地問人和問自己，沒有答案，沒有人可以回答他。事情先是在封閉狀態，人們都保持噤聲，漸漸地，誰能關得住人嘴啊！有風透出來，越吹越盛，分成幾路，向四面八方傳播。他得知的消息，來自廚房女人，女人說：爺叔啊！你不知道——他當然不知道，也不方便打聽的，只有靜聽：爺叔啊，你知道——女人改了說法，你知道，汪同志是大地主出身，鄉下有一座大房子，土改時候漏劃了成分！他不禁納悶，因記得汪同志說過，鄉下的大房子是土改分得，能參加土改分配，應是貧雇農才對。但他不好說話，只是沉默。女人繼續說：他的手錶、腳踏車、西裝褲，都是從公帳上開支，還養了一個女人……市井中的流言真是可以殺人的！他一逕沉默，推了自行車過去，將絮叨的女人留在身後，卻覺得眼淚都要下來了。翻身上車，一蹬踏板，飛射出去，順勢仰起臉，逼回眼淚。

第五章

二十

似乎就從這裡開始，世風變得粗暴了。報上文章說的還是那些事，但聲氣卻凜冽起來。平常人說平常話，都撿厲害的說，小孩子出言不遜，有一種戾氣從四周起來，並不針對某一個，而是所有人，甚至彼此針對。自從車間裡發生汪同志的事，照理已經成異己，不該稱「同志」，可是不稱「同志」又稱什麼？人們大多不知道他的名字。一個外鄉人，腳跟沒有立定，年紀輕輕，疏忽而去。也是聽燒飯女人說，老家來親戚收屍，東西全充公，光手捧一罈骨灰走了。傳說中的「紅顏知己」，被風吹散，也許從一開始就不存在，是坊間的創作。汪同志的蹤跡很快抹淨，但瓶蓋廠卻因此建立新制度，就是夜值。在倉房的進門地方，原先張媽一家的住處，重又隔出來，作值班室。守夜人是廠裡一名工人，操作中斷了兩個手指。壓瓶蓋的沖床是一部危險的機器，稍不留神便成工傷，傷的總是手。開廠以來，發生過不少事故。他雖是學工出身，但對機器以及工業卻抱畏懼心，幾乎從未踏入過車間。那值夜人大約與他差不多年紀，作為操作工，已近退休，這一份工可謂美差，夜裡在廠裡睡覺，白天在家裡睡覺。如此，下班以後，一大個宅院裡，餘下他們兩人，奇怪的是，從來不曾照面。有一回，學校開家長會，會議結束又被幾個家長纏住，也許是他反應過度，家長說話也不大好聽，口氣都很衝，應付完已九點出頭。說早不早，晚呢，也不頂晚，但西側鐵門卻從裡邊插上銷了。只得叫門，也不知那人姓甚名誰，就叫「老師傅」，叫一陣，沒回音，拍幾下門，方才有了動靜。他停下來，裡面的動靜也息止了，又是漫長的等待，再拍門，叫「老師傅」。這時候，門突然開了，值班的屋裡沒亮燈，且在防火牆的影地，就見黑洞洞裡一雙人眼，不是亮，而是更黑。他一腳邁進，門在身後闔上，不禁毛骨悚然。推車沿過廊一溜煙過去，彷彿有什麼在追他。還有一次，他下樓到天井找磚頭堵老鼠洞，這些日子，老鼠也在猖獗。下到樓底，月亮地裡一條黑影，倏忽間又不見了，心中一驚，追到月洞門，沙沙的風聲裡，什麼都沒有。他也加強防範，將窗戶的鉸鏈插銷更新，房門換鎖，樓下的正門從裡面上一道栓，夾牆的後樓梯是薄弱環節，雖有一道矮門，但鎖不死，還容易引人猜疑，疑他企圖藏匿什麼。他變得神經質，杯弓蛇影，無端地緊張，最後，他決定在後樓梯上端裝一扇門。問題是門從哪裡來。倉房內還有些舊物，但現在是不方便去了，只能就地取材。在東西統樓兩端來回穿互幾遍，終於產生出方案，將祖父房裡的隔扇拆下，移到後樓梯口，作一道門。下一晚，入夜之後，先到天井，比畫一套太極拳的動作，細察周圍，然後進屋鎖門，上三層陽台，巡視一圈，方才進去西統樓。形神舉止幾近特工人員，而且是潛伏的類型，別人看來也許發笑，自己卻相當嚴肅。

拆隔扇，裝隔扇，既是力氣活，又是技術活，不免想到大虞。要是大虞在，不過小菜一碟。他這點三腳貓手藝，也是當年大虞家木器店裡看來的。俗話說，技不壓身，果然，這時候派上用場了。先將隔扇抽出套軸，道理很簡單，但想不到隔扇的沉重，出幾身汗也沒抽成。那套軸與板壁連成一體，找不到接縫可以活動。這整幢樓都是一體，不用鉚釘，全是插和套，所以，一百年不散架。他不懂，大虞懂，他想起大虞在院子裡流連的眼光。然而，這樣的時候，怎麼好找大虞，找來了又怎樣引進門？他覺得他就像一個囚徒，終日有人看守。有一時，他以為自己精神上出了差錯，下一時，則認定自己一切正常，正常得不能再正常，四周確實都是眼睛。

折騰幾個晚上，到底將隔扇拆下，推到後樓梯口。真重啊！他不識木，不知道隔扇的木材屬什麼樹種。樓板也是好木頭，如此負荷無一點破損變形，可惜了這房子。他不配住，他們一家都不配住。隔扇的橫幅比樓梯口寬一指，就這麼抵著，五金店買一捲鉛絲，繞住上下兩個軸，又在板壁上敲進釘子，繫緊了。耐心在消耗，動作變得野蠻，他咬著牙，罵自己不肖，對不起祖宗，可還是眼下要緊啊！他急於結束工程，已經拖得太久，而且，響動甚劇，似乎，一定，引起了守夜人的警覺心。那深夜的寂靜，哪裡是寂靜，分明屏住了聲息，聽著呢！封住後樓梯的入口，清掃現場。祖父房裡去掉隔扇，一下子敞開，直通後窗，不由心驚，關了燈。月光穿堂而過，無遮無擋中，他孑然立於其中。心怦怦亂跳，趕緊退出，走到陽台，定下神來。這是晴朗的夜空，仰頭看天，找北斗七星：天樞，天璿，天璣，天權，玉衡，開陽，瑤光——身上的汗收起了，心跳平息，想起和汪同志的爭執，終於沒有個仲裁。

臨近學期末，中學停課，專司革命，小學保持原狀，但學和教都難以繼續。小孩子的心渙散了，老師呢，四顧茫然，無所適從。先是語文課程不了了之，因課文的作者身分都變得可疑，於是，通堂寫作，批判「三家村」，「燕山夜話」，「海瑞罷官」，終究也不知道是些什麼文章，只是向報紙現抄。算術、地理、自然、四年級初始開課的英語，照理免受形勢變故的影響，進行無礙，可是紀律在潰決。讀書多少是枯乏的，違背自由的天性，稍一放縱，便收不回來了。所以，形式上還維繫上下學的秩序，課堂已不是原來的課堂。一些性格突進的學生坐不住了，日日吵著小學也要革命，期末的考試取消，草草收場，放了暑假。外面的世界在沸騰，放假其實是推他們走上街頭，因為沒有組織和身分，就又回到學校，要求小學成立紅衛兵。他慶幸自己沒有調入中學執教，可暫緩群眾運動的狂潮，說「暫緩」是因為他不相信小學能守住一方，只是躲一天是一天。作為一種綏靖政策，學校裡部分響應社會的呼聲，比如「破四舊，立四新」，老師們將家裡的舊照片舊書籍舊唱片抱來，聚在操場的沙坑裡，點一把火燒掉。他也搜羅幾雙皮鞋，鞋尖的銳度不合樸素原則，報紙卷卷，挾來入夥。學生們簇擁著，叫喊著，走向操場。沙坑已成焚屍爐，風吹過來，灰燼飛揚。皮鞋這樣東西不那麼容易燃著，好容易燃著不一會兒又滅了，耗費大量報紙還折損一把破椅子。有同學握了椅子腿，撥弄火焰中的皮鞋，那動作帶著些猥褻。他向那同學看了幾眼，見是一名留級生，已脫孩子的形骸，接近少年，氣質上也流於油滑。於是更感到中學的可怕，還為前途擔憂，不知道這樣的現狀能堅持到幾時。

這一個暑期過得很不安，教職員都沒放假，在學生們強烈要求參加革命的壓力下，書記帶領著去往區委教育局請願。女書記身高和高年級學生差不多平齊，他發現，這一陣子，小孩子都拔了個頭，少年人發育是個尷尬時期，骨骼肌肉生長不平衡，動作往往笨拙失當，再又平添狂熱表情，就變得危險。女書記在包圍中走出校長辦公室，走下樓梯，正與他照面，擦肩而過，書記朝他眏眏眼睛，流露出戲謔的態度，心裡便輕鬆一些。想這女人在戰場上從屍體口袋裡摸美國香菸，怕誰啊！他轉過身，目送一夥人呼啦啦走去，又沉重起來，他算得有閱歷的人，可也意識到，這一回同以往不同，似乎沒有人能夠逃脫。

為安撫情緒，學校進一步採取折衷主義，在校內小範圍舉行一場批鬥會，對象是一名男性音樂老師，課餘主持合唱團，成績斐然，區裡甚至市裡都得過獎項，在一個小學校裡，算得上權威人物了吧。合唱團的團員不止有歌唱天賦，同時兼備形象。小孩子沒有太大的美醜差異，氣色光潤，衣著整齊，人才就突出了，也因此，合唱團員大多家境優渥。倘若用階級的觀念分析，便大有文章可做。他沒有被通知參加會議，只少數師生參加，但是第二天學校上下都傳開了。議論的焦點倒不在「權威」和「階級」，而是私生活。傳說他專挑美麗的女生，手把手教她們彈琴，人們聯帶想起他年屆四十，依然單身，事情就變得曖昧起來。成年人的心思比小孩子不曉得複雜多少，晦暗多少，沒有一句明白話，句句暗示，暗示又比明示空間大，任憑飛躍想像。於是，遠遠見他走來，便避讓開，繞道走，生怕受玷辱似的。很快，這種潔癖傳染到學生，他們可不那麼含蓄了，起綽號，編歌謠，或者更直接，汙言穢語。要論年齡，還是懵懂，但生活在市井，多少下水從耳邊過，觸類旁通，且仗著童言無忌，說出來的話連大人都不敢聽，笑罵著呵斥，其實是鼓勵，說話的人更得意忘形了。

陳書玉心驚膽戰，只覺得那一聲聲辱罵對著他來。他不也是男性？不也是單身？不也有幾個女學生受他袒護，小學生，總是女孩聰慧，男孩不是開蒙晚嗎？到中學就趕上來了。因此，他比其他人更躲避音樂老師，避免歸進同類，可這也是可疑的，「此地無銀三百兩」麼！所以，有時候，他還會熱切起來，緊接著又瑟縮了。就這樣，他變得行為猶疑，進退失據，與人說話神情閃爍，走路則成蛇行。有一回，當頭被喝住：找什麼呀！丟錢了嗎？抬頭一看，是書記，不由大窘，說出一句話：謙虛使人進步！書記說：抬頭婆娘低頭漢，天下最難搞的人，陳老師就是個低頭漢！他回道：書記是抬頭婆娘吧！他意識到自己說話的隨便，這女人的玩笑讓他輕鬆，再有呢，多少的，也是受形勢影響，革命使然，長幼尊卑界線全無。書記一陣笑，隨即收起，正色說：送給四個字，不卑不亢！說罷，走了過去。對了書記的背影，小巧巧的，想不出她拿槍的樣子。安定日子裡，到底學會幾分打扮，幹部帽脫去了，頭髮上還留有電燙的痕跡，衣服也有了腰身，就顯得纖細了。就是這麼一個女人，獨當一面，應付著狂亂的世事。

他也想「不卑不亢」來著，可做比說難得多，到底沒有書記的底氣，無論新一輪革命如何覆蓋全域，最終還是會分出涇渭，他們在那邊，你們在這邊。不過，隔閡並不影響對書記的尊敬，甚至有一點點欣賞，「欣賞」這詞彙不太適用對領導幹部的態度，但真就有一點點呢！他從沒接觸過這一型的女性。他沒有結婚，嚴格說也沒有過真正的戀愛。一方面，缺乏感性認識，另一方面，沒有讓經驗干預審美。所以，他評判異性更多從精神的向度出發，比如最早的采采，而後冉太太——冉太太到底不同，是共過患難的，就有些生情，但她們都是舊式的女人，書記卻是新型的，這「新」又和「五四」的「新女性」不同，後者脫胎於「舊」，書記則有橫空出世的意思，還有些「奇」。從征戰中走過來，生就一股浩蕩之氣，昂然得很，彷彿世界都是她，也正是這一派風度，劃下分界線，分成那邊和這邊。他很感激書記贈予的四個字，又覺得有所辜負，因為做不到。有一日，迎面一夥學生，呼啦啦逼近，他立即垂手站定，準備接受詢問和斥責。來到跟前，才看見人群中挾裹著音樂老師。音樂老師長一張絲瓜臉，青白的顏色，表情卻很倔強，不時轉過身去，抵抗孩子們的推搡。交臂時候，兩人的身體碰在一起，他感覺到背後的力量，是存心撞他。這一觸及，讓他起怒，臂肘一抵，趔趄幾步站穩，人群呼啦啦地過去了。他發現，自己也有了戾氣。

如此驚恐惶惑的日子，很奇怪的，終結於一樁事故，就是抄家。

二十一

這時節，可說遍地烽火。白天黑夜，不是這家，就是那家，敲開門，兜底翻個遍。陳年舊物，自家都不記得的，全掏出來，堆在露天。過路人圍著看熱鬧，有趁火打劫，有順手牽羊，也有無聊之輩，吃小姑娘豆腐的，群眾運動，難免沉渣泛起，但是從進步方面看，則大可忽略不計。他們這一片老城區，多是舊人家，歷史就複雜了。靠黃浦江，吃碼頭飯的要拜老頭子，入幫的不在少數，現在落魄了，算作城市貧民，但稍事追究，大都不乾淨。抄起家來，實在寒酸，好比淘破爛，被抄的人家躲在屋裡，不好意思見人。這地方歷來笑貧不笑娼，窮是第一樁罪。如此環境中，陳書玉的祖宅，不抄一抄，怎麼說得過去！他家祖輩賦閒，沒有工作單位，如今又走散去各處，只剩一個陳書玉，小學校供職，明文規定小學暫不參加運動，於是，變成法外之地。這座宅子的平靜很快引起了注意，北京來的紅衛兵曾一度闖進來，機器聲讓他們退回去，到底人地兩疏，不明就裡，以為生產駐地，瓶蓋廠真幫了大忙！可到底也騙不過在地的群眾，遍地知情人，關於他們家的流言傳播一個世紀之久，最終，是由近邊一所中學的造反派打破局面。

宅子裡，灌水樣擠滿十七八歲的男女孩子，他認出其中有東牆外放鴿子的少年。這木樓已經沉寂多年，每日裡只他一個人進出，鬼影一般，突然暴漲的人氣將它撐裂了似的，樓板、牆壁、門窗、天花板，都在咯啦啦響。他倒安心了，一直等待的一天終於等到。精神放鬆下來，不自覺地微笑著，這微笑讓紅衛兵們感到可疑，甚至有一點瘮人。領頭的那一個，年齡稍長，也許是他們的老師，對他說：嚴肅點！方才意識自己在笑，趕緊收起來，引人進各個房間。彷彿接待參觀，他介紹房屋的結構，雕飾的人物故事，家具的款式材料，領頭的皺起眉頭，叱道：不要囉嗦！他又意識自己話多了，就像一個喝酒喝到微醺的人，身心輕快，難免忘形。他閉上嘴，動起手，幫助紅衛兵移床搬桌，翻箱倒篋。這行為再次引起來人的警覺，當他使用障眼法，隱瞞機密，勒令停住，由兩個男生挾他到房門外，站在陽台上。他問男生是什麼學校，多少年級，家住哪裡。兩人對視一眼，達成默契，不回答。他很不識相地又問一遍，討來一聲呵斥：老實點！又一遍提醒他身分地位。可他就是控制不住呢，心情雀躍，轉身扶欄，看天井底下，有瓶蓋廠的人仰頭看他，伸手招招，好像檢閱群眾，那些人倒不好意思，散開了。一些線裝書和字帖從門裡扔出來，落到天井地上，很快集成一堆。雖然不很多，但還是超出他想像。他們後人都是學工，對文不太有興趣，祖上呢，似也不是進科入仕之道，雖然有「煮書」堂號，事實上，談不上詩書傳統。還有一些摺扇，卷軸，盒香，紛紛拋下，灰塵和蠹蟲飛揚開來，裡外上下都在咳嗽。搜羅大小瓷瓶，裝一麻袋，香爐燭台一麻袋，他簡直大開眼界。抄家好比大清點，以為這個家沒什麼存物了，不料想掃掃還有一攤。他屋裡的大理石聖母像也拖出來，兩個女生合力抬著，一路磕碰，他又熬不住了，上前要求借一把力，依然被驅走。燒飯女人站在天井地上，喊一聲：爺叔，大掃除啊！他朗聲道：掃帚不到，灰塵不會自己跑掉！此時此刻，這番對話難免輕佻了，紅衛兵衝著女人喊：什麼成分？女人昂然答：窮人！像演一齣滑稽戲，他又要笑，強忍住了。他裝上不久的後樓梯門，三下兩下卸下，門窗全推開，一幢樓通透明亮。三層頂爬上去過了，滾一身灰，竟也帶下幾口箱子，裡面全是錫箔，不曉得哪個年代，經歷多少黃梅天，受了潮，顏色泛黃，手一碰，即成碎片，真就像冥幣。紅衛兵嫌惡地闔上箱子，甩到字紙堆上，一把火燒掉。

這一場查抄，午後開始，向晚時分結束。一扇扇門窗重又闔閉，貼上封條，只留他住的一間，他也只要這一間。拖著幾個麻袋，幾件紅木几椅，抄家人離去，瓶蓋廠也下班了。宅子裡空下來，等火堆的餘燼熄滅，將灰屑掃攏，簸箕鏟走，端去弄口的垃圾箱傾倒。來回幾趟，每一次進出，開門關門，都碰得極響，彷彿發布宣言：就這麼著，怎麼樣！如此之囂張，那守夜人一聲不出，縮在房裡，這才叫赤腳的不怕穿鞋的。最後一趟撞上門，誇張地踏著步子，騰騰走進月洞門。天井地上一片漆黑，就又提了水沖洗。清水從方磚上滑過去，帶了一片扭曲的月光。上弦月起來了，靜靜地掛在一角天空，耳邊忽有噗嗤一聲，原來是缸裡的魚，竟然還活著，首尾相銜，沿缸邊轉圈。他丟下鉛桶，上樓去了。

第二天，走進學校，逕直敲開書記辦公室的門，報告說：昨天我家抄過了！書記看著他，停了一秒鐘，臉上露出一點笑影，覺得有趣似的，說：很好！關上了門。他不明白是贊許抄家的事，還是贊許他來彙報，無論哪一種，都讓他放心。等候許久的判決終於下來了，也不是太難堪的那一類。自此，淨掃焦慮，回復常態。事情似乎就在這一刻轉變，他的處境明朗起來，文化廣場舉行全市批鬥走資派大會，組織糾察隊維持秩序，通知他參加。不謂不是一個信號，表示接納入自己人。出發集合時候，他特別在隊伍裡尋找那位音樂老師，沒有他的身影，於是鬆下一口氣，更加振作精神。事實上，無論在這邊還是那邊，他最怕與那人為伍。

其時方才下午四時，他們列隊來到會場，有人抬了籮筐發放晚飯，每人三個菜包，就地坐下用餐。來自各學校和機關的糾察隊已經環繞會場一周，入口處又增加一重防守，有特殊裝備，戴安全帽，手持短棍。他們只發了紅布袖章，是核心的週邊。五點鐘不到，就有人向這邊過來，因不到規定入場時間，便聚在路邊等候。先只三三兩兩，逐漸洶湧，人潮開始波動，要求放行的呼聲高漲。氣氛變得緊張，幾個入口互相通報聯絡，交換放行不放行的意見。堅持幾十分鐘，五時半光景，放行的命令下達，入口處的糾察隊調排成縱向的人牆，層層驗票。可是，放行並未紓解，反而壓力激增。持票者迫不及待進場爭搶座位，無票者挾裹其中，順推擠之亂而入。有一處入口潰決了，再有第二處，第三處。戴安全帽持短棍的過來，急喊增援，他也被派過去了。入口處的形勢真有些嚇人，縱向的人牆已擁成橫向，到底沒有斷裂，互相挽著手，攔截住狂熱的人群。增援的隊伍迅速加入，堅固防線。無票者多數少年人，年長的明顯是混跡社會的閒雜，唯恐天下不亂，專為滋事尋釁來，激烈地叫喊：一，二，三！隨著節奏，向人牆發起一波一波進攻。入口關閉了，持票者進不得，也在抗議，一併進攻。年長者托起少年人，往人牆上扔。幾重人壓在身上，臉對臉，他驚恐起來，感覺左右兩側的手臂在鬆弛，隨時要滑出。隊伍嚴重變形，一旦破壩，他們就都成了狂潮中的豆芥，轉眼間沒頂。他拚力緊著手臂，關節幾乎脫臼。高音喇叭喊著，有票人往一、二號入口進場。新的指令稍稍疏散一些人流，又有戴帽持棍者擄走幾個叫囂的青年，小孩子畢竟膽怯，多少被震懾，攻勢減弱下來，只是虛張聲勢地呼號：革命不要門票！他想撤退了。左右兩位並不是本校的同事，彼此不認識。趁喘息之機，抽出手臂，先退一步，再退一步，退到圍牆，掩在隊伍的遮蔽下，溜牆角走半條街，到轉彎處，燈光和人群都稀疏了，糾察隊員甚至閒適地抽著菸，他站遠幾步，又站遠幾步，站到了馬路邊上，只見路口人流奔湧，源源不斷。湊著路燈看錶，還只六點半鐘，批鬥大會尚未開場。他扯下臂上的紅袖章，團起來，扔進垃圾箱。轉身鑽進一條狹弄，走了。

他沒有回學校騎車，而是步行回家。一路上，不時與情緒亢奮的人群相逢，他盡可能穿行弄堂，上海的弄堂都是連成片的，四通八達。與外面的沸騰相反，弄裡黑著燈。走在盤互交錯的窄巷，有一種被挾持的感覺，兩邊沉寂的窗洞分明是警醒的眼睛，看著他這個逃兵。他不由加緊腳步，走得風快，因為心急，偏偏走錯岔路。夜裡的街巷與白晝裡的很不相同，他有一陣子茫然，不知道身在什麼地方，從弄口望出去，望見前面喧囂的一方燈火，就像被攻打的城池，不搭界地，想起諸葛亮的「空城計」。立一會兒，才發現回到原點。重新辨別方位，再從頭來起。對面過來人，問道：找什麼人？他說：不找人，過路的！那人說；我看你來來回回地走！他說：找不到路了。對面道：我說你找什麼！對答間，兩人交臂而過，是個老人，天剛入秋，卻穿了件棉袍，背著手踱步。是個錯時辰的人。他稍稍心定，背上已沁出一層冷汗。

新生進校了，畢業班卻沒有升中學，積壓了一級，學生顯得格外多，而且不安沒有課室讓他們集中，又不能不讓他們到校。這半年裡，小孩子正長成大孩子，尤其女生，形狀更為成熟，留在小學校變得不合時宜，表情顯得落寞。根據教育局指示，學校組織下鄉參加三秋勞動。他帶一個班級，去的正是川沙，大虞所在的縣份，同一條輪渡，但情景完全兩樣。渡船上擠滿他們的學生，如鴨寮般吵嚷。去的生產大隊與大虞家相反方向，在垃圾山的一端。正像俗話說的，看山跑死馬，早早就見那一座座的黑漆閃亮，其實離碼頭尚有距離，班車停了幾站，方才從底下經過，仰頭望去，山勢稱得上巍峨。下車徒步十來分鐘，方才到達目的地。農村到底天地大，人在裡面顯得很小，聲氣聚不起來，四下裡擴散，被靜謐吸取。漸漸的，都不說話了。秋日的農田，收成裡藏著寂寥，棉花結了棉桃，桿子卻是乾枯的褐色；黃豆的豆莢下，也是褐色的枯秸；稻子割淨了，裸露出灰黑的泥土；倒是雜草雜花綠著，跳躍著秋蟲。太陽暖烘烘的，晒得額上起油汗。

學生們安置在農戶家中，剛起新房，舊房騰空，空地上鋪了稻草，灶頭是現成的，入住即可起炊。當晚正是房東家娶親，他硬是被拉去吃酒，萬般推辭不得，臨時包了五塊喜錢，在本地算是禮重的，又是上海來的先生，就坐了上桌。新房和舊房只隔一條窄巷，聽得見學生們敲鍋打碗的聲音，曉得對他不滿，可入鄉隨俗，否則會視作城裡人的倨傲，他還是堅持到散席方才回去就寢。農人們面對這一群孩子，顯得十分為難，讓做什麼好呢？最後的決定是拔棉花桿，更像讓出一塊空地由他們玩耍。那棉花桿看起來細瘦得很，卻長得很牢，一拔再拔都不動搖，就有三五人抱了腰，小兔拔蘿蔔似的，一旦拔起，一串人仰倒在地，滾一身泥。學生們多一半家庭寒素，農活雖不在行，其實比鄉人以為的能遭罪。鋪草很快壓平貼了地面，寒氣逼上來，褥子擰得出水，於是兩個兩個合起鋪蓋打通腿。吃的青菜白飯，灶裡的煙倒回來，灌了滿間屋。河塘邊洗衣服，腳一滑落下去，再爬上來，受凍加受驚，起了高熱，裹在被子裡發汗，第二天又活蹦亂跳拔棉花桿區了。倒是他深覺難捱，事事還必帶頭表率，幾個懂事的女生窺見他撐持的苦狀，主動代他洗衣服，留熱水，往他墊被下填稻草。就這麼熬著，眼看時間過去一半，回家有望，卻額外出來一件事故，丟了一個學生。

將同學聚攏，查問誰最後看見失蹤人，七嘴八舌間，又一樁隱情浮上水面。原來男生們有一個遊戲場，那就是鋼廠的垃圾山。每日裡，收工之後，呼嘯而去，呼嘯而來。他們說：不要他去，他非要去，去了呢，也不同大家合夥，而是自顧自。這是一個孤僻的孩子，手腳不像其他男生敏捷，據說家中只他一個男孩，又是最小，人稱「奶末頭」，乳名就叫「寶寶」，在姊姊們中間長大，無論臉相還是性情，就都接近女孩。以前未曾注意過，現在，形容漸漸清晰，憂慮也加劇了。資訊累積起來，歸納和推測，走失的地點就在垃圾山，於是就要「搜山」。男生們很踴躍，爭相報名申請，隨老師同往。他選了七名年長又健壯的，又推一名成熟穩重者，委託駐地的事務。收集幾把手電筒，出發了。

師生一行八人，沿著村路走一時，上了公路，有學生命大家關掉電筒，節約電池，留給找人時候用。手電筒光熄滅，並不見黑，反而亮堂了似的，月光照耀，露水瀟瀟下來，將路面罩一層晶白。孩子們圍在左右，嗅得到他們的體味，多日未洗澡的汗酸，膠鞋的腳臭，生長的荷爾蒙分泌旺盛，使得這些氣味加倍濃郁，很是熏人，卻讓他安心。腳步嚓嚓地響，形成小小的聲勢。走了約有三十分鐘，來到垃圾山底下，面前一道漆黑屏障，天陡地暗下來。腳底下坑窪不平，而且堅硬，小腿的迎面骨被銳物撞著了，不禁叫出聲。幾道手電筒光柱搖晃著匯集過來，果然，這時候派上用場了！他驚魂未定，看著左右的人形，不知是夜色，還是煙塵蒙面，一個個都看不見臉，只眼睛亮著。老師，他們說，老師，你等在底下，我們上去！不謂不是個辦法，他的歲數，實在不合適參加這樣的攀登運動，除了添累贅，還能做什麼？不禁苦笑道：那就辛苦你們了！孩子們護送他下到平地，找一塊平整的鋼渣，其中一個脫下外衣墊上，讓他坐下。又圍了站一時，似乎不放心離開，心裡就有點悸動。他總以為學生野蠻和粗暴，不料竟是細心體貼，甚至溫柔。一時不知道說什麼好，揮揮手，意思讓他們放心。一夥人轉身上坡，半途中站住腳，商量著什麼，大約是分配路線，然後四散開去，很快就隱沒在濃重的黑暗中。偶爾有手電筒光掠過，極微弱的一劃，也被黑暗吃進去了。這時候，遍地起來叫喊聲，是那走失男生的名字。這名字是生分的，因他算不上優秀，也絕不是差劣，且缺乏特殊的個性，最容易被忽略，也正因為如此，在這靜夜裡，被殷切的叫喚，令人心生戚戚。有人叫了聲乳名「寶寶」，於是，四下裡都叫「寶寶」，這「寶寶」跑到哪裡去了呀！憂慮籠罩，像這座垃圾山，覆蓋了視野。叫喊聲遠去，直至消失，過一陣子，又在近處響起，就知道山路的崎嶇與隔離。手電筒的光也是忽隱忽現，是坐久了，還是氣溫下降，寒意侵襲，站起來原地踏腳。抬頭看見天幕上山的輪廓線，犬齒交錯，堪稱猙獰。上面跑著一個人影，簡直就是跑在刀鋒上。跑一段，停下來，手攏著嘴，伸長脖子，聽不見聲音，但看這動作的延遲，就知道叫喊的漫長。一個人影過去，又來一個，同樣矯健的步履，在空中有一瞬停留，然後著地，再又騰起，就像善跑的小獸。

不知過去多少時間，先是搖曳的手電筒光柱接近，然後是喘息聲聲，最後，人都到了眼前。月亮升高，天開始下霜，鋼渣鍍一層亮色，散發著金屬的冷光。他估計氣溫在繼續下降，孩子們的臉上卻冒著騰騰熱氣，汗跡畫下條條白道，更顯得煙灰的黑。他想自己的臉也是黑的，單看手就知道，一雙黑掌。孩子們的眼睛看著他，明亮的無邪的眼睛，他心裡其實沒了主張，卻必須保持表面的鎮定，他是老師，還是大人啊！停一會，他說：我去派出所找員警，你們，他猶豫一下，先回去吧！不，一個帶頭，其餘也跟著叫道，一起去，老師！他幾乎感激地看著他們，倘他們真的回去，留下自己，可怎麼辦！

於是，師生一行，再往派出所去。所謂派出所，其實是鋼廠的警衛。孩子們日日來山上玩耍，對地形十分熟悉。他發現他們具有超常的空間感，也可視作一種天分。沿垃圾山下的小道，繞行至背面，上到公路，就看得見鋼廠正門，果然有一間亮燈的木屋。

推進去，裡面有兩個男人，一個穿警服，另一個著便裝，手臂上套紅袖章，上寫某某戰鬥隊，警民聯防的意思吧。兩人守一個煙囪爐，爐上烤著山芋，暖烘烘的空氣裡瀰漫一股甜香。陳書玉說明來意，回答說他們方才搜索的只是鋼渣山的一角，簡直大海撈針，不過一個小孩子腿腳再靈便又能走到哪裡去？說不定找地方過夜去了，或者天亮後到村子裡問問。這話讓人喪氣，挨到天亮不知會發生什麼，同時也得啟發，他想，會不會，這孩子一口氣跑回上海？眼睛移到牆上的電話，就問能不能借用一下。穿警服的一點頭，即走過去摘話筒，孩子們跟隨身後，圍成一圈。他撥了學校值班室電話，祈求夜班的人不要走開，萬幸，很快接起了。這就是革命時期的好處，隨時待命，準備應對突發情況。值班老師又正是與他同一級任，對班上同學也熟悉，就說立刻上那男生家裡跑一趟，一旦有消息，就通知他。他囑咐先不要告訴走失的消息，那邊亂起來更不好辦。對方老師答應著，來不及掛斷了，話筒裡傳出嗡嗡的電流聲。他擱上電話，心裡稍定些，看牆邊橫幾條長凳，讓大家坐下休息。爐上的山芋熟了，火鉗翻了翻，夾到簸箕裡，手指頭大小，讓他們吃。他率先拾起一根，幾雙黑手就伸過來，也不剝皮，直接送進嘴裡，香糯可口，大家都餓了。

警衛們問他們是上海哪所學校，幾年級，家住哪個區，老師你又教的什麼？問答中，他知道這些學生其實都住在他家附近，進來出去一定有過照面，卻從來沒有注意。他從來與學生保持距離，疏於往來，這半年以來，學業廢止，就更生分了。孩子們正在變聲期，小公鴨的嗓子，最終不知會成什麼音色，他們向警衛說，老師教的是算數，水準可以去中學，卻留在了小學。看起來，學生對老師的了解勝過老師對學生。這時候，他們都靠他緊緊的，坐成一團，不禁生出相濡以沫的心情。閒聊中時間過去，當電話鈴聲響起，都驚一跳，方才想起面臨的處境。趕緊起來接聽，對方傳來的消息是，男生已經到家，睡得很死，是他母親出來答問，所以知道這一路的詳情。總之，孤身一人，乘車乘船，再從碼頭摸到家中，髒極累極，像個鬼樣，他母親如此形容。他吐一口長氣，大家就知道結果，歡呼起來。向警衛道了謝，出得門去，夜風撲面，身上打著寒噤，頭腦則無比清爽，跳著跑著，回駐地的村莊。走下村道，穿過房屋間的夾弄，忽從石橋上湧來一群人，原來，都沒有睡，在等他們呢！

他的預感沒錯，次日，西北風起來，氣溫降至零下。再過一日，學校通知三秋勞動結束，全體撤回。

二十二

回到上海，畢業升學繼續延宕著，這一屆學生事實上已經停學。下鄉日子裡，建立起的親密關係又渙散了。有幾次在路上遇到，或者攜了年幼的弟妹，或者提著鉛桶買米買煤球，都已經幫襯家務。他想喊他們，他們也有迎接的意思，可是到跟前，又迴避了，彼此都有些羞怯。少年人的心思是難測的，他呢，顯然缺乏與孩子交道的經驗，況且是正走入青春期的孩子。

這一天，下班的時間，他推車出校門，方要上車，卻見路邊站一個人，穿一件黑呢長大衣，雙手插在口袋裡，訕訕微笑地看他。他停住腳，眼睛被吸引過去，有點糊塗，又很清楚，想認不敢認，覺得不像，可不是他又是誰？好一陣子，方才叫了兩個字：奚子！奚子點點頭。好久不見了，奚子說。是啊！他應道，漸漸從恍惚中出來，看見奚子的變化。髮際線退後了，梳成背頭，臉型變得開闊，下頜角飽滿，因為發福，還是氣度所致吧。奚子，如今的季西澗，雙手依然插在口袋，這也是大幹部的架勢，雖然，不知什麼地方，可能是他看錯，不知什麼地方流露一種落魄。他遏制著自己的念頭，說：其實，我們時常見你，在報上，接待外賓，出席會議啊什麼的。邊走邊說吧！對面人轉過身，邁開步向前走，他推車跟上，忽然想到，這位季領導怎麼沒有隨從，孤零零的一個，而且手上什麼都沒有拿，就這麼走在紛繁雜遝的小馬路，於是明白「落魄」兩字從何生起。路人行色匆匆，有板車應面而來，嫌他不懂得讓道，斥罵著。老虎灶的熱水擔子灑一路水，女工模樣的婦人不客氣地將他們沖散，急著回家哺乳和燒飯。都是忙於生計的人，無論世道如何變遷，總是三餐一宿，生兒育女。他想帶奚子穿弄堂，那裡清靜些，又覺奚子與雜弄的環境十分不合，弄堂就像氏族部落，對於異質性的介入特別敏感。他意識到，奚子這不期而至一定別有原委。

奚子問他在小學工作如何，生活如何，家庭，停頓一下，有沒有成家？他一一回答，生出好奇，問奚子怎麼知道他在這所小學？回答是，「弟弟」嘛！其實「弟弟」與他經常聯絡。可不是，他想起來，和「弟弟」邂逅就是通過奚子。而如今，他與「弟弟」更常見面，奚子呢，倒暌違已久。多年來的一個疑問此時湧上心頭，當年說好去西南，為什麼忽然間抽身？他並不是責怪的意思，由此認識「弟弟」，是他的福氣。可是，不及開口，奚子先發制人，問道：怎麼還是一個人？這問題很有些不好回答，奚子笑說：我們中間，你最有女人緣，結果卻落單！他不同意了：朱朱才有女人緣，哪裡輪得到我！奚子說：我以為是你！曾經的奚子回來了，可是，可是終究突然了，不會專為敘舊而來，也不是敘舊的時日啊。奚子朗聲笑著，邁著悠閒的步子。暮色漸沉，街上的人略疏落一些。奚子說：阿陳，到你家住一夜如何？他一怔，站住腳，人已經走到前面，背影裡似乎流露出茫然不知所措。好啊，他說，自己都覺著敷衍。奚子沒再說話，兩人一前一後拉開些距離，越過環城電車的路軌，電車噹噹駛來，緊趕幾步，到對面人行道上。奚子回頭說：我需要睡一覺。暮色忽又亮了，事物變得清晰，呈現細枝末節，眼前人的眼睛下方一片青暈，嘴唇起皮，兩頰陷下去，瞬間蒼老許多。他說：發生什麼事了嗎？奚子苦笑道：造反派奪權，上級領導讓我迴避一段，不要出現，興許風頭就過去了。要過多久呢？他問。面前的人又苦笑：沒有人知道，總之，權宜之計。暮色迅速下沉，人臉變得模糊，又一列電車噹噹駛過，車廂裡燈光明亮，裡面的人，度著辛苦但平安的人生，正在回家的路上。奚子收起笑容，撐持不下去，軟弱下來：在火車站過了一夜，糾察隊走來走去，時不時盤問幾句，過得很不定心，轉移到長途客站，也是同樣，戴紅袖章的人來回逡行，也闔不上眼，現在，我必須要睡一覺，只一個晚上。口氣裡透露乞求，幸好天光昏暗，看不清彼此的臉，免去難堪，他想起那些等待的時間，在各種門房和接待室，等啊等，等來的是一個小李。現在，沒有任何預兆的，出現了。天可憐見的！事情怎麼到這種地步。他的思緒混亂極了，一下子理不出條理，機械地邁著步，向前走。隔著自行車，那邊走著奚子，穿著黑呢長大衣，就像英國小說飾板印刷插圖上的人物。走進引線弄，兩邊的房屋矮下去，層層疊疊，密集成一片。忽然，陡起一壁白牆，遮去天空一角，是他家宅子的風火牆。他猛地煞住，暗叫一聲：不好！隨即調轉車頭，走進一條側弄。奚子懵懂地跟在後面，石卵路絆著腳，就踉蹌著。穿出窄弄，站在了另一條街上。這是較為寬闊的馬路，對面一所女子中學，圍牆延伸半個街區，人跡便稀疏了。路燈亮起來，將人影投在地面。

他微微喘息，不曉得怎樣向奚子解釋，他家不能住！陳書玉終於明白奚子的處境，可憐！他又一次嘆息。他家宅子，怎麼說呢？不止他一個人，還有一個，一個什麼人？隱身人！他忽覺得，身前身後都是隱身人，就像舊時好萊塢電影裡的化身博士，消失形骸，視和聽的功能卻全在。他不敢出聲，用眼神示意對方，神情忽變得詭異，使奚子大惑不已。尾隨移向下一盞路燈，站一時，又移一盞，在這盲目的移動中，他漸漸冷靜下來，有了主意。

將自行車推下街沿，跨上去，一回頭，奚子立刻會意，分開腿，騎坐在後架，腳一點地，駛走了。他們都是自行車高手，四個人四輛車，呼嘯來去，引多少眼睛，尤其女孩的回眸。當年的自己回來了，迎著風，後座上人的大衣兩襟飛起來，彷彿一隻大鳥，又彷彿俠客行。這情形有點怪，可顛倒的乾坤之間，都是怪人怪事。一騎二人，在車水馬龍間穿行，到了江邊。江風激盪，水鳥飛翔，在燈光裡進出，忽有忽無。渡船的汽笛聲嗚嗚地叫，沿岸的輪渡碼頭，隔幾里一個，隔幾里一個。視線推得很遠，遠到天邊，黑泱泱的，神奇地留有一撇紅。

推車上了輪渡，兩人都沒說話，耳邊是突突的馬達聲。他緊張地盤算，直接去大虞家，還是一個人先去敲門，投石問路？誰知道呢，如今人人都不太平。轉臉看一眼奚子，他憑欄而立，雙手又插回大衣口袋，對著後退的浦西防波堤。透過馬達聲的間隙，聽見一陣口哨，吹的是「土耳其進行曲」。便想起他們幾個結緣在工部局夏季音樂會的草坪上，「土耳其進行曲」總是作為返場演奏的曲目。順目光看去，英殖民時期的建築，白色的石面受了些光，瑩瑩發亮。輪渡抵岸，踏上碼頭的一刻，他決定還是帶奚子直接撞門，見機行事，應勢進退。以奚子的裝束與派頭，在浦東這鄉下地面，實在不適宜，輪渡上已經引來好奇的打量。於是，再一次，奚子跨上自行車後架，向大虞家騎去。

雖然只隔一條江，氣溫卻差至少二到三度，風吹在臉上，猶如固體的物質，沙沙的，生疼。冬日的農田，覆一層霜色，籬笆上也掛了霜，樹木的枝條疏落地劃過頭頂。一片蕭瑟中，唯有柴灶的煙火氣瀰漫暖意。自行車龍頭一拐，下了村路，就到大虞家前的空地上。屋裡有燈光，一隻鵝嘎嘎叫著，他喊「大虞大虞」，門應聲開了，露出一張臉，停了停，側過身子，門外人相繼而入。三個人面對面站著，腿縫裡鑽進來一個小蘿蔔頭，額上覆著一片黑髮，頸後編一條老鼠尾巴似的細辮子，仰極腦袋看過來看過去。背後響起女人本地口音的說話：阿叔呀，趕緊坐下吃飯！大虞吁出一口氣，按住蘿蔔頭腦袋：叫人吧，一個大阿叔，一個二阿叔。

半個鐘點以後，兩個阿叔各吞下一大碗公羊肉燴麵，臉對臉守一個熱水桶裡泡腳。女人登登上樓收拾床鋪，換被單枕套，抱兩條新絮的被子，帶孩子睡到另一間。這邊廂騰出房子，那邊廂擦乾腳，趿著鞋子進來了。奚子躺在被窩裡，下了帳子，大虞和阿陳坐床下矮凳，一盅一盅喝茶。喝一陣子，大虞小聲說：末班船大概開走了。阿陳也壓低聲氣：只好在你這裡擠一夜。大虞向床裡抬抬下巴：怎麼搞的？阿陳搖搖頭：兩夜沒睡覺。大虞道：那就睡吧！帳子裡人忽然說起話來：此時倒睡不著了。大虞道：那是困過勁，索性說會話就好了。帳裡人問：我們有多久沒見面？帳外面的兩個對看一眼，沒回答。帳裡又說；缺一個朱朱。帳外沉默著，裡面人嘆息一聲：往事如煙！大虞忽然笑了：我們這叫做發財不見面，倒楣大團圓。裡面人道：這是說我呢。大虞自知說差了，訕訕的：講笑話！裡面的很平靜：你說得不差，不過有一條，朱朱一家中請去香港，我說了話的。阿陳打圓場：我相信，否則他們大概走不脫。大虞就說：你也不容易。裡面輕輕笑一聲：誰又容易呢？彷彿坐了起來，因傳出枕褥的悉索：說說看，這些年怎麼過來的。於是，大虞說了他的，阿陳除了說自己，還捎帶說朱朱和冉太太。奚子靜靜聽著，有一時，以為他睡過去，停下來，不料傳出清醒的聲音：然後呢？就再繼續。隔壁響起小孩夜哭和撒尿的動靜，又偃息了。

聽到冉太太一段，帳子裡發出笑聲，阿陳住了嘴，不知納悶他為什麼笑。終於笑夠了，說：我看你喜歡冉太太！阿陳大驚，跳起來，連連道：不可能！大虞卻也同意：有一點。真是百口莫辯，掙扎著說一句：她是朱朱的人！大虞安撫他：喜歡一個人沒有錯，並非怪你有企圖。帳子裡人還不放過：這才是至今未婚的原因吧！阿陳頹然坐回矮凳：不和你們說了，簡直荒唐！嬉鬧的情形將人推到過去，那時候，不也是荒唐的？大虞說：其實，從來阿陳都是朱朱的收容隊，朱朱棄下的，阿陳收起來，不還有個「采采」嗎？阿陳只是搖頭：荒唐荒唐！奚子接著說：到了冉太太，朱朱不肯放了，就像摸牌，終於摸到槓頭開花那一張！阿陳昂起頭，激辯道：不對，是冉太太不肯放，朱朱就跑不了；冉太太一旦握牢，永遠不會離棄！那兩人怔住了，然後說：還是阿陳了解得深啊！阿陳沒有反詰，沉默不語，有一節他沒有說，就是冉太太寄來的包裹。

帳裡人打了個呵欠，倦意上來了，問一句：你這裡安全嗎？大虞說：你放心。帳裡人解釋：我的意思，不會牽連你吧！大虞道：無官無爵，有什麼牽連不牽連，倒是你家裡那頭讓人擔心事。阿陳說：明天一早我回上海，可以去你家看看。奚子說：量他們不敢，有政策在，終究翻不了天！這一回，輪到外面兩個人笑了，對看一眼，意思是如今世道，還會講「政策」？同時也意識到奚子與他們不同。雖然相信政策，奚子還是將老婆電話報給阿陳，請他試著打打看。那兩人又問，奚子的女人，怎樣的人品，在哪裡做事。一聲「說來話長」，沉靜下來。正等他從頭道來，不料裡面鼾聲大起，就知道已經睡著。

在奚子腳後跟團了一夜，陳書玉不及吃早飯，趕到碼頭，頭班輪渡過江。騎車胡亂穿幾條後弄堂，在小菜場跟前一架公用電話前停下，摸出幾下號碼的字條。魚攤頭天不亮開始的排隊，已到末梢，拎著菜籃的人們，晨曦中的臉格外蒼白。地面膩著厚厚的魚鱗，腥膻撲鼻。他發現人堆裡有許多孩子，都是他學生的年齡，成幫結夥，大呼小喊。殺魚的老太剪刀敲著鉛桶，這卑微又利薄的營生，竟然還有爭搶。肉檔的買賣也到尾聲，剔骨刀在砧板上刮著肉末。早點鋪熱氣騰騰，光顧多是上班的男人，家庭經濟的頂梁柱，吃相從容而且滿足。他撥了電話，只響半聲，對面就接起了，令他所料不及，傳來一個山東口音的女聲。女人說話有一種斬截，逕直問是「老季」的什麼人，姓甚名誰，又在什麼地方。陳書玉想這當是他問她的，但對方口氣頗似領導對下屬，不由就馴服起來。他先交代自己的身分，再報告奚子——「老季」所在地方，投靠的人家，最後問道，要帶什麼話盡可以和他說。對方的回答又讓他愕然了，山東女人說：相信人民相信組織。以為還有下文，等著，「咔噠」的一聲，掛斷了。他付了電話費，就近坐進豆漿鋪，要一碗豆漿一付大餅油條。緊繃的神經漸漸放鬆，女人託帶的口信有點發譃呢，都確不定這場革命是不是玩笑。

先到學校點卯，再回家一趟。一夜未歸，生怕那守夜人起疑，心裡計算如何解釋。推進鐵門，沒有任何人詢問他，白費心思，分明自己嚇自己。心裡略放定，走進天井，又提起來，總覺著有些不對。走上樓梯，迎面一張大字報，從後窗上垂掛到底，遮了半邊天光。大字報是一則聲明，與剝削家庭劃清界限，從此一刀兩斷，不相往來。落款人很陌生，並不認得，而後觀照全文，恍悟到是姑婆。原來姑婆有一個娟秀的閨名，想她也是從女兒長大，由嫩到熟，老朽成這不識時務的樣子。東西統樓房門都撬開鎖，那一具梅花高几不見了，還有祖父床上的台灣席，兩張紅木方凳，一口樟木箱，絲棉被和羊毛毯，一併消失蹤跡。他心中暗笑，事情演變到此，真成一場鬧劇。

坐在床沿定定神，找來改錐修好門鎖，取幾件換洗衣服，就去浴室洗澡。泡在水氣迷濛的大池子，想這一晝夜的遭際，如同做夢一般混沌。浴室剛開門營業，唯他一個澡客，水很清澈，師傅過來問他要不要搓背，他說沒買籌子，師傅說可以再補，於是爬到池子邊的磁磚地上合撲著。毛巾裹了滾燙的水拖上來，渾身一震，昏昏欲睡，嘴上呢喃著，與搓背師傅來回幾句，朦朧中身體被翻過來，翻過去，然後，滾燙的水又拖上來。只聽劈裡啪啦，脆生生的巴掌響，才發現自己睡過去了。走出浴室，日頭正中，還有下午班的半天時間，他卻沒了耐心，直接朝輪渡碼頭去了。

乘在渡船上，望著江對岸，他覺得魂彷彿被勾走。大虞，奚子，他，又在一起，就少了朱朱。過去的日子，綽約回到眼前。動亂的年代，盡是喪失，終也有一點可得的。汽笛嗚叫，心跳得厲害，昨天讓驚懼攫住，只顧著應對，此時，百般滋味湧上，情何以堪！船頭砰乓撞擊碼頭的水泥堤岸，鐵鍊子嘩啦啦拖曳，他偏腿上車，跳板在輪下咯楞咯楞軋過，轉眼騎在村路，直向著大虞家去。門前的地坪撒著穀米，雞們優閒地踱步，門裡邊，兩個人正在對酌。

二十三

自此，陳書玉的日程便是，下班，往往等不及下班，反正，課業停滯，到了下午，學校就空了一半，他騎上車即往江邊碼頭，輪渡的汽笛聲聲召喚。下船，上岸，直奔大虞家而去。大虞的木匠活也歇下了，鎮日裡陪著奚子，到了飯時，必喝上幾杯米酒。奚子已經上癮，酒量尚可。那米酒喝起來甘甜爽口，後勁卻很大，多數人不勝，包括陳書玉，每喝必醺，奚子卻不，越喝越興奮。這幾日，眼看他長了肉，也長了精神。晚飯一頓，陳書玉到場，大虞的娘子也不下桌，要聽這三人說話。有時輪著講，有時眾口齊開，成爭搶之勢，通常對奚子退讓。一是年齡，奚子為長；二，更是身分，多少的，憚於他的權威，分別那麼久，再聚到一起，有一些沒變，又有一些則是大變了；還有第三，那就是，這兩個的生活在常識以內，奚子的，可就大大超出去，是一個全新的世界。

奚子說起日本人進犯時節，他們在浙江天目山一帶潛伏，也是一所學校，任課美術。師生魚龍混雜，有國民黨三青團，有降日的奸細，還有像他這樣，共產黨的人，說話行動必格外仔細。那學校在山坳裡，靠山吃山，滿坑滿谷的毛竹，遮天蔽日。照理說隱蔽得很，卻有一日遭敵機轟炸，削去半爿山，豁開口子，一下子大敞，眼前亮了一成。學校損毀十之七八，所幸無人傷亡，再重起爐灶，蓋房建屋。同仇敵愾，士氣都高漲，幾日內恢復教與學。然而，回過頭想，定是有透露消息的，否則不會直對著抗戰學校而來。當時，有一位好友，倘不是黨派分歧，就可做一生的摯交。其人原籍東北，教國文，與他商量——奚子沉浸在回憶中，眼神游離很遠。他們為說話方便，去到天目山裡，那一條古道，為幾代僧侶所築，一塊一塊石頭鑿下，搬去，鋪上，總共一千二百級，石面磨得銅鏡一般，是砍柴人還有採藥人的草鞋底，再有行販客商，從無路的地方走出路來，這就是功德！奚子忘了要講的事故，思緒分開，沿不期然的方向去了——有一日，他們早起，走到山中古寺，那一座古寺，從宋代高僧來到，年年加建，代代增蓋，以主殿為軸心，向縱深與兩翼，繁衍無數配殿和經樓，少說也有二千僧人，誦經如松濤陣陣，響亮的磬聲，這壁山折到那壁山，來回撞擊，久久不散，太陽升起，光芒萬丈，此情此景，終身難忘。奚子的話音漸漸低下，直至停止。眾人都靜著，好一會兒，大虞的娘子發問：那奸細到底查得誰人？奚子猛醒過來，方才想起說到一半的題目，回答道：無從查找，那流民學校，每每人來，每每人走，而從此之後，日本人的飛機越來越勤，倒都是擦邊，只是那一座古寺未能倖免，炸成碎石堆，僧人們四散，但古道還在，彷彿寄身世外。眾人又靜默下來。靜一時，大虞問：那一位摯友呢？奚子道：不期然而期然，有一日，留下一封信，走了，說恐傷了兄弟情分，及早分手的好！大虞說：真兄弟又有什麼傷得情分的！奚子說：道不同不相為謀。大虞收住，不再問下去。陳書玉想到「弟弟」，大虞把他交給「弟弟」，自己去了浙江天目山，那「弟弟」究竟是什麼人？又是否算得摯友？但還是忍住，生怕出言不慎，犯了禁忌。小孩子橫在母親膝上，睡得爛熟，父親接過去，好讓女人收拾飯桌，那兩人離座，孩子卻哭叫起來，彷彿不願人散。

攜茶具上樓，三個人圍案而坐，接續話頭。那一年，越過幾重封鎖，從浙江到蘇北，新四軍根據地，首先第一件事，就是調查甄別。奚子說，由於來自國統區，有無數個講不清，一行人分開住起居，分頭問訊，再將口供往一處對，對不攏的地方從頭來起，人的記憶總是有差別，你記的這樣，他記的那樣，哪能像你們差榫，全插得準——大虞插言，插榫也不是隨便任意，要核多少道，修多少遍——總之，奚子往下說，反反覆覆，同行有一對戀人，浪漫得很，那女的還是個學生，逃婚出來，是要找地方和心上人結合，帶了繡花桌布，細瓷碗碟，等等妝奩，交通員一路要求輕減，就丟了一路，有一回，丟的是一面大鏡子，鏡面朝天，閃閃發光，又變成疑點，是否給敵機發射信號！終於，終於，通過查詢，又都立具簽字，方才進入腹地，一個小鎮子，名叫「柳鋪」，果然有許多柳樹，沿著運河，風景極美，然而，所遇第一遭，你們猜猜看，是什麼樣的事？奚子笑嘻嘻看著這兩個，這兩個除了搖頭還能做什麼！

處決逃兵。奚子說，看見面前的人都震一下，更是笑得厲害。眉眼展得很開，嘴角一邊高一邊低，有些不像。這麼多年過去，彼此面貌都大改變，大虞變成農人；阿陳則是教書匠，掙一口吃一口；奚子呢，說不上來，他還是個斯文人，可是，斯文裡似乎有一股肅殺，那是經歷過生死劫，就靠這股子心氣，頂過刀山火海，活到今天。奚子笑夠了，兩手扶後腦，躺下來，靠在枕上——真嚇壞了！原來根據地來不易，走也不易，漸漸明白，說逃兵，或許奸細也不定，草莽起兵，危機四伏！

這兩人都不說話，想起曾幾度造訪奚子不遇，此時有些理解。女人送開水瓶進房間，本來是藉故坐下聽講，但見氣氛凝重，這兄弟仨好比下過金蘭帖的，有多少私心話，悄然退下了。良久，床上的那個嘆息一聲：我一直想著你們。地上的兩個相視一眼：我們何嘗不是！床上的不無譏誚：聽，「我們」兩個字，我卻是單數，「你」！阿陳即駁道：是你先說單數「我」，再說「你們」！我投降。奚子舉起兩隻手在空中，就這麼停著，彷彿撐舉千斤頂，然後頹然放下，又彷彿舉不動了。

時間過得飛快，又到陳書玉回去的時間，出門向碼頭騎去，看見黑壓壓的鋼渣山，那一晚上與學生們的歷險浮突起來。下回也可以講一講，卻又覺得沒什麼可講的，比較奚子的故事，他的簡直不值一提。次日早晨，照例與奚子女人打電話。通話總是簡潔快速，他說「很好」，那邊也說「很好」，旁人聽著像暗語，就拖延一會，聽見對面有少年人變聲期嘶啞的嗓音，知道是奚子家的公子，再想拖延，那邊已經掛斷。到星期日，他專帶洗漱用具，準備過宿。那邊也雀躍得很，大虞家娘子備一桌冷盆熱炒，蒸幾屜米糕，酒是不消說了，醉倒好漢算數，過年似的。傍晚時分，來了一位不速之客，不是別人，正是奚子的女人。

奚子的女人身材高大，穿一件藍布上絎線的棉大衣，圍巾兜頭包裹，猛一看，當是個男人。披一身寒氣，進得門來，解下頭巾，露出一張十分周正的臉。寬額方頤，大眼直鼻，黑厚的短髮卡在耳後，與陳書玉學校的書記屬同類髮式，風格也有些類似，不同在於，書記有一種俏皮，這一位卻是嚴肅，甚至刻板的。奚子女人眼睛只對著她男人，周遭事物一律視而不見。大虞娘子送來一張凳子，她坐下來，頭也沒有回，彷彿那板凳自動跑到身下。眾人站在地上，都有些悚然，聽她說話。她家男人「老季」，「老季」

的表情露出尷尬，動了動嘴，意欲介紹在場人的身分名姓，女人的話頭更急，容不得他出言，說道：組織上讓老季你回單位參加運動——話出口又收住，警惕地環顧四下裡，這才看見木胎泥塑的幾尊人像。大虞作個退場的手勢，轉眼間，全隱去，餘下他們夫婦二人，一站一立。

女人帶孩子上樓拿餅乾吃，這兩個龜縮在堂屋的後壁間裡，悶頭而坐。隔一層薄板，只聽得那邊廂唧唧噥噥，甚是機密而且緊張。大虞抬頭努努嘴，阿陳一點頭。奚子的女人原來是這樣一個人，不是這樣又是怎樣？阿陳張嘴要說什麼，大虞輕輕噓一聲止住了。又過些時間，聽桌凳移動，似乎要走人，大虞趕緊起身，奚子正上樓，就打個照面。大虞問：走？奚子說：走！一人在前，一人尾隨，看要走的人穿上大衣，復又停下，說：你的衣服——想起身上穿的是大虞的內衣褲。大虞一揮手，意思不必換下，又叫娘子送來奚子穿了來的一套，洗淨疊好，紮成一個小包。奚子接過來，想說什麼沒有說，下樓去了。出門前，他女人終是對大虞說話了，問：有誰知道老季在這裡住？大虞如實回答：鄰舍都知道，家裡來客人了。女人緊問：什麼客人？大虞道：遠親，從南翔過來！不知早有準備還是應急，大虞確在南翔有親故，榫頭都對得上。這一番回來，頗像盤查，陳書玉想起奚子所說進蘇北的甄別，大概就是如此這般。轉眼間，一男一女從門裡消失，外邊已黑到底，月亮還沒起來。門裡人猶如做一場夢，分明發生什麼，且了無蹤跡。

惶遽的世事裡，不期然的一段舊情邂逅，打個漩，又匯入滔滔洪流，奔騰而去。就在陳書玉興頭頭往返江兩岸的幾日裡，形勢沿著既定軌跡極速發展，小學校也發動革命了。那一日，教室裡坐滿學生，好久不看見這景象，錯覺中時間又倒回去，回去從前的日子。可是下一刻，下一刻會發生什麼？女書記在有線廣播裡宣布，全線推翻舊制度，迎接新時代。每一段落都以四個字結尾：向我開砲！一切一切，都是我的錯誤，向我開砲！聲音從門裡傳出，匯集在走廊，整幢樓都是嗡嗡的迴響。很難說，沒有故作姿態的意思，即便如此，也要有膽子，這女人不簡單，就是有種！講話結束，廣播關閉，靜默一時，彷彿處於猶豫中。然後，便開鍋了。學生們衝進辦公室翻找紙筆墨汁，開證明刻公章成立戰鬥隊，又有從教研室搬走油印機刻鋼板印傳單，走廊上都是跑來跑去的學生。老師們陪著笑臉，幫著調漿糊，寫標語，插不上手的則低頭看報紙，互不對視。辦公室的門時不時撞開，又撞上，砰乓亂響。就有老師索性用桌椅頂住，大敞著，來去自由。只聽叫喊道：出來出來，看大字報去！屋裡人放下報紙，站起身魚貫而出。走廊兩邊已經扯起繩子，輓聯似地垂掛著白報紙，上面墨蹟淋漓。他們從夾道中走過，左右看顧，陳書玉看到自己的名字，不由一驚，定神望去，寫的是下鄉時候到農人家吃喝一事，不知道輕重如何，心裡忐忑。其他老師也相繼找到自己的罪行，臉色都不好看。一輪看畢，回辦公室，坐下不久又叫回去，因新的大字報又出爐一批。這一回，他看見自己的那一張被覆蓋了。暗中鬆一口氣，猶有閒裕看別人家的。有的檢舉某老師帶隊春遊，自備午餐竟然三個荷包蛋；又有某老師向工人子弟逼索學雜費；再是某老師用粉筆頭投擲學生，恰也是貧民的孩子，等等，多是小孩子的氣話，一旦以革命的名義，事態就不那麼簡單了。一個上午，無數次被驅趕看大字報，復又回來，復又再去。到午後，卻安靜下來，眨眼間，學生們都走淨了。有年輕大膽的，門外偵察一圈，告訴說「小將」們到教育局造反去了。於是，鬆一口氣，開始交談和走動，下班的鈴聲響起，校園依然安靜著，想來不會有事，便各自回家了。

下一日再來學校，發現新情況，有老師在寫大字報。尤其讓他驚訝，那一位曾經批判過的音樂老師，穿一身嶄新的草綠制服，顯然仿照軍裝款式，民坊裁縫的手藝，一看就是偽品，獨自守一張桌子，也在揮毫。辦公室的同事竊語商量，要不要成立戰鬥隊，反被動為主動。他裝聽不見，暗想人不招惹自己就算得上乘，哪裡敢招惹別人。但是也擔心，一旦都有組織，自己豈不成「獨立大隊」，也是危險的。這兩難處境只持續半天，中飯以後，區裡的紅衛兵來租用教室，做大串連學生宿舍，令教師們全去打掃和布置，他即隨大流，將課桌拼成通鋪，向民政部門的造反派處打了批條，到被服廠倉庫搬鋪蓋，往返運輸，天就黑下來了。第二天，外地學生便蜂擁而至。開闢出一間，灌滿一間，再開闢一間，再灌滿，後來，等不及收拾，直接就在地板上張了油布單被，轉眼間就睡上人。

大串連的學生，倘若從北方來，多是黑色的棉衣褲。南來的，就單薄了，有的甚至赤腳，穿一雙涼鞋，為了取暖，用皮帶或者背包帶攔腰紮緊，看起來頗為潦倒。可是年輕啊！就什麼都不怕。夜裡圍著被窩拉歌，房間和房間拉，此地和彼地拉，男生和女生拉，他聽著都有些興奮。現在，他負責供水，鍋爐燒得通紅，熱水瓶站了滿地，還有臉盆腳盆。這些來自各地的孩子，說著各自的鄉音，不知怎麼，引動他的心。看著他們的臉龐，受了凍又暖和過來，紅撲撲的，那麼快樂沒有憂愁，很是羨慕。一周時間過去，又有一周過去，沒什麼事情發生，大約是平安了。同事們商量的議題不再關乎「組織」，換成「大串連」，他插嘴道：算我一個！那幾個吃驚不小，轉頭看他，他也被自己嚇著了。可是，為什麼不能？他也可以革命的。做了這麼多年的群眾，終於群眾運動起來了，他自然也是其中一員。

他們在上海站守了一日，人山人海，成年人擠不過學生，不止是力氣的問題，還有身分，師道尊嚴的殘餘吧。火車也不論班次，上滿一列開走一列，人群從這個月台奔往那個月台。傍晚時分，他們在月台盡頭見有一節車廂，攀上去，竟無一個人，彷彿被遺忘似的。滿車廂的空位，坐過來坐過去，最後靠窗坐定。直到凌晨，這節車廂方才掛上車頭，也不知開往哪裡，緩緩啟動，離開燈火闌珊的月台，從盤互的鐵軌上穿行。車燈掃開前方的黑暗，那黑暗是很大很大一塊，夜行列車在其中奔突。他意識到，自從重慶小龍坎回來，二十五年，半個世紀，再沒有走出過上海，他實在拘束得太久，現在要去外面的世界看一看了。

第六章

二十四

時間到上世紀七〇年代中期，社會呈現平靖的跡象，來自兩個方面。一方面是對新律法的馴服，人們多已學會順勢而變，知道拗不過世事，不如及時行樂。所以就有摩登興起，是革命的面目，但隱含一點點頹靡，而且一波趕一波，生生不息的樣子，生活又有了興味。另一方面，舊的秩序在悄悄潛回，彷彿夾帶的私貨。中小學校從茫然不知所措走出，接續上普及教育的進度，在高等教育的門檻前，再度陷入猶疑——於是，中學生提前進入社會，務工或者務農；大學則從社會招生，稱之「工農兵學員」。如此，小學在制度的底端，倒是最正常。陳書玉又回復教書匠的日子，額手稱慶。當年要一時乘興，調入中學，將是什麼遭際，就難說了。而如今，可謂亂世中的平安道。其時，又有一件意外中的事情，向他顯示吉兆。那就是香港來信，很微妙地稱他「表兄」，底下寥寥數行，言辭簡潔，內容卻十分了得。意即港地政策開放，親屬可申請探訪，以親疏排序，再依具體條件調整，問他有無意願。最後添一句，無論事由，只要入境，一切皆可通融。信是朱朱的筆跡，但他知道無疑是冉太太的意見，他家的事，向是女眷作主張。

尼克森訪華，國門微啟，境內外通信漸趨活躍，海關檢查依舊，但不像過去嚴謹。這封信即便經過審閱，也無大礙。上海與香港有淵源，無數切不斷的往來。他班上不鮮見父母在港的學生，上山下鄉政策貫徹以來，陸續移民，走進另一種命運。朱朱的邀約在他卻意不在此，他的年紀，瓶蓋廠的工人們，在「爺叔」前又冠以「老」字，一個「老爺叔」，還有什麼求變的心勁？然而，一份牽掛，茫茫人海中如同游絲，飄飄搖搖，斷斷續續，終於露出蹤跡。這邊，也是游絲一線，卻是怯懦和瑟縮，含在口涎裡，欲吐未吐。他沒有回信，並不是忌憚什麼，在一個「老爺叔」，連忌憚都沒有了，也是生機萎頓的表現。他也不是薄情，恰相反，他無比的重情，生怕一觸手，將游絲觸散，無影無形。他不會去港，集大半生的經驗，都是一動不如一靜。以靜制動，不完全因為軟弱，還有一點哲學的智慧，靜就是動，動就是靜，無論動靜，人都是走向既定的歸宿。過了半月時間，香港又來一信。這一回，沒有半個字，只是一份空白申請表格，讓他填寫的意思。顯然，冉太太在動呢！她一直在行動，相信行動改變命運，果然，確實改變了命運。他不得不服輸，他總是膺服她的行動。但他所謂動，不是決定去香港，而是，他終於提筆寫一封回信。

這封信延宕有十數年之久，事實上，從收到郵包的那一刻開始，直到如今，便在打腹稿，就是落不下筆。這麼久長的心意，從何說起呢？又有十多日過去，再不能捱了，再捱真是辜負！結果，寫成一紙，整篇寫的都是「很好」，形勢很好，生活很好，教書很好，身體很好，同事很好，領導也很好；再有，大虞很好，奚子很好，大虞的太太——他將「太太」二字畫去，換成「愛人」，又覺不妥，怕對方以為沒有名分，最後是「妻子」——大虞的妻子很好，奚子的妻子——他頓了頓，不也是很好嗎？一切很好，所以，他不去香港了，謝謝美意。他的信寄出半月，即有回信寄到。信是冉太太的筆跡，起首第一句：見字如面。不知怎麼，眼淚下來了。他好久好久沒流過眼淚了，追溯起來，就是那一日，送冉太太母子四人上三輪車，自己走在提籃橋的紅牆底下，那一流淚，似乎流盡一生的眼淚，想不到，一口枯井，又蓄滿了！婆娑的淚眼，將字跡洇開，幾乎看不清，卻還是看清了，倒沒有一個字說的「好」，也不是「不好」，而是居中，「尚可」。朱朱尚可，自己尚可，孩子尚可，到港後，二人再添一女，稱得一喜，冉太太說，以此來看，夫婦也是尚可。「尚可」完畢，信末寫了一句：阿陳你依然如故，只幫人，不讓人幫你！他便搖頭，彷彿冉太太就在對面，這才是「見字如面」呢！四下裡寂寂的，窗開著，有風進來，是春風，溫暖和煦，有悉索的響，也是寂靜，無邊無涯，其中有他，渺小極了的一個歡喜。

他沒有回覆，回覆什麼呢？這些已經多了，再多就濫了。他越來越節制，攫取或消耗均適可而止，讓自己貼世界的邊縫，最不起眼，有和沒差不多。大約就因為此，方才能夠歷經變更而以完身。

這一二年裡，社會上興起一股風，就是補課。總是有高考的消息傳來，傳一陣，又偃止，偃止了，又一陣傳。起止之間，年輕人四處尋覓補習的管道，以應不時之需。這股風也波及到陳書玉，源自昔日的校長王鈞志，校長將他的英語學生推薦過來補數學。方才知道，校長那邊的英語課從來沒有間斷。再後來，學生帶朋友，朋友帶同學，前前後後，絡絡繹繹，集有十來個程度不同的男女孩子。其中一半插隊落戶返滬，另一半則是工廠或者無業，無論哪一種處境，都是一九六六年革命中輟學業，寄命運改變於重返校園，接續教育。他不收費用，但這一個那一個總會給予饋贈，有時一張電影票，有時一本內部出版的白皮書，也有時是吃食，有一位家長在紡織品公司工作，送一些限額分配的票證。前兩項屬精神範疇，後者為生活物質，可充日用，算得一份進帳。其實他並不頂匱缺，方才說了，他耗費極其有限。重要的是，教與學中生出等待的心情，是他沒有過的。他和他們，似乎共同等待著某一種變化降臨，而彼此的雙方，又正是這變化的成因之一。

晚上，或者周日，在他的房間，這木結構建築，如今四壁漏風，頂上的瓦蓋碎了無數出，不知向誰申請修葺。學生們爬上去，鋪上油毛氈，用磚頭壓住，大風一颳，油毛氈帶著磚頭翻起來，危險得很，還是回到原始的辦法，用水桶臉盆接漏。他支起一塊黑板，講解各種題式。程度好的，已達到高等數學，他就需要複習，師生變成同學，互促互進。高年級的爭辯討論，低年級的豎起耳朵聽，黑板上的粉筆灰下雪般灑落。大時代的洪波中，他們這一間陋屋，好像《聖經》故事裡的方舟，既隨波逐流，又自給自足，等待彼岸臨近，終有臨近的時刻吧！他們是自私的人，只顧自己，不關心外面的大事情；他們也都是盲目的人，看不遠去，只看著每一分，每一秒。可是，誰料得到呢？說不定，就是這些自私者，濟人濟世，也就是這些盲目者，領時代之先，新晉歷史。一九七七年，他的學生們十之六七考入大學；一九七八年，又有三至四成上榜。自此，他的木樓梯幾乎被踩破，在校的中學生和考研的本科生都來求教。他將課堂移到樓下廳堂，白晝時間，前後窗打開，光線湧進來，照在一張張年輕的臉上，這頹敗的宅子就有了生氣似的。瓶蓋廠的人，看見「老爺叔」一下子走俏，格外驚訝，連守夜人都走到樓前面，探頭看著，遇到他的眼睛，身子向後一縮。陳書玉終於見到了隱身人，實在是一副平凡的面相，略有些黃和胖。算一算，在那間平房裡已度過十年光陰。大約也是年紀的緣故，變得溫和，甚至慈善。晚上下課，學生們走出去，撞得鐵門砰砰響，平房的窗戶裡總開著燈，照亮門前的路。等人走淨了，出來鎖門，方才熄燈。有時他送學生，會與他照面，兩邊都不說話，點點頭，過去了，相逢一笑泯恩仇的意思。

星期日上午，萬萬想不到有一個人會來到他這個破宅子裡。聽見樓下有人叫他名字，走到陽台一伸頭，簡直不相信眼睛。天井的磚地上，站著校長，身邊還有一個青年人，一併昂頭望他。磚地上滿是裂紋，晨光平鋪，就像一幅現代抽象畫，那兩個人則是畫中人。半個身子探出去，眼睛離不開了，定住一時，方才轉身，走後樓梯，從夾牆裡鑽出來。陡地出現在面前，倒把校長驚一跳。拉了校長的手，跨過門檻，走進闢為課室的廳堂。黑板前，高高低低一排桌椅，校長笑道：蔚為壯觀！每回去校長家，主人都是家常服，今天穿一件海軍呢中山裝，白頭髮稀疏了，剪成平式，顯得年輕了。身邊的後生，一直沒說話，只是看他。這就發現，眼睛與校長像極了，細長的單眼皮，眸子很明亮，顯然父和子，就問：大的還是小的？校長說：阿大在東北，招工到油田，已經結婚成家，這一個，先也是外埠，如今回上海，里弄作坊繞線圈，考了兩年，沒中，都敗在數學，你知道——校長說，六九屆的，說是中學，其實小學畢業班，別的好說，唯有數學，很難自攻，所以託到你門下！他在學校做事，當然算得出這一屆是哪一屆，正是滯留小學校一年半，然後分進中學，匆匆過去兩年，便下鄉去了。再看那後生子，眼睛是父親的，風度也得一半真傳，安然灑脫，體魄卻茁壯許多，手腳粗大，出過體力的樣子。當父親的面，多少收斂了性情，言語簡短，問一句，答一句。幾個來回，估摸程度只在初級代數，心中規畫補習的重點，約定好上課的時間，回轉頭與校長說話。

這些年，人們見面，多是述說遭際。日子彷彿翻過一道坎，將前後劃分兩部，需作詮釋方能夠繼續溝通。也因為此，也都變得饒舌，非要說個一清二白方才甘休。陳書玉自覺過得平淡，波瀾不驚，有愧於大時代的浩蕩激情，又因對校長的尊敬，所以聽的多，講的少。校長的話匣子裡，裝的家務和兒女，這又是一件讓人意外的事情。眼前出現，西餐社的玻璃窗裡，校長講麵包和白脫裹進手帕的畫面。那時候，青年還在幼童，曾聽見隔牆傳來小孩子的唧噥聲，如同鳥語一般，現在，這麼長和大的一條，是轉瞬之間，又是一日一日度來。校長說起，兩個孩子相差一歲，正好相繼兩屆「一片紅」上山下鄉，無一例外。事實上，兄弟倆全讀的五年制小學試點，倘不是五年畢業，則可延緩一年畢業，至少有一個可留身邊。校長絮叨著，有點不像他，變得瑣碎，可也因此而親近，一個家常的慈祥的父親。兩人插隊，一北一南，不說其他，單兩套行裝，猶如兩份妝奩——說到這裡，阿小叫了聲「爸爸」，嫌說得不堪，於是，轉了話頭——大的走時，以為能留住小的，還剩些希望，待到小的要走，真就覺得，人生興味全無！窺見父親的軟弱，年輕人又窘起來，別過頭裝聽不見，父親則一逕向下說：兒女就是父母的軟肋，所謂舐犢之情，非是親歷不可深知，他們的母親，夢裡都在啼哭，或者夜半驚起，說某一個在病中，真揪心啊！身為一家之主，怎樣也要撐持著，怎麼撐持？寫詩。校長忽然害羞了，紅著臉，就像個孩子。青年索性站起，走到門外天井，看缸裡的魚。

用英文寫，寫在線裝書的內面，過後再看，彷彿情書！校長與他一併笑起來。那幾年，家教收起來，全憑他們母親的工資，先前有一些積蓄，存在銀行，又不敢取用，生怕招惹耳目，以為生活奢靡，那陣子，人人自危，不曉得天從哪一塊掉落頭頂。然而，校長激昂起來，大俗話有一句，船到橋頭自會直，兩年過去，竟又有投上門來學習的，好比地下活動，夜深人靜時分，悄然上門，還製作暗號，敲一下，停兩下，窗戶用深色窗簾擋住，開一點收音機，播送歌曲；開頭用英語毛澤東語錄作教材，然後，馬列文章，漸漸大起膽子，家裡有一套林格芬教學唱片，再然後，王爾德的童話，狄金森的詩，簡．奧斯丁的小說，莎士比亞的戲劇……年輕人途徑多，神通廣大，也不知從哪裡搞得來這許多違禁品，連新近美國讀者文摘都有；還是漸漸的，窗簾布拉下，敲門的暗號也忘記了，大白天都開課，好比洞中一日，世上千年，這才發現，換了人間！日光從門外進來，照在校長的白髮，亮閃閃的。教書人的快樂，終還是教書！校長說，束攸只是副產品，忽停住，道一聲：孺子當付學資，勞動社會的規矩！陳書玉從椅上跳起來：不可能，何況校長您，您是我的引路人！這話聽起來有些浮誇，但在他和他之間，卻是一萬個真實。兩人的手停在半空，沒有接觸到，又各自收回。都有些激動，沒再說話，然後校長起身告辭，帶走青年。

陳書玉隨校長，稱乳名「阿小」，阿小似有些不滿，但也無奈，只是堅稱「陳先生」，而不是「陳叔叔」，表示不憑藉父輩交情，社會人對社會人的意思。「陳先生」為阿小單獨開班，每周兩晚，三個課時，總兩個半鐘點，中間休息一刻鐘。頭一堂摸底測驗，讓做一張卷子，全答對；升一級，答十之六七；第三張卷子，就只剩一二。阿小落筆極速，而且果決，對就是對，不對就是不對，對和不對之間無半點牽連。可見得做過海量試題，高考回復的二三年裡，社會上私印公刻各類習題，幾乎成一個流動題庫，青年阿小，顯然從題庫滾出來。但基礎空虛，缺乏邏輯訓練，就要回過頭去，循序漸進。畢竟有解題的硬功夫，人又敏捷，所以，一堂課的內容大半時間就完成，餘下來就聊些閒篇。

阿小這樣的年紀，在父母跟前總是受拘束的，離開了，就獲得自由，顯出活潑的性子。他對面前的「陳先生」藏了無數的問題，此時兜底翻：為什麼獨自居住一大座宅子；為什麼經無數次革命還保留私有；為什麼終身未娶；又因什麼與父親結緣；再為什麼往來疏淺卻似深交？好比十萬個為什麼，將「陳先生」逼得無路可遁。那孩子的眼睛特別明亮，也許凡是孩子都有一雙明眸，他雖是教孩子幾十年，卻並沒有年輕的朋友，逐漸就忘記自己也是從年輕走過。對著這一雙眼睛，他都有些膽寒，彷彿被看穿一切。同時呢，又生出喜歡。住這一所老宅，四周圍都在舊下去，而眼前這一個，卻是長起來。阿小央「陳先生」帶著看宅院，月光底下，長輩們透露的鱗爪，這裡一點，那裡一點：皇帝恩准啦，四庫全書啦，八仙故事啦，「半水樓」和「煮書」，也不管正史野史，八卦流言，斷續和前後相沖的地方，加上詮釋和虛構，最終連貫成情節。他有些唬這年輕人呢！他變得話多，不是課堂上的話，也不是和大虞、奚子，倘若朱朱在場，他們舊友說的那些，而是新鮮的，他從來不曾說過，亦不曾想過的話。他們兩個，一老一少，在房子裡攀上攀下，最後爬上屋頂的隔板，打著手電筒，曲著身子，不時地磕碰腦袋，走到山牆跟前，推開小窗。車間的玻璃頂棚，覆蓋厚厚的落葉，落葉上覆了鳥屎，風吹來草籽，長出新的植物，月光透過去，白濛濛一片。他沉默下來，想起棚頂底下，從軀體裡倏忽離去的生命，和身邊這一位差不多年齡。

年輕人沒有注意他的沉默，而是想到一樁更迫切緊要的事，急煎煎道：應該問政府取回房產，修復原狀，這一幢宅子，在上海稱得上文物，再不動手，就挽回不來了！他不由感到詫異了，一輩子都在苦惱，如何從宅子裡脫身，它是它，自己是自己，原來，原來還有這樣一說！他收回目光，看阿小一眼，彷彿第一次見面的校長，在那弄堂房子的亭子間裡，穿一身長衫，桌上一本魏伯大辭典，白髮飄飄下，俊朗的眉眼，同學少年——現在，一大半人生拋在了身後。

二十五

其時，政府正陸續落實運動中抄沒物質的歸還。因存放的困難，其中大部出售處理了，如鋼琴、家具、皮草、藥材、衣物，再找不回來，只能粗略核價賠付；少部則送入閒置的庫房，物主們從單位出具證明信，前去認領。受氣氛影響，阿小也一味攛掇，陳書玉就想起當初搜走的一些字畫古籍，大虞寄放的那一座大理石聖母像也下落不明，不如有當無的尋一下。找一個星期天，兩人各騎一輛自行車，出發了。抄家物質的倉儲多設在郊區，按事先打聽的線索，往江灣方向騎去，過虹口港不久，就看見農田。早春季節，乍暖還寒，但到日頭高升，四野裡寒露一下子收乾，背上出一層薄汗。彷彿就眼前一瞬間，迎春花爆出枝頭，柳枝也發新綠，心情優游起來，彷彿踏青，主要的目的倒淡了。他對阿小說起早年，朋友結伴去到鄉下玩耍，羊當馬騎的一節。阿小便問那幾個朋友何方人士，目下又在哪裡，做什麼事，他的問題就像雞生蛋，蛋生雞，無盡的繁殖。他說了大虞的遭際，又說朱朱，聽到此，阿小就嚷嚷「平反昭雪，糾錯改正」。他說，即便改了又如何？阿小道：恢復名譽！他一笑：名譽有何益處？阿小就指摘他「歷史虛無主義」，這句話讓人想到他父親是哲學正科出身，就笑起來。同行人再加他一條，「犬儒哲學」，「哲學」正式出台！他更笑了。問他笑什麼，答道：真是父親的兒子！這一句遭到激烈的反對：我才不要做父親的兒子！為什麼？他詫異得很。阿小的臉上露出不屑的表情：父親他，過著隱居的生活，早已經被時代放逐了！他想爭辯，又無從爭辯，便作罷。對方忽想起上一個問題還沒結束：那第四個朋友是誰呢？沉吟一時，說：

追溯起來，我與你父親認識，應從他而起，中間還隔一個人。誰？問題緊追著來了，他都後悔多一句嘴。這一段淵源說起來很費口舌，許多關節連自己都不甚了解，阿小不相信：我爸爸鎮日不出門，哪裡來這些社會關係！他終於忍不住，說道：你爸爸是我的引路人！神情的嚴肅影響了那孩子，沉靜下來，最後的路程在無言中進行。貨卡壓過地面的轟隆聲也妨礙說話和聽話，有幾次，彼此看見對方張闔著嘴，卻沒有聲音。

這一座倉庫原先是重型機械車間，廢棄下來，幾十米高的頂上，遺留了行車的軌道。門口有臨時搭建的簡易棚，供守衛和檢查用，手續其實簡單得很，遞上證明信，只掃一眼，便放行，讓自己動手尋找。一旦走進，卻氣餒了。書籍紙張，包裹箱籠，堆得山高，由於翻檢，又攤得遍地，紙屑、蠹蟲、積灰、布絨，彷彿起霧，迷了眼睛。人在裡面攀爬，影影綽綽的。走入堆積物之間的巷道，不留心觸碰某一處，泥石流似的劈頭蓋腦而下，幾乎被淹埋。四下裡都在咳嗆，咳一陣，停一陣，此起彼落。有一頭卻持續不間斷，而且越來越劇，發出嘯音。是阿小！方才意識到，這孩子有哮喘的痼疾，趕緊拉拽起來，向外跑去。惶遽中錯了方向，越跑越往深處，再返身掉頭，那人已經上氣不接下氣。慌得沒辦法，眼睜睜看他脫水的魚似地大口喘息，一邊掙手在口袋裡亂掏，掏出一管噴霧器，對了喉嚨壓幾下，總算緩過來，又像個好人似的，繼續搜索。陳書玉的態度變得堅決，無一絲迴旋，兀自向前疾行，阿小怎麼喊也喊不住，只得尾隨。又錯了幾個岔口，終於一柱光明投來，晃得睜不開眼，幾乎是撲出門去的，站到太陽地裡。心怦怦地跳，也要發喘似的，但凡有一點好歹，如何向校長交代！阿小倒好笑起來，笑蹲在地上，說，自小就是如此，已成常態，出不了大事！急恨之至，不看他一眼，推起自行車就走，那孩子跟著也上車，一前一後，向回騎去。

一路上，那小的一直找他說話，求和的意思，他只是不理，暗地裡後怕，罵自己糊塗，聽小孩子擺布，到這樣骯髒地方來。事實上，他從來不留戀那些失物，任它去到什麼人手中，都與他無干係。阿小腆了臉，說這說那，他其實已經消氣，只是不知道如何搭話頭。再走了一段，忽發聲道：哮喘屬「病殘」一檔，可免上山下鄉，留上海等待分配。阿小聽他說話，知道形勢轉變，緊答道：寧願去死，也不要與「病殘」為伍。一蹬踏板，趨前幾米，再緩下來，等陳書玉跟上，並齊車頭：奇怪的是，去到江西鄉下，倒不發作了。他「哦」一聲，覺得也不頂奇怪，有的疾患易水土即癒。阿小說，其實，並不十分厭憎務農，倒是對工業有畏懼之心，機器是無情的，看過卓別林的《摩登時代》？他想到的是瓶蓋廠頻頻發生的斷指事故，那守夜人終年在殘手上戴一隻白紗手套，心裡難免發怵。對阿小的話，雖有同感，亦有異議。可是，他說，如何解釋人人都要留城，將鄉下當懲罰？阿小撒開一手，單手扶把，坐直身子，認真理論一番的架勢：因為什麼！因為城市一直在盤剝鄉村，為了工業化的迫切目標，階級劃分中，又將工人階級定為無產階級，屬先進行列，於是，農人無論經濟還是政治，都屈居二位。他還是有疑惑：那麼為什麼要你們接受貧下中農再教育？阿小投過來一眼，很有些憐憫的意思：名和實之關係，「陳先生」你不明白嗎？他只得說：到底是父親的兒子！

這一趟出行，可說試水，探了深淺，照理說回頭是岸，收手為好。但阿小並不這樣看，他認為，那些抄家物質——他用了「浮財」兩個字，在他的年齡，就是從土改小說中得來的概念，「浮財」不易析產，而「不動產」——這又是政治經濟學的名詞，可見得這一代人所受教育的混雜，在這混雜中，也會生出真知灼見呢！「不動產」，也就是「陳先生」你的祖宅，產權歸屬是明瞭的！陳書玉真有些後悔曾一時興起，打開那捲席子，給他看了房契。他解釋，從時間看，這宅子被占是在更早以前，性質上且不是收繳，而是徵用，無法適用目下的歸還政策。阿小不同意了，撥亂反正是相對所有的階段，「右派改正」不就是證明，所以，還是在落實之列。他下定決心不再理這個茬，任憑絮叨，全當耳邊風。

這一年的高考，阿小終於及第，入交大船舶系，如此，他們師生就成校友。相對而坐，有無限感慨。其實，當年在交大本部，求學只一年光景，然後到重慶小龍坎，再有一年，撐足了算不過半途，那時候，比面前的阿小還年少幾歲。說起來，都是錯了時辰的學生。他說，不喜歡工業，卻報船舶專業。青年校友道，因船舶有一種遼闊的景象，與海洋聯繫在一起。他笑道，當年學的鐵道，可一生中只出過兩次遠門，大部時間，都守在這座舊宅子裡。話又落到宅子上頭，他躲都來不及。阿小抬頭看看頂上，四壁布滿水漬，彷彿地圖。並沒有說什麼，再回到求學的題目。他說起小龍坎，那誤食毒菌的女生，躺在藤蔓編織的擔架上，就像莎士比亞的「奧菲利亞」。阿小則說起鄉下時分，曾發生過的死亡，最多的是伐樹放倒的時刻，青年們提了刀鋸，嬉笑著奔跑，跑錯了方向，那參天大樹直壓過來，生命真如蟻螻。攀爬山崖失足，蚊蟲叮咬發瘧疾，還有一對男女，殉情而亡……他嘆道：你們自己不惜命，哪曉得父母的痛楚。談到父母，又生疑問：為什麼不讀外語，不正是父親的所長？年輕人說：我不喜歡重蹈父親的覆轍。欲為校長辯護，依然不知道從何辯起，辯又有何益，子一輩總是對父一輩不屑，以為能活出別一路人生，於是，便不說話了。

阿小上學去了，不再有人耳邊嘮叨房子的事情，可已然提起來，就有些放不下。屋頂的瓦碎了大半，時不時往下落。野貓直接鑽進來，樓頂隔板上做窩，老鼠倒銷聲匿跡，可貓們卻是另一種動響，叫春令人毛骨悚然，氣味也很不堪。向房管所報修，回答是私房自行解決，悻悻然轉回。學生們幫忙先用草席苫一苫，再將碎瓦拼起來，到底是湊合，雨水透過瓦縫，蓄在草席上，一汪一汪，再一併瀉下，隔板都有腐朽的跡象了。無奈中，他想到「弟弟」，「弟弟」說，順其自然，如今，自然趨勢向哪裡去，如何才是因循？好比心有靈犀，他想到「弟弟」，「弟弟」也想到他。這一屆政協會議，他被推舉區級委員，開幕式上，市裡統戰部門領導接見，正是「弟弟」。他意識到所以成為委員，正是「弟弟」保薦。坐在底下，看著主席台上一排領導，又近又遠，如此，今後再不會有交集。不料想，歇會時候，「弟弟」專來與他攀談，兩人手握手，臉對臉。他看見「弟弟」口中的缺齒，面上的皺紋，精神依然軒昂，終究蒙了風霜。起初的拘謹過去，又回到以往，將眼前這人當依靠，於是，又問道宅子的事，歸公好還是歸私好。「弟弟」沉吟著，說一句：歸公不易，歸私也難。這話怎講？他緊問。「弟弟」就解釋：你要繳公，「公」要不要呢？修葺是個大工程，完畢後又作何用？歸私的話，裡邊有一爿廠，讓他們往哪裡去？若干年免納地皮稅，要從頭補齊，單這一筆就夠你受的，莫說修葺這一項——一番話，說得他連連點頭。「弟弟」又說，目前是個難題，誰知道呢？說不定峰迴路轉，天時地利人和，誕生新局面。他又一陣點頭：我聽你的！開會的時間到了，「弟弟」往主席台上走，又折回來，說：你知道當年去重慶的一眾人裡有誰？他搖頭，這多年的謎案，臨到破解時刻，卻是木然。那個「媽媽」還記得嗎？搖頭換成點頭，「弟弟」笑臉綻開，還是原來的樣貌，歲月並沒有傷到筋骨。是上海海關總務司長的夫人，因司長拒絕出任汪偽政權海關負責人，由我們保護，將一家拆成幾戶，各取道路離開淪陷地，到大後方去。如同施了定身術，他一動不動，醒悟過來，再要問幾句，「弟弟」已讓祕書接走，上了主席台。

其年，陳書玉六十歲，人生一個甲子。他呈上退休報告，學校挽留，他謝絕了。如今，學生已是孫輩的年齡，自覺得不合時宜，小孩子還是讓年輕人教導更好。算起來，已經有三十多年教齡，早先的學生都是中年人了。按照慣例，胸前別了大紅綢緞花朵，敲鑼打鼓送他回家。隊伍到了引線弄，看見那壁風火牆，他便無論如何不讓繼續進了。看著他的背影在窄巷中越走越遠，孑然一身，人們發現，對於這個共事多年的身邊人，錯過許多了解的機會，誰知道他經歷過或者正經歷著什麼呢？鑼鼓歇了，正是上班和上學的時間，即便是這嘈雜紛亂的街區裡，也是寧靜的。

退休的生活，於他並無太多的不能適應，總是一個人的日子。將臥房移到樓下廳堂，從樓梯處隔斷，闢作獨立一間。隨著學制正常，課外補習的熱潮平息，學生漸漸少去。屋頂漏雨越來越劇，早晚會殃及底層，眼前卻還安穩。政協大約每月一次活動，或座談，或視察，或只是聯誼聚會。在座多是一些舊人物，燈泡廠的業主，跌打傷的郎中，報紙的寫家，地方戲演員，滬上名流的後人……談資不外懷想當年，數點今朝，有許多感慨，又有許多訴求。令他意外，所訴事項有一些極渺小瑣碎，比如索討抄家抄走的一架冰箱，因是德國製造，留學歸來一併攜帶，經歷和感情很不平凡，奇異的是，最終真的找回來了。私下裡議論政協的人事，得出結論，私事好辦，公事難辦，因關涉國政國策，非一時一地一人一物。由此，他便觸動了心事。他家的老宅子，何不提及提及？有當無的，至少不會有什麼過失。於是，一次座談會上，專作了發言，會議祕書記錄下來，讓他審讀簽字，然後呈交上一級部門。不想，下一次全會之前，祕書處讓他正式寫一份提案，陳述詳情。不敢怠慢，認真作功課，將口傳的淵源，建築的樣式，裝飾風格，保存的程度——雖然頹圮嚴重，但是面積無有缺失，無有搶占，唯一爿工廠，而非七十二家房客，需大量動遷安置，等等，等等，寫成文字，當年評為優秀提案，得獎品電鍋一具。然而，事情到此結束，再無下文。他就又寫成第二份，報告最新資訊，就是瓶蓋廠面臨關停並轉，事實上，生產已停滯不前，等待發落，讓地修葺，不又減少障礙，敞開通路？他附上房契的影本，這份房契從席捲中重見天日，裝入鏡框，懸掛在壁上。報告末尾，他鄭重聲明，房屋整頓完畢，自願繳給國家，為滬上老城增添一景。這一份申述呈上以後，如石沉大海，無半點回音。

本來並沒有抱希望，多少受事態鼓動，此時便淡下去。忽然間，瓶蓋廠卻關門大吉。先是包裝業流水線上陣，一張鐵皮進來，一個個瓶蓋出去；然後向上游擴展，食品原材料進來，一個個罐頭出去；再然後，下游也接續起來，不僅是罐頭，還裝入紙箱，連上運輸。流水線越來越長，容納越來越大，瓶蓋廠這樣的小型作業，帶有原始性質的，完成歷史使命，壽終正寢。同時呢，歸還私房，落實所有制政策，又是大勢所趨。想起「弟弟」說的，「水到渠成」，既有近觀又有遠見，從心底折服。大約一個月光景，瓶蓋廠遷空了，搭建物未拆除，車間棚架，機器的道軌，冷卻的水管水龍，都在原地。由於金屬的重負，地坪明顯下沉，磚面破裂。西側鐵門邊的小屋清空，地上遺了幾隻紗手套，讓他想起守夜人的殘手。空間陡然空寂下來，大得無邊，人在裡面，幾乎都找不著自己。一夜無眠，靜謐的穹頂，罩下來，即成夢魘。其實他醒著呢！他忽然想念起機器的轟鳴，腳步雜遝，守夜人出沒的身影，廚房女人拎著開水壺站在天井喊他：爺叔！說是一個人的日子，周圍都是有人！天不亮起床，推出自行車，逕直騎往江邊碼頭，找大虞去了。

二十六

大虞家只逗留半天，匆匆吃過中午飯，兩人一同過到江這邊。推開鐵門，方一走入，來人便「呀」的一聲。天天進出，還沒什麼，相隔十來年再看見，吃驚不小。這地方可以演「聊齋」！大虞說。被他這麼形容，陳書玉也覺得嚇人，彷彿一夜間又頹敗一截。那轎廳、花廳、過廊、天井，經瓶蓋廠一建一拆，連輪廓都模糊了。東院上搭起的因是成品車間，當時最熱鬧紅火，如今人去樓空，站在底下，四面嗡嗡的，風吹草動都起回聲。陳書玉說：也要謝謝瓶蓋廠，倘不是有它，這堵牆早已經推倒，不知湧進怎樣的惡人！大虞道：古話怎麼說的？成也蕭何，敗也蕭何！這宅子因它得生存，又因它頂頂受傷，五行中相生相剋一說，指的就是這一樁。陳書玉說：房屋是木，工廠是金，正應了金克木，金又生水，水再生木，不定還有生機。大虞笑道：這一循環，大約不在你我有生之年了。話說到這裡，似乎不詳，兩人都察覺了，於是止住，向外走。

來到天井，大虞不由說：怎麼小了許多！再一想，就也是頹圮的緣故。院牆房屋，呈傾倒之勢，四合過來，壓迫了視野。門樓上的磚雕風蝕得厲害，變成一種灰燼的顏色，兩壁上的浮刻大體完好，堪稱奇蹟。主樓因有他住著，還不至於潰決，勉強可支撐。所謂人氣，其實是物質性的，起居生活，好比日常維修，落勢就落不到底。地板、牆壁、樓梯、頂閣，都在空空的響，即刻就要散架的樣子。大虞說：榫頭鬆了。看看四角，又道：好在斗拱無變形，然而，遍地土建，地形動異太大。陳書玉說：周邊還都安靜，一時半會波及不到吧！大虞說：有句話叫做「動一髮牽全身」，科學是共振理論，有時近在左右，但不在一個頻率，倒避得險，相反，極遠處，也許片刻間大廈傾覆。陳書玉笑起來：你不要嚇我，可是再經不起了！大虞也笑：有一樁事稱得上不幸之中大幸。什麼事？他急問。無白蟻之患，大虞說。陳書玉鬆下一口氣：這要歸功白蟻防治所，年年檢查。大虞卻不同意：這恰是他們的不懂，你家宅子用的幾柱楠木，天生不築蟻穴。陳書玉「哦」了一聲，想大虞才是這宅子的知己，他枉擔了虛名，身在其中，隔心隔肺。

兩人在廊前坐下，陳書玉端出茶壺茶杯，煮沸水泡洗，殘水潑向窨井。忽想起一件東西，返身上樓。聽得見樓上開櫃翻箱的聲音，過一時，捧一團報紙下來。層層揭開，原來是窨井的一面鐵蓋。銅鑄的空鏤，一個散髮女頭像。從裝飾到人物，都像西洋風氣，卻不知典出何處。陳書玉告訴，大煉鋼鐵時候，從捐物中私留的。大虞拿在手中，仔細端詳，早年旁聽的西洋藝術史心中過一遍，不敢下斷言。可以想像，自開埠以來，黃浦江上，多少客貨往來，交易東西南北。算不上稀罕物，但因是房屋的零碎件，或能夠管窺宅子的來歷。陳書玉說，要是喜歡就拿去，正可以抵當年寄託的大理石聖母。大虞說給他，他就要，但莫說抵不抵的，誰欠誰啊！放進舊報紙，原樣團好，收起來。陳書玉說；要是這壁磚刻摘得下來，也要送給他，放在這裡，就是糟蹋！大虞喝著茶，看磚地上的裂紋，表情甚是疼惜，說道；修復這宅子，非一己之力可達到，倘要不修，眼睜睜看它爛成一攤，又造孽了。陳書玉說：那真是進也不得，退也不得。大虞道：換言之，就是「逆水行舟，不進則退」。陳書玉便苦笑：你不給一點出路我！大虞緩和道：我不正想辦法！二人不說話了，各自想辦法。中午吃的那點東西早不知跑到那個角落，天也向晚，就決定出去找個地方飽餐一頓。從一早忙碌到此刻，都累了。

推車出門，未及上路，大虞卻生出念頭：何不去找奚子？此話一出口，陳書玉也覺茅塞頓開，眼睛亮起來。立刻調轉方向，朝奚子家騎去。位址還是那一年，陳書玉做聯絡人時得到，並不知有無變化，去到再說。奚子家住中心區一條公寓弄堂內，到弄口不禁遲疑，吃飯時節上門不免莽撞。話說回來，奚子在大虞家吃過多少酒飯，可是此一時彼一時，就算奚子沒什麼，還有他女人呢！兄弟之間，有了女人終究不可同日而語。說到底，他們對奚子還是有顧忌。最後，他們在隔壁弄口一家湖北小館吃了豆皮和雞絲餛飩，又捱去一點時間，方才來到奚子家公寓前。

按響門鈴，只聽有無數腳步穿互奔走，最後開出門來的是一個老太。問季西澗住沒住在這裡，老太就往裡請人，一邊回頭喊「老季老季」，山東河南一帶的口音。緊接著就見奚子從一扇門裡探頭。那一條走廊兩邊至少有五六扇門，此時全敞開分別有女人和孩子出來，看是不是自家客人。原來，奚子是住一套公寓裡的兩間。晚飯方畢，飯桌還凌亂著，他女人竟還認得這兩個人，即問吃沒吃飯。老太也緊跟走來，拉他們到飯桌上。其時，倒覺得見外了，很有些不過意。再三聲明已經吃罷，老太太流露出悻然，收拾起碗筷。見桌上有一籮大白饅頭，還有蔥蒜醬之類的佐料，就知道奚子家已是北邊的食風。

患難時的結誼不比平日裡，他們與奚子之間疏通了款曲。他女人雖有些官派，但離近了看，秉性尚屬厚重。老太太顯見是奚子岳家，褲角紮著黑布條，腳也像是裹過的，一派莊戶人模樣。進廚房忙一陣，端出一個竹筐，盛著炸麵片，金黃色裡嵌著黑芝麻，香氣撲鼻。因奚子避難這一節，將這兩位視作恩人。那一晚匆匆分手，自後沒有見過，從報端新聞得知，七〇年代末奚子復出，比原職升一級。以住房以及家中陳設看，不像是極大的官，但所在地段和公寓格式，當屬中產以上，所以也不止七品。這兩人不怎麼懂政界的規矩，只是按舊日的社會階層作比較。再怎麼說，宦海沉浮數十年，總有人脈，不是說，官官相通嗎？

三個人先說些別後狀況，然後切入正題，談到陳書玉的宅子。為證明這宅子的建築價值，大虞打開報紙團，出示落水上的銅蓋。奚子的興趣來了，端在手中細看，說人物彷彿塞壬，西洋神話中的水妖，以唱歌迷惑水上人，裝飾卻是中國民間，天后崇拜的款式，工藝頗講究，鑄模澆造，但不見流行，應是專製無疑，以此推斷，當年宅子的主人下了大功夫和大價錢，更像商賈人家，求新奇則不求甚解，勿管三七二十一，統統收進囊中沒商量，如讀書做官出身，就拘謹得多了。奚子建議可去圖書館查閱「名士」或「宅邸」條錄，看有沒有記載，倘使又靠實的來歷，說不定能納入文物系統，政府就有責任保護。聽奚子如此一說，兩人都明白許多，茫然中開出路徑，深覺這一趟來對了。

大虞在陳書玉處宿一夜，次日早晨便回了鄉下，分手前約定，如有開工修繕的一日，請大虞出山，做大木匠。明清式的插榫法，如今知道的越來越少去。市面上的仿古木器，其實都是現代式，再遠不過民式。個中機樞，大虞向陳書玉解釋幾番，終也沒讓他徹底懂得，遂放棄了。總之，一句話，隨叫隨到。送走大虞，陳書玉直接就去上海圖書館。圖書館從舊途改造，局促得很，經查詢，知道要找的資料屬古籍部。到古籍部出示退休證，登記一張表格，排隊等候約半個鐘點，裡面送出一疊書，指定一間閱覽室，進去了。閱覽室明顯是原先的浴室，四壁貼著瓷磚，腳下馬賽克，牆角還有截斷的水管，一扇窗封死了，刷一層塗料，日光燈照耀下，一片森白。外頭正是日頭高照，這裡卻如夜深，倒是有幾分古籍的氣氛。剛一坐定，便覺周身寒冷，另有兩名查閱人，都穿了棉衣，顯然是常客。他從包裡摸出雀巢咖啡瓶，問管理員哪裡可供熱水沖茶。那管理員歲數至少與他平齊，白髮稀疏，近視眼鏡厚如酒瓶底，表情嚴肅。打量他一時，回答，此地不可有任何液體類物質。又檢查他的用筆，結果是沒收，鋼筆墨水也屬液體一種，上衣口袋拔出一隻圓珠筆，臨時借他，離開時候換回。坐到長條桌前，縮著手腳，翻那疊讀物。書頁都已經黃脆，名目各一：地方誌，家譜，掌故風物鎖記，筆記小說，才子文章……他工科出身，未曾接觸文史，就不知從何得門而入。那管理員大約看出他的窘態，踱過來，站到身邊，向桌上書籍略作流覽，問他究竟要查什麼樣的人和事，他又不知從何說起了。稍頓一頓，如實告知宅子的事情。管理員問宅子有無名號，家族又有無堂號，祖業以何為經營，其中有否出過名人，比如狀元舉人一類，他全回答「不知道」。雙方都苦惱了，管理員的手指頭在桌上篤篤敲著，他忽開一竅，說道坊間傳言祖上以沙船運輸起家，後來開闢碼頭，就是今天的十六鋪！管理員說，那麼就查滬上航運和碼頭，再有，可到徐家匯藏書樓檢閱申報上船訊一欄，舊時代通訊不利，海上又有不測風雲，船行消息常登報發布。

下一日，再來，依了指點，再借出一疊。其時，地方誌尚未新修，舊籍多向信史摘取收集，細枝末節則散錄於各類稗書，說法又莫衷一是，有一則閒文倒寫了今昔十六鋪，上溯至輪船招商局則止，與他家無任何瓜葛。本就是流言，於是擱下了。跑一趟徐家匯藏書樓，建築規模小許多，卻是原址原貌，規章就很嚴格，證件不頂用，必須單位證明。為開證明，又跑去學校。只二年時間，學校幾乎全換新人，書記也是女性，很年輕，在他的年紀，看出去都是年輕的臉。問起原先那一個，回答已經退休。可不是嗎？他笑自己老糊塗，都算不對時間了。開畢證明，二次去藏書樓，終借出一堆舊申報，不要說一月一年，只獨一張，就密密麻麻，不曉得橫豎拼嵌多少豆腐乾。要查船訊，繼而篩檢與他家祖業有涉的那一則，簡直大海撈針。未看一字一句，已經信心喪失，真想立即還回去轉身離開，又怕人哂笑還起疑，於是呆坐半日，近午時分，原樣還回，逃跑般下樓，來到街上。

街上人車熙攘，不乏有肩挑背荷的郊農，因是與北新涇通衢。天主堂的雙塔在街市背後，隨視線轉移，走到哪都看見它。這一番查找無功而返，但也長了見識，那故紙堆裡不知埋多少舊事舊物，他家那一點掛落，可謂小巫見大巫。他輕鬆不少，彷彿卸下一樁重負。再回到家中，看宅子似也破得好些了。穿過前院，走到後進房屋，原先這一排用作辦公，結構還在，但久不光顧，樓梯面板拆走大半，只剩空架子。踩著木檔上去，地板也取空半部。下手抽出幾條，橫在窗戶前，用長釘敲進，封死了。東院的通道用磚和水泥封起來，隔斷了。西側要進出，就留著路，只封了倉房。不是說逆水行舟，不進則退？還有一句話，家有千千屋，日睡三尺，那就退到「三尺」吧！他在天井的缸裡新放進幾條魚，再買些盆花，沿牆腳置放，略添一點生氣。早晨，太陽從東面升起，越過玻璃鋼頂棚，照在西牆上的磚雕；傍晚，則是東牆上亮起，深浮雕的線條鑲了影的邊，變得立體，就像活了。他細看其中的人物，漸漸有了交情，心裡想，這些小人兒不磨滅，宅子興許就不能倒。

現在，他是個無事人，鎮日在獨院裡，從早到晚。時間久了，他不再怕這空曠和寂寥，相反，還得了樂趣。他不再收學生，日益格式化的應試教育體系，他已經脫離，中小學校興起的奧林匹克數學競賽，在老派的他看起來，更接近腦筋急轉彎，非其所長，倒是偶爾有一些建築專業的人士，上門來看這宅子。好奇他們從哪裡得知，說是口傳，一傳十，十傳百，似乎有了點名氣。曾有一度，土木系的學生來繪圖，繪得很仔細，有平面圖，又有局部立體三維，於是，封起來的空間再打開來，又損毀一些。他以為大修計畫使然，回答只是作業。然而，這作業終於給宅子留下一份資料。他索來平面圖影本，裝入鏡框，與房契並列牆上。受此啟發，他決定為這宅子修撰一份文字，權且當作業，就像那同學。有作業填充時間，空曠裡也有了內容。他在樓上樓下搜羅，每一點瑣細都有意味似的。祖父甚至曾祖父的幾封短簡，不外人情往來；幾頁豆腐帳，蠅頭小楷書寫，半箱火油，五斤黃豆，十斤六穀粉，豬油四兩，河鯽一尾，忽覺眼熱，這些東西不都經他手交割，這就發現原來是內戰時節的日用流水，他報一樣，祖父記一樣；若干舊照片，發黃而且模糊，還是認得出他的父親母親，西洋式的成婚大禮，白婚紗和黑色燕尾服，邊上的花童應是他的堂房兄姊；一張文憑，四周藤蔓紋飾，浮水印紙面，彎彎曲曲的花體洋文，拼出祖父的名字，不知是讀來還是買來的外國文憑……他全送去翻印拷貝，歸入檔案。

這些鱗爪東一片西一片，拼湊他的家族史。他還是看不清，但有什麼要緊呢？即便是留在典籍——他可算知道典籍是怎麼回事了，那些黃脆的字紙，沾不得半點「液體」，一沾即沒入虛無，比較起來，他們家的這些，還堅固些呢！越來越多的殘片，都要裝鏡框，牆壁就不夠掛的，好在，新起來塑封的技術，弄口就有一爿小店，店主是安徽人，因時常光顧就認識了。問他這些東西有什麼用處，他說：歷史啊！店主好笑道：老家裡石頭牌坊都推倒，平底修路，那還不是歷史嗎？他也笑起來，忽想起那吊死的轉業軍人，所說家鄉也是石坊林立，這店主不定是他後人呢！

這一天，又有一位不速之客，照慣例來者不拒，引著穿轎廳，花廳，走過廊，廊上的歇山頂坍塌十之七八，柱上的彩漆剝落殆盡，入月洞門，門上的刻字隱約可見，進到天井，客人不急著登堂入室，只背了手，仰頭看。太陽射在眼鏡片上，反著光，下半部則在影地裡。覺得這臉架子有些眼熟，什麼時候什麼地方見過？客人看一會，低頭跨過門檻。他跟隨身後，走上樓梯。樓上兩翼房屋實已腐朽，腳下咯吱亂響，四壁水跡道道，垂直而下，彷彿水簾洞的化石。後樓梯下，從夾牆出，又站在天井中央。此時，太陽移過屋脊，當頭照耀，滿地光明，客人回頭笑道：難道一點認不出來了？心裡一驚，更覺得見過，卻無論如何想不起怎樣的前緣。見陳書玉迷惑，眼前人只得自報：我是「小李」！他瞇細眼睛，一時間什麼都看不見。現在是「老李」了！那人抬手在花白的頭頂撫一把，頭髮硬扎扎畫過掌心，吱啦啦地響。久遠的記憶開始呈現形像，小李？他喃喃道。那個頎長的身影，年輕輕的，白皙的膚色，連軍裝也是洗白的，白邊的近視眼鏡，表情多少是莫測的。他還記得那雙手，同是白皙纖長，將紙筆安放面前，讓寫下求見的人和事——小李呀！他叫不出聲來，胖了些，就顯矮了，因而，也變得慈祥，不是年輕人，年輕人總有一股鋒利，生活將它磨啊磨的，磨鈍了，同時呢，也磨厚了。他抬抬手，又放下，卻讓「小李」捉住，「小李」的手也是寬厚有肉的手。其實，叫是叫「小李」，並不比他年少多少，初次見面時候，他二十多歲，也是年輕人。可老少不在長幼，而是，新舊。他們一個是舊的社會，一個是全新。小李，應該稱老李了，握著他的手：你知道誰讓我來的？這一回，他想到了：奚子，不，老季！不錯，小李剛任命本區的區長，季局長建議來看看，看什麼？一樁寶貝！老上級說。他不由哽咽，說不出話，想，到底還是那個奚子，沒有忘記他的事。

老李本是上海學生出身，由地下黨組織牽線，去到根據地，參加部隊服務團工作，再跟隨大軍進駐上海。如陳書玉他們初始認識的，在奚子身邊做祕書，後來調動了幾處，職務不同，但都是文化單位。新近的派遣卻有不同，一區之長，真正的父母官，民生民計全在轄內。但因老本行的關係，別開一路思想。這老城區建築陳舊，人口密集，地產歸屬複雜，雖在城市中心，卻是市政規畫的邊緣，彷彿被歷史遺忘，成時代的窪地，民怨也很激烈。然而，老李的眼睛裡，落後自有落後的好處，那就是原生地貌基本保持，尚可循跡現代上海的前史，文章就從這裡做起來。這些日子，盤點老底：園林，會館，佛寺，道觀，城隍廟，舊城牆半截，老門樓一座，陋巷數條，許多道路沒有了，可是路名還在：三牌樓，四牌樓，露香園路，大境路，方浜，肇家浜……再要有一座民居，二百年的歷史勾勒又多一件實物。事先，已到房產部門作調查，得知陳書玉家老宅的性質，屬私人所有，因種種契機，占地面積無有缺損，無有侵占，產權完好。老李還了解到，自瓶蓋廠遷出，地皮稅已拖欠三年之久，房主本人也有上繳國家的意願。走出宅子，心中計畫已漸成型，陳書玉呢，沉寂的希望復又起來，這一回，怕是真的了！他興奮得坐不住，推了自行車，無目的地騎過幾條街，任風聲耳邊呼呼地響。然後駛往奚子家方向，半路又折返，轉眼間，人和車上了輪渡，向對岸駛去。

二十七

多少年裡，凡遇上什麼事，無論喜憂，總是找大虞去。現在，還是找大虞。他向老李推薦了大虞，目下，擅通古建築的工匠日益少去，新式木工都有新式武器，電鋸電刨槍釘，離攻木之本越行越遠，如要修舊如舊，必大虞一輩人可以勝任。午後的輪渡上，只有二三人，還有一籠雛雞，叫喳喳的，絨球般滾來滾去。江面上很繁忙，水泥船的馬達轟隆隆響，貨載過重，吃水很深。大虞家一片喜氣，正晝地起屋，給兒子娶親。兒子已二十六歲，在鄉下算是晚婚，小倆口都是大學畢業，在市裡工作，未必回來住。大虞執意起屋，多少帶有象徵意味，新人家新日子，同時呢，也是歷史的經驗。當年，如不是有個老家，他們可不是無處投奔。那日子想起來，連夢都不是，彷彿幻覺，可就是裡面走出來的，要不，怎麼有鄉下娘子，又有小子？新房子是水泥預製件樓板，琉璃瓦頂，馬賽克牆面，茶色玻璃窗，年輕人的風氣，老輩人不得不隨俗了。

陳書玉興頭頭地來，逼大虞立約，再興頭頭地回，一刻不願多留，就覺得老李會來找他，有許多事需要商量。大虞雖覺得事情不那麼簡單，就算老李有權力，但權力這東西，就像斗拱的原理，不是獨一，而是多項，互相制衡，才頂得起來。不忍掃老朋友興致，就只是滿口答應。看他一陣風地騎走，不由也有點激動，說不定呢，說不定事情真這麼成了。

接下來的日子，陳書玉都不敢出門，怕錯過來客。為即將來臨的工程，開始收拾房屋，將雜碎分成留和棄兩部。倒是沒想到，會有那麼多的舊物，單是衣服，就幾大堆，餵食多少代蛀蟲，提起來，一面網似的，直接塞進垃圾箱。各式各樣的鎖和鑰匙，集起來一抽屜，沒有一對配得上，挑幾件材料沉重樣式奇特的留下，其餘就送到弄口的鎖匠攤上。絞成縷的絲線，變了顏色，也是扔。線香受了潮又收乾，結成餅，扔掉。棉胎一摞一摞，有幾床湖絲，他也不要了，堆在門外邊，眨眼不見蹤影，讓人撿走。他上下前後跑著，頂了滿頭的蛛網，耳朵豎起，聽有沒有小轎車的聲音，說不定老李又來了。二十來天過去，東西清出不少，卻不見半個來人。從報端可見老李的行跡，清點出轄內幾千只馬桶，幾千只煤球爐，又有多少孤寡，再有多少待業人口，未註冊的商鋪，計畫外生育……這才發現一個區長肩胛骨上擔多少大事情，他那一座破宅子不定排上日程，於是，便擱下手來。收拾到一半家當，也無心善後，開膛破肚似的，一派狼藉，更不堪了。

事情總是這樣，越等越不來，不等卻來了。來的不是老李，是老李派遣的人，不也是一樣嗎？陳書玉起腳就要帶去看房子，遣來的兩位並不挪步，開口即問產權人有哪幾個，很像查戶口，但這正是辦事情的樣子，他對自己說。接過來回答戶籍只他一個，產權人應也就是自己。來人說，戶籍不等於產權人，向他索討原始資料看，便亮出當年的房契，那兩人交替看一會兒，問購房人是誰？言語不由混沌起來，曾祖，高祖，曾高祖，總之老祖宗，要向上溯不知溯到哪裡！來人中的一個說：怕已經投胎去了。這話道出，都笑一笑，氣氛有些活動，話題也散漫了。閒談幾句，決定從可溯的那一代往下數。陳書玉說，自記事起，這宅子裡就住兩系，祖父和叔祖，叔祖過世早，後代隨叔祖母離開，去到什麼地方，漸漸斷了聯繫；祖父這邊是父親和大伯兩房子息；另有一個姑婆，按老法，不繼承家業，何況也搬出去，文革中表態與家族劃清界限。父親有他及兩個妹妹，循舊例，妹妹們也不屬繼承人；大伯那邊倒是三個兒子。歸納起來，產業有份的就他和三個堂兄弟。那三個堂兄弟離家很早，或在國外，或在內地，大約想都不曾想到要與房產發生關係。所以，他以為，完全有決定權，多年來，一直是他住在宅子裡，戶籍可以證明——來人打斷他，那是按使用權論，所有權屬不歸此列，遵照規章，需有堂兄弟們放棄產權的證明，這是第一步！來人中比較嚴肅，看來也是作主的一個強調。是第一步，也是前提和基礎，然後才談得上其餘。他說：請政府相信，一旦產權明晰，一定上繳國家無疑，唯一的條件——那人接口道：談條件為時過早！陳書玉發現，這人雖是老李的下級，官派卻比老李大許多，正應了俗話，閻王好哄，小鬼難纏。想到老李，還有奚子在背後撐著，他的口氣也強硬起來：醜話說在前面，唯一的條件，我要參與修復工程。聽到如此條件，那人好笑起來：這事不由我們，我們只負責解決房屋歸屬，當務之急，是產權人意見一致，口頭不算，必須書面！那人著重說出「書面」兩字，陳書玉不禁有些畏懼。

大伯和父親都去世了，惶惶亂世，活著的人要緊，喪事簡而又簡，得到消息已有段日子，之後就更沒理由往來。要找到幾個堂兄弟就屬不易，照理父母在大妹妹家終年，多少會留下資訊。但是，他偏偏不向妹妹打聽，私心裡有一些防備，唯恐生枝節。大妹妹是個厲害人，別人想不到的，她都能想到。他隱約感覺事情不如以為的那樣簡單，臨走時那人說的「書證」兩字意味深長。最後，他決定先聯繫堂兄弟中的一個，大伯大伯母跟隨在西安生活的，由他來向那兩個兄弟通告。信寫出了，他就跑去江對面找大虞，彙報事情的進度。大虞的新房已經落成，正進行內裝潢。從他處拿去的落水銅蓋，大虞竟然做成一個別致的插屏。陳書玉想起他家的老行業，專給西洋人做鐘座。那紅木插座的雕花細巧繁盛，有洛可可風，托起銅蓋，蓋面上的女妖都顯出好來，有一種危險的美豔，很是招人。

這一回，連大虞都覺得事情有眉目，特地隨陳書玉過一趟江，再看看宅子，又覺得頹敗幾成，地磚翻起來，或者說被茅草頂起來，像要來埋這房子的勢頭。大虞囑咐將幾幅完整的窗扉門扇拆下集攏，專闢一間屋子收起，修復時候可供打樣用。再有，破損的板壁板條也挑完整的集攏，不能任由日曬雨淋，新材料裡間著舊料，才可修舊如舊。

於是，他又有了活計，充斥等待回音的日子。大伯家那邊的答覆和聯絡比預期的要快，三家人從不同地方寄來了信，言辭也都熱切，感激他守持家業；同時也贊成他的決定，給祖宅以極好的出路，於公於私皆有益處，一定全力配合，早日實現目標；第三，委託西安的兄弟全權處理，凡事與他商量即可。將信交給督辦部門，還是那兩位出面，說信上並沒有放棄權利的表達，只能視作委託，委託西安的兄弟，而不是你——將信摺起還回陳書玉，所以，房產的處理就也要得到這位堂兄弟的同意。接下來，又是一番書信往返。西安的堂兄弟提出貨幣償付，陳書玉拿了信跑去；進行一半，堂兄弟又提出置換的方案，陳書玉拿了信再跑去。交道多了，到底有幾分稔熟，知道一個姓趙，是部門的科長，即稱趙科長；另一個姓顧，為顧幹事。他請趙科長和顧幹事喝酒，也是大虞教他，說只要人到，事就有七分成。屆時，都到了，德興館開一小桌。趙科長說，凡交易都有個開價和還價的程式，賣家先開，買家再還，一來二去，總有個合適，就定了！他不敢開價，又怕開低，又怕開高。開低了，那一邊不允，開高了，這邊要撒手怎麼辦？此時方才明白，讓堂房一家放棄產權完全不可能。回去寫信讓堂兄弟報一個尺寸，堂兄弟卻不肯，要讓「政府」報。「政府」，也就是趙科長說，你們是產權人，先出頭籌。雙方像是謙讓，其實互相探底。只是苦了陳書玉，寫無數書信，跑無數來回，最後，還是老李出頭，定下連陳書玉總共四兄弟，各人一套兩室一廳工房，位置浦東。西安的堂兄稱浦東地段不佳，坊間不是有「浦東一套房，浦西一張床」的說法嗎？其時，正是上海房市低迷，買房都可退稅，老李一拍桌子，地段依然浦東，兩室改三室。

堂兄那邊顯然鬆動了，決定親來上海一趟，當面定奪。時間過去一年有餘，老李就任也已屆半，終於，坐到一起，不謂不是大進展。談判在區政府小會議室進行，陳書玉和堂兄在一邊，老李橫頭坐，另一邊是各有關部門說話算數的人，趙科長沒有上桌，顧幹事則在後排記錄。陳書玉看看身邊這個人，其實是血親，卻印象澹遠。少年時候，一同出入舞場，馬路上兜風，堂兄他白襯衫外套挑花毛線背心，底下是米湯色薄呢西褲，足登高幫牛皮鞋，戴一頂馬球帽，很俏皮地叼一枝雪茄巧克力。私配西門鑰匙，藏在樹洞裡的主意就是他的奇出。如今是個老人，他們不都是老人家了？由於生活北方，水土粗糲，又比實際年齡更蒼老許多歲。穿一件滌卡上裝，上海人早不穿了，扔進歷史垃圾箱，而他還是全新，光閃閃，硬挺挺，上海話也不頂會說了。談判還是很順利的，之前的周折就不提了，大家都往前看——老李說，等「煮書亭」修復起來，門口要專立一塊牌，記錄往昔，他家人的名字都會在上面，可算得青史留名。正式簽約定在下周，需起草文書，刻印證章，邀請來賓，籌備一個簡短隆重的儀式，無論於他們家，還是本區政府，都是一樁大事情呢！

堂兄原計畫與他同住，可前腳進門後腳便退出去，連連搖頭，不堪卒睹的樣子，這表情倒流露出年少時的模樣，世間萬物在他眼裡都是不屑的。他說到親戚家投宿，陳書玉不知道他說的「親戚」是誰，可能是堂嫂那一邊的，就沒有細問。堂兄告辭，一個人在宅子裡，前後走動，遍地秋蟲啁啾，金屬般的脆響。漸漸平復亢奮，卻生出不安，似乎不相信，不相信夢想竟然成真。這一輩子何其平淡，沒有過一點激昂的經歷，連愛，倘若說有過愛的話，都沒什麼聲色，最大的幸運就是太平，可太平不就是平淡的代名詞！夜深了，可他躺不下去，只能這麼走來走去，走來走去。忽又發現這宅子並不像以為的那麼廣大，走那麼數十步就碰壁回頭。也許是茅草長起來的緣故，都在齊膝。下露水了，聽得見沙沙聲。濕潤的草葉和草莖搖曳，月光四濺。他都認不出來了，彷彿另一個世界。

當時他也猜過，但不敢向自己承認，堂兄寄宿的那「親戚」，就是大妹妹。由此，大妹妹知道了祖宅置換的消息，又告訴小妹妹，沒有與他招呼一聲，直接找老李交涉去了。陳書玉想，如果他是大妹妹的性格，也許事情早成了。根據男女享有共同權益的原則，女兒也屬繼承人之一，於是，四套房增到六套，需重新上報和批准。再接著，讓他覺得發詎，他已經不會動氣，只是發詎——有一日，一個四十來歲年紀的女人找到他，自稱姑婆的過房女兒，這幾十年，姑婆就是和她姨媽住在一起，她一個贍養兩個。所以，她也應當有一份。笑過之後，不禁害怕起來，覺得這空宅子裡其實住滿了人，隱身人，都拿眼睛看著他，他走到哪裡，都有眼睛。他不敢亂走了，只是坐在屋子裡，那屋子四面透風，忽然生出一個念頭，這宅子的名號分明是「聽風樓」！

叔祖那邊似乎也騷動起來，大妹妹來找他，商量協同合作，廢除叔祖一系的房屋共有權。他不說話，大妹妹急了，站到跟前，好像要動手的樣子。他從椅上退到床上，仰面躺下，望著帳頂，帳頂積滿蚊蠅的遺骸。大妹妹罵他一聲：「阿缺西」，市井中人的口頭禪，意思是背時背德，起身走了。他想大妹妹這一聲罵得實在好，他真就是「阿缺西」！

事情無限期地延宕下來，堂兄弟回西安去了，也認為他無用，更多的和大妹妹聯繫。大妹妹往老李處跑得比他熟多了，甚至，去到奚子的家。他成了局外人。與此同時，這城市的房市在火起來，大片大片的樓盤起來，剛打下地基就賣出去，價格直線上升。就像股票買漲不買跌的道理，房子也是。房產仲介所一條街一條街地開出門面，展銷會人頭攢動。當年無論四套還是六套的允諾不再提及，老李的任期已滿一屆，傳說他要調離，事實上，是退休。退休前，老李與他見一次面，撥十萬元錢，作老房維修。颱風季臨近，那房子怕要塌呢，住在裡面都有生命之虞。十萬元能做什麼呢？通貨膨脹也在加劇，夠做幾個立柱，支撐住歪斜的房頂，然後，守夜人的小屋改造一間淋浴房，裝上抽水坐便器和熱水器，說起來怕人不相信，至今為止，這裡的衛生設施還是古老的馬桶，舊區裡幾千馬桶中的一個。老李說：當時我答應的，房子修成，立一塊牌子，這件事大約可以辦到。他苦笑：沒房子，牌子有什麼意思。老李說：總歸是個記錄吧！說到底，房子也就是個記錄。他想哭，又哭不出來，眼睛是乾的。後來知道，那是沒到時候，眼淚開閘，就收不起來。

這一年的年末，大虞去世了。事先沒有任何預兆，一覺睡下去，就沒醒來，眾人都說前世裡修的福氣，可是活的人怎麼辦？得到消息，過江來到喪家，滿眼都是披麻戴孝的人。大虞的小子，白面長身，不像父親，也不像母親，而是像上海摩天大樓的寫字間裡的上班一族。這些孩子不知是吃食還是潮流的緣故，彼此相像，好比大虞是草雞，他就是白萊亨種。到出殯一日，母親在他額上繫一條白麻，腰裡再繫一條，方才像父親的兒子。舊鄉俗加新風氣，在家停靈三日，合棺抬往殯儀館，開追悼會然後火化。就在八條漢子綁好槓子，小子舉起幡旗，起靈的剎那間，陳書玉卻坐倒在棺前地上，無論人們怎麼安撫，只是低了頭，眼淚吧嗒吧嗒落在水泥地上，很快聚起一汪。女人令小子向他跪下，伏地磕頭，謝弔的意思。他不起來。女人呵斥道：你是來勸我還是招我！依然不起來。人們又氣又笑還難過，想上海爺叔動了真感情，但不懂規矩，孩子般任性。一早趕到的奚子，由鄉長和鎮長陪著，推他推不動，欲開口卻哽住，鎮定一下，與陪同的領導說：我們兄弟就像牙齒，緊緊相依，現在缺一顆，就鬆動了。這話聽進陳書玉耳朵，眼淚又下來一片。算好的時辰就要過去，殯儀館定的場次也輪到，人們只能一併上前，抬手抬腳抬起來，讓開一條道，靈柩上路了。

修房的計畫作罷，大木匠也走了。事情兜一圈回到原初，然而此一時，彼一時。後進的房屋全塌了，木料讓人拖走大半，走的是北面牆的破洞。主樓因先前的加固，一時不至於倒，破綻則補不勝補。雨水穿過瓦頂，積起來；穿過隔板，再積起來；穿過二層樓，滴到他住的廳堂一角。他一直記得大虞的囑咐，將幾幀完整的窗扉門扇，集中到東邊的車間裡。那鋼結構的支架到底是堅固的，玻璃鋼也很密封。每日裡他都巡查一遍，將散下來的好木頭拖進來。可是他一雙手怎抵得上多雙手？這一帶傳說要動遷，畫進城隍廟商圈，私房主都忙著搭建，擴充面積，向開發商爭取更大利益，木料的需求量激增。有幾次，他和鄰人各持木板兩端，拔河似的拉過去拉過來，對方陪著笑臉，繼而晴天轉陰霾，惡語罵道：房子坍下來，壓死你！他不回罵，也不放手，硬是抽過來，轉身拖進廢舊車間，地面上也有了小小一堆。

又一個颱風季來到，潮汛、大雨、洪水三碰頭，電視上發布預警，從藍色升到黃色，再到橙色，紅色。漆漆黑的夜裡，他攀上屋頂，就像多年前，那父子二人的身手，站在陽台木欄干，腳蹬玻璃鋼棚頂邊緣，一發力，躍上去。這年他七十七歲，自己都想不到有這功夫。雨蓋下來，睜不開眼，幾次滑溜下去，到瓦簷卻止住了。他挾一爿油毛氈，展平，捲起，再展平，四角壓住，一陣風來，掀了去，再壓住，再掀去。索性撲倒，四肢張開，成一個「大」字。閃電畫開黑暗，一個霹雷，要是有人看見，會以為是一個大蜥蜴。

颱風過去，雲開日出，他手持一柄大掃帚，掃去落葉、泥沙、木屑子，掃去一層，下來一層，這宅子日夜在碎下來，碎成齏粉。

兩千年時候，老李允諾他的，終於兌現，那就是門口豎起一座石碑，碑上刻「煮書亭」。之前，文物局與陳書玉作協商，這宅子列入市級文物，免繳地皮稅，條件是不可出租和出售，作任何商業用途。他問一句：什麼時候維修？文物局的人遲疑一時，支吾幾聲，終沒有回答，他便不再問下去。自此，掃地的範圍擴至門外，刻石底下的一塊地。漸漸掃遠了，遠到引線弄的兩頭，又包抄過來，圍街區一周。四面起了高樓，這片自建房遲遲沒有動遷，形成一個盆地，老宅子則是盆地裡的鍋底。那堵防火牆歪斜了，隨時可傾倒下來，就像一面巨大的白旗。

二〇一八年五月十二日　完成于香港中文大學

《考工記》跋

將過於具體的人和事寫進小說，是有著極大的風險的，倒不在於真偽虛實的判斷，因此也許陷入世情糾紛，而是原生事態的限制，它時不時地干預你最初的企圖，使已經發生作用的邏輯影響假設的途徑，尤其是，這途徑還蒙蔽在虛無中，摸索著前行。你寄希望於它在自發的生機裡漸漸長成，壯大，脫離對現有存在的依附，現有的存在總是不夠滿足期望，不就是因為此，我們才會從事寫作？無中生有，硬生生造出一個紙上世界。

至今記得第一次走進那老城區舊宅子的情形。時間在上世紀八〇年代中期，寫作的欲望無度膨脹，卻不知寫什麼，於是四處尋找故事，就像在饑饉中搜索吃食。宅子大體上還保持形制的格式，從正門進入，落坐「花廳」。夏日季節，地上點了驅蚊的盤香，依然抵不住蚊子的進攻，就可以想見園子裡草木漫生。就在城市的中心，前後左右擁簇著自建與公建的房屋，不遠處是城隍廟和豫園，香火鼎盛，遊人如織，這一處的荒蕪顯得頗不真實，與其說是歷史感，毋寧說是荒謬。宅子裡的生活且庸常瑣細，彷彿一齣市井劇。老先生正與牆外鄰人的蠶食展開防禦，憤怒地追趕入侵的雞群，以獲取物證；老夫人抱著孫子在殘垣斷壁中閒走，優遊自在，儼然處於兩個維度。

後來，雖不是經常，卻也不間斷地造訪這座宅子。寫作材料虧缺的瓶頸突破了，又來臨，來臨又突破，已然成為常態，去到宅子的目的模糊了，或者說，放棄了，因相信一切由緣生出，遇而不求。沒有邀請，亦沒有預約，有時順道路過，有時則專門特地，無論何時，都不會撲空，拍響門後，老先生總是應聲出來。只是再沒有見到老夫人和孫子，說是去兒女家住了，也沒有遇見過任何一名子女，似乎，家中人都對這宅子生厭，只餘下老人自己，戀戀不捨，早晚在房前房後踅摸，對來人一遍又一遍講述宅子的來歷，營造的工藝，以及頹敗的程度——它真是頹敗得厲害，不是哪一個部分殘缺坍塌，而是整體性地陷下去，就好像自己將自己埋到地裡面。我想，我的不期而至始終沒有受到拒斥，甚至於，毫無不悅之色，有一點是因為寫作人身分，寄期望有輿論的支持，喚起政府和民眾的注意；更重要的緣故則是在我的大舅舅。我大舅舅在上海文博部門工作，早於我登門之前，就開始交道，主題就是，修葺房屋，列入政府保護系列。就這樣，每隔一段日子，就要去到宅子裡，隨老人家參觀房屋，聆聽歷史。在向文博部門訴求的同時，老先生不停歇地另一件事，就是騎著自行車往青浦郊區，那裡住著幾位大木匠，專攻清代木結構建築，去看看他們是否安好，身體如何。時間流逝，大木匠一個一個離世，修葺的計畫越來越渺茫，房屋終於爛成一攤，變成瓦礫場，這最後一名留守人，在瓦礫場裡度過餘生，徒留下門前的一座方牌，勒石銘記，標明市級歷史文存，就像一塊墓碑。

我將小說題作「考工記」，顧名思義，圍繞修葺房屋展開的故事，又以《考工記》官書的身分，反諷小說稗史的性質，同時還因為房屋裡的人——這個人的一生時間，倘若只是奔走修房，未免太托實了，也太簡單，世事往往就是簡單，小說可不是，小說應該有另一種人生，在個體中隱喻著更多數。這個人，在上世紀最為動盪的中國社會，磨礪和修煉自身，使之納入穿越時間的空間，也許算得上一部小小的營造史。

由於種種契機，百多年來，房屋的占地奇蹟般地遺留下來，寸土未失，大致的輪廓依稀可見，老人生前從風雨和爭奪中捍衛下的木椽板條，堆積在裸土上，野貓出入，倘若要修復，無疑等於重起一座。產權人的利益經歷激烈的拉鋸，擱置下來。老城廂在新的行政規畫中，歸併鄰區，隱退匿名。新生活的蓬勃生機形成包圍之勢，閉合起歷史的入口，不期然間，悄然滋生出美學，美學大約總有著頹然的姿態，作為殘缺生活的補償。而我，不將它作小說看的時候，將它寫成小說，有一點像那句古詞：「眾裡尋他千百度，驀然回首，那人卻在燈火闌珊處。」

二〇一八年六月二十四日　于香港中文大學

國家圖書館出版品預行編目資料

考工記 / 王安憶著. -- 初版. -- 臺北市 : 麥田, 城邦文化出版 : 家庭傳媒城邦分公司發行, 2018.09
面； 公分. -- (王安憶經典作品集 ; 14)

ISBN 978-986-344-587-6（平裝）

857.7　　107013269

王安憶經典作品集 14

考工記

作　　者　王安憶
責任編輯　林秀梅　莊文松

版　　權　吳玲緯　蔡傳宜
行　　銷　艾青荷　蘇莞婷　黃家瑜
業　　務　李再星　陳玫潾　陳美燕　馮逸君
副總編輯　林秀梅
編輯總監　劉麗真
總 經 理　陳逸瑛
發 行 人　涂玉雲

出　　版　麥田出版
104台北市民生東路二段141號5樓
電話：(886)2-2500-7696　傳真：(886)2-2500-1967
發　　行　英屬蓋曼群島商家庭傳媒股份有限公司城邦分公司
104台北市民生東路二段141號11樓
書虫客服服務專線：(886)2-2500-7718、2500-7719
24小時傳真服務：(886)2-2500-1990、2500-1991
服務時間：週一至週五09:30-12:00．13:30-17:00
郵撥帳號：19863813　戶名：書虫股份有限公司
讀者服務信箱E-mail：service@readingclub.com.tw
麥田部落格：http://blog.pixnet.net/ryefield
麥田出版Facebook：https://www.facebook.com/RyeField.Cite/

香港發行所　城邦（香港）出版集團有限公司
香港灣仔駱克道193號東超商業中心1樓
電話：(852) 2508-6231　傳真：(852) 2578-9337
E-mail：hkcite@biznetvigator.com

馬新發行所　城邦（馬新）出版集團【Cite(M) Sdn. Bhd. (458372U)】
41, Jalan Radin Anum, Bandar Baru Sri Petaling,
57000 Kuala Lumpur, Malaysia.
電話：(603)9057-8822
傳真：(603)9057-6622
E-mail：cite@cite.com.my

設　　計　Jupee
電腦排版　宸遠彩藝有限公司
印　　刷　前進彩藝有限公司

初版一刷　2018年8月28月

定價／350元

ISBN：978-986-344-587-6

城邦讀書花園
www.cite.com.tw